The King of White Genies

廣嶋玲子

白の王

東京創元社

白の王

登場人物

アイシャ……〝灰の雛《ひな》〟の少女
タスラン……流浪の剣士
猿小人……〝烏《からす》〟の見届け人
イルミン……魔族
ナバール……〝灰の雛〟の頭目
サウード……口入れ屋。〝烏〟
ラシーラ……赤いサソリ号の船長
モーティマ……赤の眷属《けんぞく》の魔族
レバ……赤いサソリ団の医者
セワード三世……ナルマーン王
サルジーン……ナルマーンの将軍
クラマーム……死繰《しく》り人《びと》
ナナイア……木乃伊《ミイラ》職人。〝血色の女郎蜘蛛《ぐも》〟
イスルミア……暗黒女帝
白の王……白の眷属の魔族の王
赤の王……赤の眷属の魔族の王

プロローグ

深淵《しんえん》。

空気すら黒く塗りつぶされたかのような、漆黒《しっこく》の地の底。

その闇の中で、うごめくものがあった。

腐臭を放ちながら、堅い岩を噛《か》み砕いていく異形《いぎょう》のもの。その目に光はなく、命の気配は見られない。にもかかわらず、黙々と土を掘り、岩を砕き、下へ下へと向かっていく。

と、口からはえた無数の触角が、何かを探りあてた。異形は動きを止め、一声鳴いた。甲高い声がうつろな闇に響き渡る。

その直後、これまで光に傷つけられたことのない暗闇が冒《おか》された。

青白い鬼火が四つ、上から下りてきたのだ。

そのかすかな明かりのもと、一人の男が現れた。異形の横を通り、男は前に進んだ。震える手で地面に触れ、細かな砂や岩のかけらを払いのける。

次の瞬間、男は抑えきれぬ歓喜の声をあげた。求めていたものをついに見つけたのだ。

狂気じみた笑い声をあげる男の前には、青銅で造られた巨大な棺《ひつぎ》があった。

1

おや、お客さん。おはようさんで。昨日はよく眠れましたかい？

どうしたんです？　青い顔をして。

……大事な物を盗まれた？　部屋の中で、ちょっと目を離した隙になくなった？　ああ、そりゃきっとウーグラのしわざだ。お客さん、この石の都ケルバッシュに来るのは初めてでしたか？　そりゃこちらも失礼をしました。やたら旅慣れた様子だったから、ついつい警告するのを忘れちまった。

いやね、このケルバッシュには、ウーグラっていう厄介な魔鳥どもがいるんですよ。まるで蛇のようにしなやかな細い体をしてて、おまけに油でぬるりと覆われていてね。その姿は石畳であろうと、上空であろうと、絶妙に溶けこんで見えにくい。

それをいいことに、ウーグラはよく人の家に忍びこむんで。餌も目当てだが、ことに光る物に目がなくてね。指輪や小銭などを素早くかすめとっていくんですよ。気づかぬうちに、家の中に十羽ものウーグラが入りこんでいたなんてことも、ケルバッシュではよくあることだ。

だから、ケルバッシュの人々は、大事な物を出しっぱなしにはしない。面倒でも、必ず戸棚や小箱の中にしまいこむってわけでして。いや、ほんと。ちゃんと初めに話しておくべきでしたねえ。

……なんとしても、取り戻したい？　うーん。金があるなら、まあ、できないこともないでしょう。

まず、都の西側を目指しなさい。ウーグラは、西側にある塔の森と呼ばれる一画を住処《すみか》としているんです。そこは、昔の大戦で焼け落ちた旧市街でね。地面には分厚く灰が積もっていて、焼け残った無数の塔が、まるで森のように立ち並んでいる。そのぼろぼろの塔の上に、魔鳥どもは巣を作っていて、盗んできたお宝をためこんでいるってわけです。

あ、お客さん、どこ行くんです？　だめですよ。行き先がわかっただけじゃだめ。早まっちゃいけません。お客さんは強そうだけど、体はそれなりに重いでしょ？　そんな体格で、今にも崩れそうな高い塔をよじ登るなんて、無茶もいいところだ。

それにね、塔の森はウーグラどもの縄張りだ。自分達の縄張りの中だと、やつらは、ひどく凶暴になるんで。塔を登ってくる者がいれば、容赦なく鋭いくちばしを繰り出してくる。鎧《よろい》？　そんなもの、役に立ちゃしませんよ。第一、鎧をまとっていては塔なんか登れないでしょ？

しかも、ウーグラの巣は無数にある。あてずっぽうに選んでも、そこに求める物がある確率は限りなく低いってわけで。自分で取り戻そうとするなんて、そんな危険で無鉄砲で効率の悪いこと、ケルバッシュの連中はやりゃしませんよ。少々金がかかっても、安全な方法をとる。お客さんもそうしたほうがいいですよ。

ああ、その方法？

塔の森にはね、ウーグラの他に住んでいる者達がいるんですよ。〝灰の雛《ひな》〟と呼ばれる子供らです。孤児や捨て子の集団でして。金を払えば、彼らが塔を登って、盗まれた物を取ってきてくれます。危険ではないかって？　いえ、身の軽い連中だから、落下するようなドジは踏みませんよ。なにせ、物心ついた時から塔を昇り降りしてるんですから。

それにね、ここが肝心要《かなめ》。ウーグラどもは、なぜか人間の子供には手出ししないんですよ。巣の中に入ろうが、中にためこんだお宝を横取りされようが、子供が相手なら許してしまう。

悪いことは言いません。盗まれた物を取り戻したいなら、まずは〝灰の雛〟を頼りなさいよ。

＊

その朝、〝灰の雛〟の一人、アイシャは胸騒ぎで目が覚めた。

嫌だなと思った。胸がざわざわとする。理由もないのに不安がこみあげてくる。

気持ちをなだめようと、アイシャはねぐらにしている塔を出た。その塔の外側に触れながら、三度回る。そのあと、さらに両隣の二つの塔にも同じことをした。

これは自分なりのおまじないだ。

今日も無事に塔を登り、ウーグラの巣に入れますように。めぼしい物が見つかりますように。

そして、無事に地上に戻ってこられますように。

願いをこめて、アイシャは三つの塔に触れていった。

この三つの塔はアイシャのものだ。五年前、仲間達から託された。

自分の塔を持てるということは、塔を昇り降りする技と力を認められたということ、つまり一人前の〝灰の雛〟になったという証だ。もう年上の仲間から食べ物をもらうだけの日は終わり。これからは自分の力で稼げる。あの時の誇らしさと嬉しさを、アイシャは今でも忘れていない。

実際、〝灰の雛〟としての暮らしは悪くなかった。ウーグラのおこぼれを食べれば腹は満たされるし、巣で見つけた鉄くずやくず水晶を市場へ持っていけば、そこそこ金になる。

時には、町から客が来ることもある。ウーグラの巣から「これこれこういうものを取り返してきてほしい」と、依頼してくるのだ。

依頼があると、〝灰の雛〟の一同は色めき立つ。はたして、どの巣に依頼品があるのか。宝物を探す気持ちで、それぞれ自分の塔を登る。見つけ出した子供が、報酬の半分を受け取る決まりなので、熱が入るのも当然だ。ちなみに、残りは、まだ塔を持たない幼い子達のために使われる。

残念ながら、アイシャはこれまで依頼品を見つけたことがない。そのことに焦っていた。

「……いつまでやれるかな、あたし」

〝灰の雛〟にとって、一番恐ろしいのが、〝大人になること〟だ。

ある日突然、それまで見逃してくれていたウーグラが、自分を敵とみなしてくる。いつものように巣に入ったとたん、くちばしに貫《つらぬ》かれ、塔の下へと突き落とされる子供は、何人もいるのだ。

そうなる前に、〝灰の雛〟は巣立たなくてはならない。〝灰の雛〟であることをやめ、新たな生き方を求め、外へと羽ばたかなくてはならない。

そして、アイシャは自分が〝灰の雛〟としてそろそろ限界に来ていると感じていた。正確な歳はわからないが、たぶん十二歳か十三歳。この頃、巣に入るたびに、ウーグラがぎろっと睨んでくるような気がする。手出しこそしてこないが、威嚇《いかく》するように翼を広げるウーグラもいて、そのたびにどきっとする。

もうやめたほうがいい。今日で塔に登るのはやめにしよう。

毎日そう思うのだが、アイシャの蓄《たくわ》えはまだ十分ではない。金になりそうなものを求めて、塔に登らざるを得ないのだ。

だからこそ、アイシャは依頼品を見つけることを切望していた。一気に稼ぐには、それしかない。

どうかどうか、今日こそ上客が来ますように。その人のなくし物が、この三つの塔のどれかにありますように。

祈りを捧げたあと、アイシャは懐《ふところ》に入れておいた古いパンをかじり始めた。昨日見つけたもので、外側は石のように堅いが、まだ風味は悪くない。

辛抱《しんぼう》強く嚙み続けていると、ふいに耳に銅鑼《どら》の音が響いた。ジャンジャンと、けたたましく、めちゃくちゃな調子で叩かれる銅鑼の音に、アイシャは胸が沸き立った。

客だ。塔の森に客がやってきたという合図だ、これは。

パンを懐に入れ直し、アイシャはさっと走りだした。地面を覆う灰を蹴散らし、王の塔へと向かう。

途中、他の子供達と次々と合流した。細くしなやかな手足を持ち、全身灰まみれで裸足で走る〝灰の雛〟。みんな、目をきらめかせ、はしゃいだ顔をしている。

「久しぶりのお客だね、アイシャ！」

「そうね。どんな人かな？　お金持ちだといいんだけどな」

「ほんとだよな。……俺、絶対見つけてみせる」

「そうはいくか。手柄はおいらのもんだ」

そんなことを言いあいながら、みんなで王の塔の前に駆けつけた。

王の塔。ひときわ大きく高いその塔は、他の塔と同じく崩れかけていた。だが、王の塔にだけは、緑のつたが巻きつき、しっかりと石積みを支えている。全てが灰に覆われた塔の森の中で、その緑はこのうえもなく鮮やかで、神秘的ですらあった。

また、王の塔は、他の塔とは少し離れた場所に建っているので、六十人以上いる〝灰の雛〟がいっせいに集まっても、押しあいへしあいになることはない。

到着したアイシャは前を見て、目を瞠《みは》った。

塔の前に、男が一人立っていた。三十五歳くらいだろうか。着古した白い旅衣の上に、しっかりとした白牛のマントをまとい、頭には白ターバンを巻いている。背は高く、痩せてはいるが、腕は太い。明らかに職人ではない。武人か傭兵か、それとも盗賊か。実際、男の腰には長刀がくくりつけてある。

そして顔は……。

顔はとにかく怖かった。白く光る三白眼に、頬骨のつっぱった、げっそりとした細面《ほそおもて》。日に焼けない体質なのか、肌はアイシャが見たこともないほど白い。また、ターバンからこぼれた髪は、珍しい銀色だ。服装が白ずくめなこともあり、月の悪霊もかくやといわんばかりだ。

男の異相に驚きはしたものの、それ以上にアイシャはがっかりした。この男、ちっともお金持ちそうには見えない。きっと、ウーグラに盗まれた物も、たいした値打物ではないだろう。

一方、他の子達は別のことでざわついていた。

あれがお客？　怖い顔。

盗賊？

旅人じゃない？

でも、剣を持ってるよ。

ほんと怖い顔してるねえ。

好奇心に満ちたまなざしをいっせいに浴びて、男はひどく居心地悪そうだった。

と、鳴り響いていた銅鑼がやみ、王の塔に開いた大穴から、ひょいと顔がのぞいた。

「みんな、集まったぁ？」

「集まりました、頭目！」

「じゃ、ぼく、そっちに行くねぇ」

のんびりとした口調と共に、若者が一人、穴から飛び出してきた。

若者は猿のような身軽さで壁を伝いおり、あっという間に地上にたどりついた。客の男が飛び

出さんばかりの目をしているのを見て、アイシャは思わず笑った。

そうだ。〝灰の雛〟の動きを見た外の者達は、みんなこういう顔をする。そして、頭目のナバールは誰よりも身が軽いのだ。

小柄で童顔なので十五歳くらいにしか見えないが、ナバールが〝灰の雛〟となったのは二十五年ほど前だという。赤子の時に捨てられ、それからずっとここにいる。とっくに成人しているのだが、その心はいつまで経っても子供のように幼く、笑顔は砂嵐のあとに咲く白い蛍花のように無垢だ。

だからだろう。ナバールを襲う魔鳥は一羽もいない。ウーグラの恩寵は、今もナバールに与えられているのだ。

〝灰の雛〟はナバールを兄のように慕い、心から敬っていた。捨てられたことで心を荒《すさ》ませている悪童は何人もいるが、そんな子供らも、ナバールの言葉には絶対に従う。

これはなにも、ナバールが一番の年長者だからではない。彼が、無垢ならではの不思議な勘を持っているからだ。

依頼をしてくる客の中には、物騒な連中もいる。盗まれた品を取り戻すなり、金を払わないとごねだしたり、あるいは〝灰の雛〟を脅して言うことを聞かせようとしたり。

そういう客を、ナバールは見抜くことができた。どんな笑顔にも報酬にもだまされない。だから、「この人嫌い。帰って」と、ナバールが泣きだすと、子供らは砂嵐のように客に襲いかかり、塔の森から追い出すのだ。

ナバールが頭目になってからというもの、報酬が支払われないことも子供らが危険にさらされることもなくなった。そのナバールが引き受けたということは、この銀髪の男はちゃんとした客だということだ。顔は怖いけれど、大丈夫だろう。

指示を待つ子供らに、ナバールはにこにこしながら言った。

「この人がね、捜し物あるって。捜してあげて。緑の大きな石だって。すごくきれいなんだって」

ナバールの言葉に、子供らの目はたちまち光りだした。

「それって……宝石？」

「緑の石って、緑柱石？」

「翡翠《ひすい》とか？」

「うそ。ほんとに、そんなの盗まれたの、おじさん？」

さえずる〝灰の雛〟に、男はむっとしたように言い返してきた。

「おじさんではない。俺はまだ二十七だ」

「…………」

一瞬の沈黙のあと、どっと笑いが弾けた。

「ご、ごめんね！　言い直すよ」

「おじさんみたいなお兄さん、緑の石って宝石かい？」

「言い直すな！」

男は怖い顔をさらに怖くして怒鳴ったが、それが余計におかしくて、子供らはげらげら笑った。

アイシャはなんとなく、この男が気に入った。外から来る客には、とりすました者やこちらを見下してくる者が多いが、この男は違う。〝灰の雛〟にきちんと向きあっている。

しばらく子供達とわめきあったあと、男は疲れたように額に手をあてた。

「もういい……。おじさんでもなんでも好きに呼べ。とにかくだ。なくしたのは宝石だ。大きさはフクロウの目玉くらい。色は緑で、光っている。見つけてくれないか？　大事な預かりの品なんだ」

「報酬は？　いくら払ってくれんの？」

「宝石が獲物なら、はした金じゃ引き受けないからね」

「わかっている。宿屋の主人に聞いたからな」

これでどうだと、男は腰から下げていた小さな袋を差し出した。

「銀貨十六枚。宝石の対価としては少ないかもしれないが、これが有り金全部だ。なんとかこれで引き受けてほしい」

子供らはナバールを見た。ナバールはにこりとした。

「引き受けてあげようよ。すごく困ってるみたいだし」

「しょうがないなあ」

「頭目がそう言うなら、いいよ」

「やってあげる」

「本当か！　恩に着る！」

「うわ、目を輝かせないでよ、おじさん」

「うん。魔物みたいで怖い」

「……本当に失礼だな、おまえ達は」

とにかく、銀貨十六枚で男の宝石を捜すことになった。

子供らはさっそくそれぞれの塔へと駆けていった。アイシャもだ。

走る間も、胸がどきどきしていた。

もし、宝石を見つけられれば、銀貨八枚が自分のものになる。それだけあれば、仲介屋を雇える。いい奉公先を見つけてもらえる。〝灰の雛〟をやめることができるのだ。

希望に胸がときめき、同時に少しだけ心が痛んだ。仲間と別れなければならないのが寂しい。

塔の森を出ていかなければならないことが心細い。でも、しかたない。ここにしがみついていても、アイシャにあるのは死だけだ。

自分はナバールとは違う。ナバールのように、魔鳥の恩恵を授かることはないと、わかっていた。早く出ていくためにも、やらなければならない。なんとしても宝石を見つけるのだ。

気持ちを奮い立たせ、アイシャは自分の塔へと駆け戻った。最初に登る塔は、もう決めていた。

マウベの塔だ。

自分の塔に住まうウーグラ達に、アイシャはそれぞれ、エガ、サウ、マウベと勝手に名前をつけている。そして、マウベは今朝、獲物を持ち帰ったらしい。早朝、塔に戻る羽ばたきの音と、嬉しそうな鳴き声を確かに聞いた。

もし何かあるとしたら、マウベの巣だ。

息を整えることもせず、アイシャはマウベの塔の壁に飛びついた。石積みの、わずかな隙間や出っ張りに手足の指先をひっかけ、体を引きあげていく。物心ついた時から毎日やっていることなので、少しも怖くないし、苦でもない。

あっという間に屋根にたどりついた。

そこにウーグラの巣があった。壺を横倒しにしたような形の黄色の巣。大きさは小屋ほどもあり、塔の屋根にしっかりくっついている。砂でできているが、ウーグラの唾液でかためてあるため、非常に頑丈だ。石を叩きつけたくらいでは、傷一つつけられない。

この巣の中に、ウーグラは盗んできたものをしまいこむ。卵や雛のまわりを、光り物で飾り立てるのだ。

入り口のところで、アイシャはごくりとつばを飲んだ。

昔は勢いよく飛びこんだものだが、大きくなるにつれ、それができなくなった。今では巣をのぞきこみ、主がいないのを確かめてからでないと、とても足を進められない。

幸いなことに、マウベの姿は見当たらなかった。

アイシャは胸をなでおろしながら、素早く中に入った。

中は、皿や水差しのかけら、光る甲虫の死骸、きれいな鳥の羽根、錫《すず》のひしゃく、くず水晶など、魔鳥の収集品で埋め尽くされていた。ほとんどはがらくただが、根気よく探せば掘り出し物が見つかることもある。

だが、今回は探す必要もなかった。

踏みこんだとたん、アイシャは見たのだ。何かが奥で光っている。緑色の、なにやら胸を躍らせるような美しい光だ。

吸い寄せられるようにそちらに向かった。ガラスや結晶のかけらに気をつけながら、邪魔な物を押しのけ、光に手を伸ばす。

つかんだものは冷たく、すべすべしていた。

アイシャはそっと手を引き抜いた。

それはなめらかな丸い石だった。だが、緑の炎のように燃えている。強く、弱く、またたきを繰り返すさまは、脈打っているかのようだ。このうえもなく透き通っていて、のぞきこむと、魂まで引きこまれそうな気がした。

これほど美しいものは見たことがない。

少女は息をするのも忘れて、うっとりとながめてしまった。

それがいけなかった。

ふいに、気配を背後に感じて、アイシャは慌てて振り返った。

いる。ウーグラだ。目をこらしても、その姿はうっすらとしか見えない。ぬるりとした光沢のある体は、どんな背景にも溶けこんでしまうから。

だが、わかる。ウーグラはアイシャを見ている。じっとりとした、冷たい目で。

アイシャはつばを飲みこみながら、そろそろと動きだした。

大丈夫だ。あたしは〝灰の雛〟。まだ子供だもの。今日はまだ平気。大丈夫。抜け出せる。今日だけは見逃して。そしたら、もう二度と来ないから。

宝石を握りしめ、巣の壁にはりつくようにしながら、少しずつ出口を目指した。ウーグラの横を通った時は、心臓が早鐘のように打って、胸が痛くなった。息を止めたまま、なんとかやりすごす。

体に日の光を感じた。外だ。もうすぐ巣の外に出られる。

全身に命があふれるような気がした。もう大丈夫だ。

くるりと巣に背を向け、飛び出そうとした時だった。

ずぶっと、妙な音がして、アイシャは強い衝撃を受けた。見れば、右肩のあたりから、赤黒い細いものが突き出ている。

それがウーグラのくちばしで、自分が貫かれたのだとわかったとたん、激痛に襲われた。

「うあ、あ、う……」

声にならないうめきをあげながら、アイシャはそれでも必死にもがいた。と、くちばしが体から抜けた。

次の一撃がすぐに来る。

アイシャは痛みをこらえて、巣から転がり出た。そこで左足の太ももを貫かれた。

「ひぎゃっ！」

走り出そうとしていた足は力を失い、少女は激しい勢いで倒れた。そのままごろごろと屋根を転がり、空中へと投げ出される。

すさまじい勢いで落下していく間も、アイシャは宝石を握りしめていた。

なんで、今日なの？

それが頭に浮かんだ唯一の言葉だった。

＊

はっと気づいた時、アイシャは空を見ていた。

青い空。雲一つない。なんてきれいなんだろう。こんなに空がきれいだなんて、今まで思ったことがない。

じんと胸が震えた。

と、ぬっと、二つの顔がこちらをのぞきこんできた。〝灰の雛〟の頭目ナバールと、銀髪の依頼主だ。

「おい、気づいたようだ」

「大丈夫ぅ、アイシャ？」

「あ、う……」

「待て。すぐには動くな」

「寝てたほうがいいんじゃないかなぁ」

「だ、大丈夫」

気遣う二人の手につかまりながら、アイシャは身を起こした。深い眠りから覚めた時のように、頭の奥が痺《しび》れている。

ぼうっとして目をこする少女に、ナバールが尋ねた。

「いったい、どうしたの？　まさか落ちちゃった？」

「落ちた……」

そうだ。落ちたのだ。

塔から落下したことを思い出し、アイシャは慌てて体を見た。恐る恐る手足を動かしてみたが、どこも痛くないところを見ると、骨折もしていないようだ。あざすらない。

たまたま落ちた先が、灰がひときわ分厚く積もった場所だったのだろうか。とにかく、なんという幸運だろう。落ちた時は、死を覚悟したのに。

ここで、宝石のことを思い出した。

そうだった。あたしが見つけたんだ。あれはどこ？

手を開いてみたが、何もなかった。あれほどしっかり握りしめていたのに。きっと地面に叩きつけられたはずみで手が開き、どこかに飛んでいってしまったのだろう。

顔色を変え、アイシャはまわりの灰をかき回しだした。

「お、おい」

「どうしたのぅ、アイシャ？　いきなり慌てたりして」

「石！　あたし見つけたの！　宝石を見つけたの！」

「なんだって？」

「落ちた時は確かに持ってた！　だから、このあたりに絶対あるはずよ！」

それならとばかりに、客の男もナバールもまわりの灰を掘り返し始めた。

と、何気なくアイシャのほうを見た男が、すっと目を細めた。

「おい。……その光はなんだ？」

「え？　どこ？」

「おまえの胸元だ。光っているぞ」

アイシャは言われるままに目を下に向けた。男の言うとおり、ぼろぼろの服を通して、うっすらと光が漏れている。

緑色の光だ。

恥も何もかもかなぐり捨て、アイシャは大きく胸元を引きむしった。

まだほんのりとしか膨らんでいない胸の、ちょうど心臓の真上にあたるところに、あの宝石があった。まるで根か何かのように、緑の筋が何本も宝石からはえ、アイシャの褐色の肌へと食いこんでいる。そうやって、アイシャの体に埋まり、肉の一部になってしまったかのようだ。その輝き、またたきは、前よりもいっそう鮮やかで力強い。

「……なんで？　なんで、こんな……？」

アイシャは指で宝石を引き剝がそうとした。だが、爪が剝がれそうになるほど力をこめても、宝石はびくともしなかった。しっかりと胸に埋まってしまっているのだ。

茫然としている少女に、依頼主の男がささやくように言った。

「俺は……前にそれと同じものを見た。おそらく、それは取れない。おまえが死なない限り」

その言葉に嘘の気配はなく、アイシャは別の意味で血の気が引いた。

この宝石は明らかに貴重で、この世に二つとないものだ。男はきっと、アイシャを殺して、宝石をえぐりとろうとするだろう。〝灰の雛〟一人の命と見事な宝石の価値は、比べるまでもない。

だが、ナバールがおっとりと口を開いた。

「でもぉ、おじさんは殺さないよねぇ。アイシャを殺して、宝石を取ったりしない。そうだよねえ?」

「もちろんだ」

「ほら、こう言ってるよ。大丈夫だよぉ、アイシャ」

ナバールの勘はいつも正しい。男が自分を殺さないことを、アイシャは信じた。

胸をなでおろす少女に、男は困ったように言った。

「ただな、それは俺の物ではなく、預かり物なのだ。涙の谷という場所に運ばなくてはならない。……そこに一緒に行こう。谷にたどりつけば、その宝石を取り出す方法がわかるはずだ」

嫌だと、アイシャは反射的にあとずさりした。

こんな得体の知れない物を抱えたまま、見ず知らずの男と旅をするなんて、冗談じゃない。ここにいる。ここが自分の居場所だ。

目を怒らせるアイシャに、またしてもナバールが口を開いた。

「そういえば、どうして塔から落ちたの？　アイシャらしくないよねぇ」

「ウーグラが……襲ってきて……」

アイシャの言葉に、びくっと、ナバールは身を震わせた。その目がみるみる悲しみに染まった。

「それじゃ……アイシャはもう〝灰の雛〟じゃないねぇ。出ていかなきゃだめだよ」

「ナバール……」

「だめだよぉ。出ていかなきゃ。それもすぐに」

ナバールの目は悲しげだったが、真剣だった。

真っ青になっているアイシャから顔をそらし、ナバールは男に向かって言った。

「おじさん、お金ちょうだい」

「え？」

「ほら、報酬のお金。ちゃんと宝石は見つけたでしょ？　だから、おじさんもちゃんと払ってよ」

「あ、ああ、そうだな」

渡された銀貨をきちんと数えたあと、ナバールはその半分をアイシャの手に載せた。八枚の銀貨は重くて冷たかった。

「はい、これはアイシャのね。これを持ってその人と一緒に行くんだ、アイシャ。その人、きっと守ってくれるよぉ」

「お、おい。勝手に話を進めるな。目的地までは一緒に行くが、そのあともずっとというのは無理だぞ」

　焦る男に、ナバールは今度はにっこりと笑いかけた。

「おじさんはきっとアイシャのことが必要になるよぉ。だってさ、アイシャはおじさんのお守りになるんだから」

「……なんだ、それ？」

「でもねぇ、気をつけて。お墓の闇に気をつけて。金の女の人が、おじさんを見つけたら大変だよぉ。金色の、怖い人。アイシャを大事にして、ちゃんとお守りにしておけば、助かると思うけど」

　それだけ言うと、ナバールは何か歌いながら、ゆらゆらと去っていってしまった。

　気が抜けたように、男はアイシャを見た。

「あの若者はいつもああなのか？」

「いつもじゃないけど。ああいうことを言う時は、気をつけないとだめなの。ナバールの言葉は真になるから」

「しかし、墓の闇？　お守り？　なんのことだかわからんぞ」

　男はしきりに首をかしげていたが、アイシャはそれどころではなかった。ナバールの言葉が突き刺さっていた。「出ていけ」と言われたからには、その言葉に従わなければならない。巣立ちは近いとわかっていたが、まさかこんな形でやってくるとは。

涙がこみあげてきたが、必死でこらえた。とにかく、ぐずぐずはしていられない。未練で体が縛られてしまう前に、ここを離れなければ。

「おじさん、ちょっと待ってて」

アイシャはそう言って、自分のねぐらに入った。前々から少しずつ準備はしていたので、荷作りには手間取らなかった。なにより、持っていく物は多くはない。

くず水晶のかけらが数個、つやつやとした珍しい種、青い数珠《じゅず》玉、古い銀の鈴、形が気に入っている獣の牙。どれもウーグラの巣で見つけた物だ。それらを銀貨と一緒にぼろ布でまとめれば、瓜《うり》よりも小さな一つの荷となる。

ねぐらから出てきた少女に、男が声をかけた。

「もういいのか?」

「うん」

「体のほうもほんとに大丈夫なのか? 怪我は見当たらないようだが、つらいようだったら、もう少し休んでいってもいいんだぞ。なにしろ、この塔から落ちたのだろう?」

気遣ってくる男の言葉に、アイシャははっとなった。今になって思い出した。塔から落ちただけではない。その前に、ウーグラのくちばしに肩と太ももを貫かれたではないか。

だが、その傷が見当たらない。血のあとも、幻のように消えている。

ぞくりとした。

宝石のことといい、傷がないことといい、何か自分の体におかしなことが起きている気がする。

このことは誰にも言うまい。そう決めた。

アイシャはこわばった笑みを浮かべて男を見た。

「ほんとに大丈夫だから。行こう、おじさん」

「そのおじさんというのはやめてくれ。これでもまだ三十前なんだぞ」

「でも、名前を知らないから」

「そうだったな。それは悪かった」

怖い顔の男はまじめに謝った。

「俺の名はタスラン。根っからの流れ者だ」

「あたしは、アイシャ。よろしくお願いします」

「うむ。俺は武骨者で、子供の扱いはよく知らん。疲れたり腹がへったりしたら、すぐに言ってくれ」

もう子供じゃないわと、言い返しそうになったアイシャだが、出かけた言葉を飲みこんだ。もう少し子供でいたかったと、いっそう惨めな気持ちになりそうだったからだ。

「……はい」

「では行こう」

二人は歩きだした。

ちらちらと、あちこちの塔の陰から子供らがのぞいてきた。でも、アイシャに声をかけてくる子はいなかった。もう、みんなわかっているのだ。アイシャが〝灰の雛〟ではなくなったということを。

押し寄せてくる寂しさに歯を食いしばりながら、アイシャは一歩ずつ前に進んだ。素足に触れる降り積もった灰が、やがて唐突に途切れた。その先には石畳の道が延びていた。

塔の森の領域を出たのだ。もうここは石の都ケルバッシュなのだ。

思わず振り返りそうになったが、アイシャはぐっとこらえた。

だめだ。ここで振り返ったら、帰りたくなってしまう。古巣に戻りたくなってしまう。でも、もうあそこはアイシャのものではないのだ。あの三つの塔だって、すぐに別の子に与えられるだろう。下手をしたら、今日中に次の持ち主が決まるかもしれない。

また一つ、自分のものを失った。

涙を必死でこらえていると、ふいに肩に重みを感じた。タスランが手を置いてきたのだ。アイシャを見下ろす顔はあいかわらず怖かったが、目に宿る光は優しかった。

「大丈夫か?」

「は、はい。平気」

「そうか」

それ以上は何も言わず、タスランはアイシャの頭を撫でてくれた。その手は大きくて、ずいぶんと冷たかったけれど、アイシャは少し気が晴れるのを感じた。

心の中で思った。

巣立ちの旅の道連れが、この人でよかったと。

2

タスランは内心戸惑っていた。

この石の都に来てから不運続きだが、まさか子供が一人、旅の道連れになろうとは。思いもよらぬとはこのことだ。

タスランは生まれながらの放浪者だった。故郷と呼べる場所はなく、物心ついた時にはすでに旅をしていた。

昔は、父と母、それに祖父が一緒だった。足の向くまま、気の向くまま、一家は各地を渡り歩いた。気に入った場所があれば、時には長くとどまることもあったが、一年とはもたない。父と祖父が「そろそろ行こう」と言えば、また旅は始まる。

母は、そんな夫や義父にあきれていたが、タスランには二人の気持ちがよくわかった。他ならぬタスランにも、同じ衝動があったからだ。

居心地のよい土地にいても、優しく気さくな人々に歓迎されていても、心の底に満たされないものがある。それは、必ずむずむずとうずきだすのだ。

探さなければならない、見つけなくてはならない、と……。

また、そうしなければならない理由が、一家にはあった。先祖から脈々と受け継がれてきたもの。それゆえに、ひとところにはとどまれぬ運命を定められている。

だが、今はそれについて考えたくなかった。

とりあえず、他に考えなければならないことが山とある。

まずは金だ。すぐにもこの都を出たいところだが、〝灰の雛《ひな》〟に有り金を渡してしまった。食料や必要な装備なしに砂漠に出れば、命取りになる。ましてや少女を連れて目的地にたどりつくなど、夢のまた夢だ。

タスランはそのことを少女に告げた。

「それじゃ働くの?」

「そうだ。この都で稼ぐ」

「……売り子とかやるの?」

アイシャの顔が微妙にひきつった。タスランから揚げパンや果物を買う客はいないだろうなと、思っているに違いない。だが、タスランは気を悪くしたりしなかった。自分の異相がどのように見られているかは、よくわかっていたからだ。

「売り子は無理だが、俺のような者を雇ってくれる相手に心当たりがある」

こっちだと、タスランは通りを歩きだした。アイシャはのそのそとついてきた。足取りがおぼつかないのは、石畳の道のせいだろう。聞けば、都には初めて出てきたのだという。足元に灰がないのが変だと言い、大人の数にびくびくし、立ち並んだ露店や屋台の、きらびやかなガラス細工や菓子に目を奪われる様子が微笑《ほほえ》ましかった。

見知らぬ都の通りを、人に道を尋ねながら進み、やがてタスランは裏通りへと入った。そこは背の高い石造りの建物がびっしり並んでおり、暗く日が陰り、全てが灰色に沈んでいた。二人は、建物の間にできた細い隙間を縫うようにして歩いていった。

そうして、迷路のような路地を進み、ようやく目的の場所にやってきた。そこは路地の行き止まりで、戸が一つあった。漆黒《しっこく》に塗られていて、烏《からす》をかたどった鉄の飾りがはりつけられている。

タスランが静かに戸を叩くと、戸の向こうから低い声が聞こえてきた。

「金の鷲は耳疎《うと》く、銀の梟《ふくろう》は夜目しか利かぬ」

すぐさまタスランは言葉を返した。

「鉄の烏は全てを捕らえ、獲物を巣へと運びこむ」

一呼吸後、戸が開かれ、小太りの男が出てきた。透けるようにきめ細かな白い麻の衣をまとい、腰にはきらめくガラス玉を縫いつけた幅広の帯をしめている。頭は禿げあがっているが、ひげは長く、良い香りのする油をしみこませて、美しく整えてある。

一見すると、大商人のような身なりだが、帯には三本も短刀が差しこんであり、さらにもう一本、抜き身の細いやつを手に握っている。顔はいかつく、油断のない目をして、品性のかけらもない。

だが、タスランを見るや、男は親しげに笑って、抜き身の短刀を下げた。

「タスラン！　この野郎！　ケルバッシュに来ていたのか。いつだ？　え？　いつ来たんだ？」

「つい昨日だ。水と食料を補給しに立ちよったのだが……少し事情があって、ここに来た。しかし、驚いた。この都の〝鳥〟が、あんただったとはな」

「ああ、〝大烏〟の旦那に半年前にまかされてよ。住み慣れたシャスーンを離れ、ここに来たんだ。ともかく入んな。おめえなら、いつだって大歓迎だ。ちょうど蜂蜜《はちみつ》を塗った鶏が焼き上がったところだ。パンも酒もある。食っていくだろ？」

「それはありがたい。この子の分もあるだろうか？」

「この子ぉ？」

タスランの後ろに隠れていたアイシャを見つけ、男は目をひん剝いた。

「……おめえ、一人前に隠し子がいたのかよ！」

「……俺をいくつだと思っているんだ？　こう見えても、まだまだ若いんだぞ？」

「それじゃ、女に相手にされねぇからって、こんなガキに手を出したのか？」

「……その手の冗談は好かない」

「うわ、やめろ、馬鹿！　悪かったよ！　冗談も冗談、大冗談だ！　だから、剣から手を放せって！」

「この子は……頼まれたのだ。ある場所へと連れていってやってくれとな」

「わかったわかった。そういうことだな。そういうことにしとくぜ。ああ、畜生！　寿命が縮んだぜ」

悪態をつきながら、男は戸の向こうへと消えた。それに続こうとするタスランの服の端を、アイシャが引っ張ってきた。小さな顔はこわばっていた。

「……中に入って、平気？」

怯えるアイシャをタスランはなだめた。

「大丈夫だ。あの男は〝鳥〟だ」

「〝鳥〟？」

「口入屋のことだ。都のすみずみにまで目を走らせ、腕の立つ用心棒やならず者をたくさん抱えている。困り事や厄介事があれば、皆は〝鳥〟を頼る。それなりの報酬を払えば、〝鳥〟は部下を送り出し、解決してくれるからな。俺はあの男の手下ではないが、何度か仕事を引き受けたことがある。怒らせたら怖いが、こちらがまっとうに依頼を果たせば、きちんと金を払ってくれる男だ」

安心しろと言って、タスランは今度こそ戸をくぐった。アイシャはしぶしぶといった感じで、あとについてきた。

中は薄暗く、肉料理の良い香りで満ちていた。アイシャの腹が鳴る音に、タスランはかすかに笑った。

奥へ進むと、〝鳥〟サウードが食事の支度をしていた。豪奢《ごうしゃ》な絨毯《じゅうたん》の上に料理や皿を並べながら、サウードは言い訳がましく言った。

「あいにくと、今日は古女房が出かけてな。友達になった奥様方と、宝石商のところへ行くんだとよ。あいつめ。また紅玉《ルビー》の指輪を買ってきやがったら、指を詰めてやらぁ」

「そうなったら親方、あんたの耳が削ぎ落とされることになるのでは？」

「……わかってる。喧嘩であいつに勝てる男なんかいるわけねぇ。けどな、愚痴《ぐち》ぐれぇ言わせてくれよ。あいかわらず融通がきかねえ野郎だ。ああ、畜生。この都は嫌いだぜ。魔鳥はいるわ、宝石商は多いわ。〝大烏〟の旦那の命令じゃなきゃ、誰がこんなとこに移り住むかってぇんだ。シャスーンが懐かしいったらねぇよ」

仏頂面で、サウードはあごをしゃくった。

「さ、食ってくれ。そっちの娘っ子も。……その灰まみれの姿からして、おめえ、〝灰の雛〟かい？　悪いが、そっちの赤い敷物には近づいてくれるな。そいつは女房のなんだ。そこに灰を落とされたら、俺の指がへし折られる。それ以外は遠慮はいらねえから、どんどん食いな」

サウードが用意してくれた食事は、豪華なものだった。蜂蜜とニンニクを塗りこめて焼いた鶏の丸焼き、肉だんごが入ったスープ、甘い果物、普通のパンと砂糖をまぶした揚げパン、それに干しブドウとナッツ入りの炒め飯。

こんなごちそうは見たこともないと、アイシャはがっついた。タスランもありがたく腹を満たさせてもらった。

食事が終わり、焼き菓子をつまむ頃には、アイシャはとろとろとまどろみだしていた。タスランはそれとなく少女を自分の肩にもたれさせてやった。緊張に次ぐ緊張がやっとほどけたと言わんばかりの幼い寝顔に、心が和《なご》んだ。

そんなタスランに、サウードはしみじみとした口調で言った。

「おめえは優しい顔をすると、ますます怖えなぁ。死神がほくそ笑んでいるみてえだぞ、おい」

「………」

「いちいち傷ついた顔をすんなって。冗談だよ、冗談」

ふいに、サウードの顔が狡猾《こうかつ》で冷徹なものへと変わった。〝鳥〟の親方の顔だ。

「それで？　ここに来たってことは、俺んとこに持ちこまれた厄介事を片づけてくれる気があるってことだよな？」

「ああ。とりあえず金がいるのでな。どんな依頼が来ている？」

「そうさな。ならず者を追い払う。隊商の用心棒。金持ちの未亡人のお相手。砂漠エイの討伐。ざっとこんなところか。どれにする？」

「一番金になるのは？」

「そりゃ未亡人のお相手さ。ぐひひ」

「……次に儲かるのは？」

「砂漠エイだ。凶暴なでかいやつが、南東のオアシスの周囲を縄張りにしたらしくて、隊商が近づけないらしい。そいつを仕留めてくれたら、俺の見届け人がその場で金貨五枚を払うぜ」

「それにしよう。さっそく向かう。……報酬から少し前払いしてほしいのだが。砂漠に出るための準備をしたい」

「ま、おめえなら持ち逃げの心配はないだろうし、いいだろう」

ずっしりと重い金貨が一枚、タスランの手に渡された。

「今夜はうちに泊まるか？」

「遠慮する。奥方が戻ってきたら、ひと波乱ありそうだ。それに巻きこまれるのはごめんだ」

「この野郎、はっきり言いやがって。で、いつ出発する？」

「明日の朝には」

「それじゃ、明日の朝、東門のほうにうちの〝影〟を送る。そいつと一緒に行ってくれ。青い覆面をした小さなやつだ」

「わかった」

まだ眠りこけているアイシャを背負い、タスランは〝鳥〟の家をあとにした。

東の市場にほど近い宿屋に入り、少女を寝床に寝かせたあとは、市場で買い物をすませた。旅慣れているだけに目移りするようなこともなく、てきぱきと必要な物を買い、宿屋へと戻る。

その時にはアイシャは目覚めていて、不安そうな顔をしながら部屋で待っていた。

戻ってきたタスランを見るや、少女はほっとしたように息をついた。

「お、お帰りなさい」

「ああ。目が覚めたか。一人にして悪かった。市場に行っていたのだ」

「何を買ってきたの？　見てもいい？」

「見てもいいが、並べるな。またウーグラに盗まれるのは勘弁だ」

「タスラン。あたしはここ生まれのここ育ちなんだから。そんな当たり前のこと言わないでよ」

むっとしたように抗議したあと、アイシャは大きな布袋の中をのぞきこんだ。

ほとんどは食料だった。干し肉や干した果物、丸くて平たい堅焼きパン。小さな卵のような形をした黒ずんだものは、水豆と呼ばれるものだ。味はすっぱいが、飴のようにしゃぶると、水がしみでてくる。砂漠を渡るのになくてはならないものだ。

その他に、砥石や火打石、焚きつけに使う蛍火草の塊、膏薬《こうやく》など、いかにも旅に必要な物が揃っている。

「こんなに持っていくの?」

「これでも少ないくらいだ。だが、俺は大砂漠には詳しい。いざとなったら、砂漠の生き物を狩って食えばいい。あと、これはおまえのだ」

タスランが差し出した物を見て、少女の顔は真昼の太陽のように輝いた。


翌朝、二人は宿屋を出て東門へと向かった。

ぼろのかわりに新しい服に着替えたアイシャは、いかにも嬉しげだった。裾のたっぷりとしたズボンに、首と背中を紐で結ぶ黒い腹がけ、さらに短い赤いベスト。男の子用の身なりだが、アイシャによく似合った。なにより、その腹がけは、アイシャの胸にはまった宝石をきっちりと隠してくれている。

だが、足はあいかわらず裸足だった。タスランは履き物も買ってきたのだが、アイシャは頑として それを履くのを拒んだのだ。

「服は嬉しいけど、履き物はいらない。これまで一度だって履いたことないし、邪魔になるだけだもの」

「しかし、砂漠の砂は燃えるように熱くなる。下手をすると、足の裏が焼けただれるぞ」

「平気。だって、あたしの足の裏は石よりも堅いんだから」

こんこんと、アイシャは自分の足を叩いてみせた。

それ以上の説得はあきらめ、タスランは履き物を荷の中にしまった。男の子の服に文句を言われなかっただけで上々だと、思うことにしたのだ。

まだ夜が明けたばかりなので、東門の広場にはほとんど人がいなかった。だが、奇妙なものが、積み重ねられた泥煉瓦《れんが》の横にひっそりと立っていた。

それは、小人だった。二歳の子供ほどの背丈しかない。ほっそりとした体軀を黒い装束で包み、鳥をかたどった飾りを腰帯につけている。袖からのぞく腕はびっしりと黒い毛に覆われ、手のひらすらも黒い。頭と顔には青い布をぐるぐると巻きつけており、目しか見えなかった。その目は火のように赤かった。

小人はタスラン達を見るや、軽やかな足取りで近づいてきた。アイシャはぎょっとしたようだが、タスランはたじろぎもしなかった。静かに声をかけた。

「サウードの〝影〟か?」

こくりと、小人はうなずき、小さく手招きをしてから東門へと歩きだした。門の向こうには、早くも金色にきらめきだした大砂漠が広がっている。

「行くぞ」

アイシャに声をかけ、タスランは小人のあとに続こうとした。と、アイシャがささやいてきた。

「あの人は？　な、何者なの？」

「〝烏〟の見届け人だ。依頼が果たされたかを見極め、金を払ってくれる。今回は案内人も兼ねているようだ。ありがたいな」

「そ、そうじゃなくて……あの人、魔族？」

「猿小人だ。南東の密林に住む種族だ。彼らは同族の前以外では、絶対に素顔をさらさない。口もきかない。人間と接するのは非常な恥になると考えているからだ。前に、酔っ払いが猿小人にちょっかいをかけるのを見たことがある。覆面をむしりとろうとしたとたん、そいつの指が全部なくなっていた」

「……人間が嫌いってこと？」

「自分達とは違うものとして区別しているだけだろう。だから、縄張りである密林からめったに出ることはないし、人間をそこへ招き入れることもしない」

「なら……あの猿小人はどうしてここにいるの？」

「出稼ぎに来たんだろう」

南の密林には塩がない。だから、猿小人は塩を求めて、こうして密林の外へと出てくるのだ。名誉を重んじる種族だから、どんな秘密も守るし、身軽で力も強い。重要な役目にはうってつけだということで、彼らを雇いたがる者は多いのだ。

「そうなんだ。あたし、猿小人なんて見たこともなかったし、聞いたこともなかった。……タスランって、色々なことを知ってるのね」

「まあ、あちこちに行っているから、それなりにな」

「……今度、話してくれる?」

「いいぞ」

「やった!」

タスランは微笑んだ。旅の話を聞きたがるアイシャの姿が、昔の自分に重なったのだ。かつては自分も、父や祖父から異国や風変わりな部族の話を聞き、心をときめかせたものだ。

ふと思った。誰かと共に旅をするのは久しぶりだと。

祖父も両親も、すでにこの世の人ではない。天涯孤独になってから何年も経つが、まさかまた道連れができるとは思いもしなかった。

目的の地につくまでの時間を大切にしようと、タスランは決めた。

3

アイシャは果てしなく続く砂丘を恨めしげに見つめた。大砂漠に出て今日で三日目だが、もううんざりだ。塔の森が恋しくてたまらなかった。古い塔がたたずむ静けさと、そこに満ちる子供達の騒々しさ。石の古びた匂い。灰の匂い。ウーグラの糞の匂い。ねぐらで見つけた宝物をそっと愛《め》でるひと時や、珍しくたくさん食べ物にありつけた時の喜び。

そうした思い出の全てが、今のアイシャを苦しめた。

大砂漠では全てが過酷だった。日中は、天と地の両方から強烈な熱にあぶられる。もともと褐色だったアイシャの肌は、この数日で焼きすぎたパンのような色に変じてしまった。このままでいけば、じきに黒焦げ色になるのは間違いない。

しかも夜は夜で、昼間の暑さが嘘のような寒さが襲ってくる。最初の夜は、あまりの寒さに一睡もできなかったほどだ。

砂の上を歩くことも、アイシャを疲れさせた。足はずぶりと沈み、引き抜くのに力をとられる。ふんわりと軽い灰とは大違いだ。

それにこの景色。途方もない広がりを見せる砂漠の景色には、最初こそ圧倒されたが、今では飽き飽きしていた。果てがないというのが落ち着かないのだ。塔の森にいた時は、無数の塔に囲まれ、常に守られているような安らぎがあったのに。

ああ、塔に登りたい。

ふいに、アイシャは焼けつくように思った。

石の隙間を指先で探り、ぐいっと体を持ちあげる感覚。地面がぐんぐんと遠ざかっていく達成感。てっぺんにたどりつけば、空にも手が触れられる気がしたものだ。

自分が〝灰の雛《ひな》〟であるという、ゆるぎない自信と誇り。それを与えてくれるのが塔だった。

あそこに帰りたい。塔の森に帰れるなら、なんだってするのに。

失ったものの大きさに、胸が押しつぶされそうになった時だ。タスランが声をかけてきた。

「アイシャ。水豆だ」

我に返ったアイシャは、急いでタスランから水豆を受け取り、口に入れた。

つるりとした水豆は口に含むと、じわじわと、驚くような水分がしみでてくる。それをアイシャは夢中でしゃぶった。少し酸味があるが、この味にもうすっかり慣れた。むしろ、自分がこんなにも喉が渇いていたことに驚いた。

砂漠の恐ろしさの一つだ。暑さに気をとられているうちに、体の水分が抜き取られて、手遅れになってしまう。

そうならないよう、タスランは定期的にアイシャに水豆を渡してくれるのだ。

アイシャは礼を言いながら、タスランを見た。

（この人……すごい）

この暑さにもかかわらず、タスランは汗の一粒も浮かべてはおらず、息切れもしていない。いくら砂漠に慣れているとはいえ、都の涼しい大通りを歩くかのような飄々《ひょうひょう》とした足取りは、気味が悪いほどだ。

それに、その白すぎる肌には灼熱《しゃくねつ》の太陽も手出しできないのか、まったく日焼けをしていない。銀色の髪とあいまって、異様な凄みをかもしだしている。凶悪を通り越し、邪悪そのものと言える目つき、顔つきは、まぶしい日光の下で見ても、ぎょっとするほどだ。

とはいえ、アイシャはタスランのことが好きになってきていた。

見た目の恐ろしさに反して、この男はとても優しかった。アイシャになにくれとなく気を使い、慣れない大砂漠で倒れないように見守ってくれている。口数は少ないが、声には思いやりが満ちている。

タスランと並んで歩いていると、何も怖くなくなることに、アイシャは気づいていた。守られている。それを感じられるのが嬉しかった。

（それに比べて……）

アイシャは、自分達より少し先を歩くもう一人の同行者を見た。

猿小人とはまったく距離が縮まらなかった。この奇妙なものは、ひたすら〝烏《からす》の影〟としての役目に徹し、孤独と無言を貫《つらぬ》いていた。何か伝えたいことがあれば、砂に指を走らせ、字を書いてくる。

　夜、焚火を囲む時でも、猿小人は光の届かないところにいて、覆面の下を少しめくって、何かをもぐもぐとかじっているのだ。

　アイシャは何度か話しかけたのだが、迷惑そうに手で追い払われ、あきらめた。

（本当に影みたいなんだから……。あの覆面の下の顔って、どんな顔なんだろ？）

　ちょっと見てみたいと思った時だ。

　ふいに、それまで前を歩いていた猿小人が駆け戻ってきた。タスランの前まで来ると、さらさらと砂に字を書き始める。アイシャは字が読めないが、タスランの体にぴりっと緊張が走るのを見て、何かがあるのだと悟った。

　はたして、こちらを振り向いたタスランの目は鋭く光っていた。

「じき例の砂漠エイの縄張りに入るらしい。これから先は声を出すな。やつは音を聞きつけて、獲物に狙いをつける」

「わ、わかった。……やっぱり危険なのよね？」

「砂漠エイは普通は人など襲わないが、こいつは隊商を二つ、全滅させたそうだからな」

　相当大きいはずだと、付け加えながら、タスランはそれまで鞘《さや》にしまっていた長刀を引き抜いた。タスラン自身の腕よりも長い刃《やいば》は黒かった。黒鉄《くろがね》よりもさらに黒く、濡れたように青光りしている。

　目を瞠るアイシャに、タスランは言った。

「これは隕石《いんせき》だ」

「隕石？」

「天から時々落ちてくる石のことだ。とても貴重で高価な物だが、これで作った武器は旅人には欠かせない。なにしろ、魔物を倒せる唯一のものだからな」

魔物のことは、塔の森で育ったアイシャも知っていた。〝灰の雛〟達の間にずっと語り続けられてきた物語、年上の子が年下の子供らに話して聞かせるおとぎ話にも、恐ろしい魔物はよく出てきたからだ。

血肉に飢えた、狂ったもの。日の光を憎み、命あるものを憎み、暗闇にまぎれて殺戮《さつりく》を繰り返す。

息を詰めながらアイシャはささやいた。

「タスランは……魔物と戦ったことがある？」

「二度だけ。最初はかろうじて逃げのびた。二度目はこの刀で倒した。……こちらも死にかけたがな」

タスランの声は静かで、それだけに魔物の恐ろしさが伝わってきた。

自分が旅する間、どうか魔物と出くわしませんように。

アイシャは手を握り合わせ、心の中で祈った。

そのあとは、一行は無言で進んだ。タスランは抜き身の刀を持ったままだったし、猿小人も油断なく周囲を警戒していた。嫌でも緊張が高まってきて、アイシャは胸が苦しくなった。

と、先頭の猿小人が立ち止まって、前を指差した。かなり離れた場所に、緑の塊が見えた。

オアシスだ。この乾ききった砂漠の中で、そこだけ不思議なほど緑がおいしげっており、その鮮やかさが目にしみるようだ。緑の向こうでちらちらと光って見えるのは、たぶん泉か何かだろう。


水がある！　久しぶりにちゃんとした水が飲める！

アイシャは思わず歓声をあげそうになったが、タスランが手でそれを制してきた。

静かにと、口に指をあてられて、アイシャははっとした。

そうだ。オアシスは、人も獣も立ちよる。砂漠エイが待ち伏せするには持ってこいだ。それどころか、自分達のすぐそばに潜んでいるかもしれない。

少女は慌てて周囲を見たが、それらしい姿は見当たらなかった。あいかわらず砂丘が金色に光っているばかりだ。

「ここにいろ。何があっても動くな。猿小人。あんたも残ってくれ。ここから先は俺の仕事だ」

そうささやくと、タスランは一人、オアシスに向かっていった。アイシャは高まる不安に震えながら、その後ろ姿を見送るしかなかった。一方、猿小人はというと、なんの感情もない赤い目でタスランを見つめていた。

タスランは静かに進んでいった。一歩ずつ、慎重に足を踏み出していく。そうして、ひときわ高めの砂丘の上で足を止め、荷から袋を取り出した。袋からは大きな土鈴がどっさり出てきた。音が鳴らないよう、中には綿が詰めてある。

慎重に綿を取り除いたあと、タスランは鈴を一つ、遠くに投げた。からからと良い音を立てながら、鈴はそのまま砂丘を転がっていく。

それをじっと見送ったタスランだが、動きがないとわかると、今度は別の方向に鈴を投げた。鈴を使って、砂漠エイの居場所をつかもうとしているんだと、アイシャは気づいた。

そうして何度も何度も、同じことが繰り返された。

たくさんあった鈴が半分ほどにまで減った時だ。

ついに、それが起こった。

ばーんと、鈴が転がっていった砂丘で、すさまじい砂煙が立ったのだ。

もうもうと砂を舞いあげながら現れたのは、巨大な魚だった。皿のように平たい体は、ラクダを四頭は乗せられそうだ。目はなく、かわりに鞭のように揺れる長い尾が三本ついている。砂と同じ色をしており、目の前で動いているというのに、すぐにも見失ってしまいそうだ。

エイは獲物がいるはずの場所を、体で覆うようにして這いずっている。あの体の下に捕らえられたらおしまいなのだというのは、アイシャにもわかった。

気をつけて！

エイに向かっていくタスランに、アイシャは心の中で叫んだ。

駆け寄ってくる男の足音に、エイが気づいたようだ。向きを変えるなり、タスランのほうへと体を滑らせる。恐ろしい速さだ。

だが、タスランは身を転がして、その突進を避けた。避けると同時に、刀も振った。

エイの体の端が少し切り取られた。茶色の体液が飛び散ったが、まだまだ傷は小さい。むしろ、これはエイを怒らせた。

タスランを貫かんと、三本の尾が激しく動きだした。ぶすぶすと、針のような先端がタスランを狙う。それを走りながらかわすタスランは、まるで踊っているかのようだ。

一本の尾を切り落とされ、エイが奇声をあげた。耳奥がきんとするような叫びに、タスランの動きが一瞬止まった。

「逃げて！　止まっちゃだめ！」

とっさにアイシャは叫んでしまった。

次の瞬間、エイの姿が消えた。ほんのわずかな隙をついて、砂の中に潜ってしまったのだ。

また見失ってしまった。いや、逃げてしまったのかも。

アイシャはそう思ったが、タスランが叫びかけてきた。

「アイシャ！　そこから離れろ！」

アイシャはぎくっとした。

そうだ。自分の声。あの声で、砂漠エイは他の獲物がいることに気づいてしまったのだ。こっちのほうがたやすく仕留められると、そう考えたのでは？

慌てふためき、タスランを見ると、こちらに向かって駆けてくる。

とにかく、ここを離れなくては。

アイシャが砂丘を駆けおりようとした時だ。ぐらっと、足元が大きく揺れた。

反射的に少女は身を投げ出していた。とっさに横にいた猿小人もつかみ、抱きこむようにして一緒に砂丘を転がり落ちる。

間一髪だった。

自分達のすぐ横を、飛び出してきたエイの体がかすめていくのを感じ、アイシャは肝が冷えた。だが、かわせたのは最初の不意打ちだけだ。エイはすぐさま向きを変え、アイシャ達を追いかけてきた。

エイが砂上を滑る音がぐんぐん迫ってくるのが、転がっていてもわかった。だが、何もできない。体は止められないし、立ちあがることもできない。叫ぶこともできなかったが、心の中で必死でタスランに助けを求めた。

ぶんっと、風を切る重たい音がした。

アイシャと猿小人は大波のような大量の砂に弾き飛ばされ、そのまま激しく砂の中にめりこんだ。まずいことに、アイシャは頭から突っこんでしまった。口も鼻も、息をしようとすると、ざらざらと砂が流れこんでくる。

息ができない。窒息してしまう。

慌てふためき、ばたばたと手足を動かしていると、手をつかまれ引っ張られた。

砂から引っ張り出してくれたのは、タスランだった。白い頬には傷ができ、壮絶な形相となっている。が、大きな怪我はなさそうだ。

「大丈夫か、アイシャ？」

死にかけたという恐怖のあまり、声が出なかった。がたがた震えながら、アイシャはかろうじてうなずいた。タスランの顔が申し訳なさそうに歪《ゆが》んだ。

「すまない。手こずった。……最初に出てきた時に仕留めるべきだった」

タスランの肩越しに、砂漠エイが見えた。頭に、さっきまでなかった角のようなものがはえている。それがタスランの刀だと気づき、アイシャは詰まっていた息を吐き出した。

刀は、エイの頭のど真ん中を見事に貫いていた。エイはまだのたうっているが、その動きはどんどん弱々しくなっていく。だが、完全に動かなくなるまで、タスランはエイから目を離さなかった。手負いの生き物ほど危険なものはないからだ。

ようやくエイが息絶えた。体の色が、砂色からほんの少し黒ずんだものへと変わるのを見届け、「もう大丈夫だ」とタスランは言った。

ここで、アイシャは猿小人のことを思い出した。同じように弾き飛ばされていたが、大丈夫だろうか？

周囲を見ると、猿小人は少し離れたところにいた。うずくまり、訳のわからない言葉をぎゅいぎゅいとつぶやいている。

「だ、大丈夫？　怪我したの？」

心配して近寄ったアイシャから、猿小人は弾けるように飛び離れた。もとから赤い目が深紅に燃えあがっていた。

なにやら甲高くわめいたあと、猿小人はものすごい勢いで、砂に字を書きだした。

「な、なんて言ってるの？……怒ってる？　あたしが叫んだせいで、砂漠エイに狙われたから？」

　字を読んだタスランは、微妙な顔つきとなった。

「いや、そうじゃないらしい。……おまえに命の借りができてしまったことを怒っている」

「え？……な、なんで？」

「うん。ちょっと待て。……人間などに助けられるのは、屈辱以外の何物でもないそうだ。余計なことをしてくれた、だそうだ」

「そんな……」

　面喰《めんく》らうアイシャを憎々しげに睨んだあと、猿小人は怒りがおさまらないとばかりに砂を蹴って、オアシスのほうに歩きだしてしまった。

「あ……」

「先にオアシスに行って、頭を冷やしてくるそうだ。今夜はあそこで野宿になりそうだな」

「あたし……悪いことしたのかな？　でも、あれは……しょうがなかったから」

「わかっている。わかっているさ」

　気にしなくていいと、タスランはアイシャの頭を撫でてくれた。

「猿小人には猿小人の考え方があるというだけだ。おまえは人として間違っていない。それどころか、よくあの時、あんな動きができたものだ。俺はすごいと思うぞ」

「………」

「もやもやするだろうが、そう気にするな。どうせ明日には別れる相手だ」

「え？」

「俺は仕事をこなした。あいつもそれを見届けた。頭が冷えればそれを思い出し、こちらに約束の報酬を払ってくれるだろう。で、あいつはサウードのところに戻り、俺達は先に進む。二度と会うこともないだろうから、すぐに忘れられるさ」

これを聞いて、アイシャは少し気が楽になった。

と、タスランは砂漠エイの死骸のほうに歩きだした。

「オアシスに行かないの？」

「こっちが先だ。せっかく新鮮な肉が手に入ったんだ。このまま見逃す手はない」

「た、食べるの？　あれを？」

「砂漠ではごちそうだぞ。婚礼の時だけ、砂漠エイの肉を食べる部族もいるくらいだ」

タスランは刀を引き抜くと、そのまま手際よく砂漠エイの皮を剝ぎ、肉を切り出していった。

「砂漠エイは、このヒレのあたりがうまいんだ。あと、肝だな。これは煮込むと、抜群にうまい」

「……よく知っているのね」

「あちこちを渡り歩いてきたからな。そうだ。あのオアシスに鬼ナツメがはえていたら、肉にまぶして、串焼きにしよう。おまえもきっと気に入るぞ」

大きな肉の切り身を肩にかつぎ、タスランは立ちあがった。

「さて、そろそろオアシスに行くか。猿小人の機嫌も、少しは直っている頃だろう」

「そ、そうね。それに、タスランの傷の手当てもしなきゃね」

「傷？」

「顔に傷ができてる。気づいてなかったの？」

はっとしたようにタスランは自分の頬を撫でた。

「……そうか。怪我をしていたか」

「オアシスについたら、あたしが薬を塗ってあげるね」

「……すまんな」

なぜか顔を背けるようにしてタスランは言った。

4

たどりついたオアシスは、かなり大きなものだった。草木が青々とおいしげっており、奥には澄んだ泉がこんこんと水を湧き出している。

二人はたっぷりと喉を潤し、砂とエイの血にまみれた体を洗った。猿小人の姿は見かけなかった。きっと、どこかの茂みに隠れて、不貞腐《ふてくさ》れているのだろう。きょろきょろと姿を捜すアイシャに、「放っておけ」と言い置き、タスランはさっそく料理にかかった。

その日の夕食は、豪華なものとなった。エイの串焼きに煮込み料理、それにオアシスで採れた新鮮な果物と甘い茶。干し肉やぼそぼそとしたパンで何日も過ごした者にとっては、夢のようなごちそうだ。それにエイの肉は、しこしことした歯ごたえと野性味にあふれ、食べると活力がみなぎってくる。疲労した体を癒やすにはもってこいだ。

タスランだけでなく、アイシャも旺盛な食欲を見せた。目を輝かせて料理を頬張る少女に、タスランは笑った。なんといっても、自分の手料理を喜んで食べてもらえるのは嬉しいものだ。

食事が終わり、口を水ですすいだあと、アイシャはふとぼんやりとした顔になって焚火を見つめだした。

「どうした？　具合でも悪いのか？」

「ううん。そうじゃないの。……これからどうなるのかなって思って」

「まあ、とりあえずエイを倒したからな。これで金は入るし、あとは本来の目的地に向かうだけだ」

「涙の谷だったっけ？」

少し不安そうな目で、少女はタスランを見つめた。

「どんなところなの？」

「俺も行ったことはない。アザムとカザムという双子の山の間にあると聞いた。この双子山は、大砂漠の西の果てにある青牙《せいが》山脈を越えた先にある。……涙の谷には隠れ里があるそうだ。その隠れ里に宝石を届けるのが、俺の役目だ」

はっと、少女は息をのんだ。

「……その話、聞いてもいい？」

「どうして、俺が宝石を届けることになったか、そのなりゆきを知りたいか？」

「うん」

「宝石を託されたのは十二日前のことだ……」

目を閉じ、タスランはあの夜のことを思い出した。

＊

その時、タスランは夜の砂漠にいた。厳密に言えば、冷たい砂の上に転がり、死にかけていた。

「まったくついてないな」

つぶやいたとたん、喉から血がこみあげてきてむせた。

今回は大失敗だった。辺境の町で仕事を一つ終えて、依頼主から報酬をもらって。そこまではよかった。

だが、金が入ったので、気がゆるんでいたのだろう。町を出る時に、うっかり門番に次の目的地を話してしまったのだ。

もともと顔見知りだったせいもあり、門番はタスランに気軽に声をかけてきた。

「よう。お疲れさん。仕事、うまくいったんだな」

「ああ。まあな」

「よかったじゃないか。で、今度はどこに行くんだい？」

「とりあえず南へ向かうつもりだ。手持ちの金が尽きたら、アーバッドにでも寄るさ」

「鳥の都か。いいね。あそこなら用心棒の仕事がごろごろあるだろうよ。おまえさんも、腕利きとして知られてきたところだし、すぐに雇ってもらえるさ」

「そうなってほしいものだ。それじゃまたな」

「おう。次にここに来る時は、なんかみやげを持ってきてくれよ。かみさんにやりたいんだ」

「忘れなかったらな」

そう言って、タスランは砂漠に出たのだ。

だが、門番との会話を無頼の一味に聞かれていたらしい。いや、思えば、依頼主に報酬をもらった時から目をつけられていたのだろう。

無頼どもは、タスランが野宿するであろうオアシスに先回りし、待ち構えていたのだ。普段のタスランであれば、たとえ奇襲であろうと、相手が二十人いようと、さほど手こずらずに撃退したことだろう。だが、運の悪いことに、襲撃者の中に射手がいたのだ。

脇とくるぶしに矢を打ちこまれながらも、タスランは夢中で愛刀を振るい続けた。我に返った時には、数人の死体と、五、六本の手足が砂の上に転がっているだけで、男どもの姿は消えていた。

なんとか生きのびたと思ったが、傷は思ったよりも深かった。矢を抜き、血止めをしたところで、完全に動けなくなってしまったのだ。

きっとこのまま死ぬのだろう。死ぬ前に、ケッバス港の飯屋の煮込み料理をもう一度食べたかった。ゼンの鍛冶屋に頼んでいた短刀の修理は、もう終わったのだろうか？　あと半月以内に金を持っていかなければ、あの因業爺《いんごうじじい》、絶対他の客に短刀を売り払ってしまうだろう。いや、そんなのは些細《ささい》な未練だ。なにより、このまま死ぬのが悔しかった。先祖から受け継がれてきた忌まわしきもの。それを消し去る方法を見つける前に、力尽きてしまうとは情けない。

そんなことを、朦朧《もうろう》としながら思い浮かべていた時だ。立ちのぼる砂煙から、すうっと、一人の女が現れた。

灰色の衣をまとった女は、静かにこちらに近づいてきた。老女だった。髪は白く、日に焼けた肌にはしわが無数に刻みこまれている。だが、すばらしく澄んだ緑の目をしていた。

その目にタスランは魅せられた。まるで緑柱石のような色だ。これまであちこちの土地を渡り歩いたが、こんな目の色は見たことがない。

老女は、血を吸いこんだ砂地や転がっている骸《むくろ》にも、驚いた様子を見せなかった。魔女なのかもしれないと、タスランは思った。

実際、老女は物騒なことを言ったのだ。

「血の匂いに誘われて来てしまいましたが……ずいぶんな乱闘があったようですねえ。これは……おまえ様がやったのですか？　一人で？」

「ああ」

タスランはうなずいた。

「魔女だか人食いだか知らないが、俺の血をすするなら、早いほうがいいぞ。血止めはしておいたが、どんどん流れ出ていっているみたいだからな」

老女はおもしろそうに笑った。

「私を人食いと思うなら、どうして逃げようとなさらない？　なぜ命乞いをなさらない？」

「どのみち、助かりそうにないからな。それに、俺が食われれば、あんたの腹は膨れて、その分、別の誰かが助かることになるだろう」

「豪胆なお人だこと」

老女はふと真顔になった。

「お名前は？」

「……タ、タスラン」

「聞いたことがあります。蒼刀《そうとう》のタスラン。隕石《いんせき》造りの青い刀を魔神のごとく振るう男。月色の髪と肌を持つ凶相《きょうそう》のさすらい人。おまえ様がそうでしたか」

「ふ、ふふ。魔女にまで名が知れているとは、光栄だな」

朦朧とするタスランの胸に、老女が指をあてた。

「蒼刀のタスラン。流浪の巫女がおまえ様をお助けいたしましょう」

老女が顔を近づけてきたところで、タスランは気を失った。

そして次に気づいた時には、体が動くようになっていた。

恐る恐る見てみれば、あちこちにできていた傷がない。きれいに消えてしまっている。まさかと、血止めをしていた脇の布をほどいた。

傷はなかった。肌はつるりとなめらかで、かすり傷一つ、見当たらない。

血をたっぷりと吸った布を持ったまま、タスランはしばらくかたまっていた。

ようやく横を向けば、そこにあの老女がいた。穏やかな微笑《ほほえ》みをこちらに向けている。

ぞわっと、全身に震えが走った。

この世にはあまたの人外のものが存在していることを、タスランは知っていた。魔族や魔物、精霊や竜。この老女も、それらの眷属《けんぞく》なのだろうか。

驚異のまなざしを向けられ、老女は微笑んだ。

「人でございますよ。ただ少しばかり、他の人とは違う力を身に帯びているだけのこと」

「……なぜ、俺を助けた？」

「おまえ様に頼みごとをしたいと思いまして」

ふいに、老女の体がぐらりと揺れた。そのまま砂へと倒れこみかけるのを、タスランは慌てて抱きとめた。

ぞくっとした。老女の体は枯れ木のように細く、軽かったのだ。生きているとは思えない軽さだ。

見れば、顔色がひどく悪くなっている。息も絶え絶えの様子に、タスランは焦った。

「お、おい！　どうした！　お、俺のせいか？　俺を癒やしたから、力を使い果たしてしまったのか？」

「い、いいえ。寿命がきたのでございますよ。……ふふ。思ったとおりでした」

「な、何がだ？」

「おまえ様はお優しい」

じっと見つめられ、タスランは動揺した。心の奥底まで、緑のまなざしに見透かされた気がした。

「べ、別に優しいわけでは……あんたは、命の恩人だからな。感謝しているだけだ」

「ならば、私の願いを聞いていただけましょうか？」

間髪《かんはつ》いれずにささやくと、老女は自分の衣の胸元をくつろげた。

タスランは絶句した。

老婆の胸、ちょうど心臓にあたる箇所に、緑の石が埋めこまれていたのだ。

つるりと、なめらかな丸い石だった。だが、緑の炎でできているかのように燃えている。強く、弱く、またたきを繰り返すさまは、鼓動のようだ。緑柱石でも翡翠《ひすい》でもない。そもそも、こんな宝石は見たことがない。

「これは琥珀《こはく》ですよ」

老女のささやきに、タスランはやっと詰めていた息を吐き出した。とたん、汗がどっと出てきた。

「琥珀……緑の琥珀なんて……」

「聞いたことがないと？　知られていないのも無理はありません。緑の琥珀はこの世に一つだけ。ここに埋まっているものだけですから」

「……俺に、な、何を望むというのだ？」

「私はまもなく死にます」

落ち着きはらった様子で老女は言った。

「私が死んだら、この琥珀を取ってほしいのです。そして、それを西にある涙の谷へ、は、運んでいただけませぬか？」

「涙の谷？……聞いたことがないな」

「青牙山脈を越えた先、高き双子山、アザムとカザムの間にあります。そ、そこに隠れ里があり、私の同胞が住んでおります。彼らに琥珀を渡してほしいのです。そうすれば次の、つ、次の流浪の巫女《みこ》がまた生まれることができるから」

老女の言っていることは、正直、タスランにはよくわからなかった。だが、老女にとっては重要なことらしい。

「……俺が琥珀を盗むとは思わないのか？」

「微塵《みじん》も。死にゆく者の頼みを無下《むげ》になさるようなお人には見えませんから」

老女のまっすぐなまなざしに、タスランはたじろいだ。会ったばかりの相手に、これほどの信頼を寄せられるとは。なにやら薄気味悪いほどだ。

だが、結局、老女の頼みを聞き入れることにした。

誓いの証に胸の上にこぶしを置き、タスランは言った。

「わかった。必ず涙の谷へ届ける」

よかったと、老女の顔がゆるんだ。

「これでもう、心残りはございません。それに……あなたのような良い男に看取られていくのは、悪くありませんね。……もう少し若ければ、もっと好もしかったのですが」

「……あんた、けっこう図々しいな。だいたい、俺はまだ二十七なのだが」

「おやま……ずいぶん老けていらっしゃる」

このような老女にまで笑われてしまうとは。さすがにタスランも腐った。

だが、ふと気づいた。呼吸の音が聞こえない。見れば、楽しげな笑いをとどめたまま、老女は息絶えていた。

「……ゆっくり眠られよ。星の数ほどの花と光に包まれ、かつての友や血族にまみえんことを」

弔いの言葉をかけて、タスランは老女の胸から宝石を取った。

とたん、老女の亡骸《なきがら》はさらさらと崩れだし、またたく間に砂漠の砂に混じりあってしまったのだ。

＊

話し終え、タスランはアイシャを見た。少女の目は今にもこぼれそうなほどに見開かれていた。

「それじゃ……この宝石は最初、そのおばあさんの体にはまっていたの？」

「そうだ。だから、おまえの胸にはまっているのを見て、心底驚いた。まったく同じだったからな」

老女から琥珀を抜き取った時のことは、いまだに目に焼きついている。無理に宝石を取ってしまったら、老女の時と同じように、少女の体が砂と化してしまうかもしれない。これは自分の手に負えない。少女ごと涙の谷に連れていくしかない。

あの一件があったからこそ、即座にそう決めたのだ。

と、アイシャがおずおずと言ってきた。

「タスランは……この宝石を自分の物にしたいとは思わないの？　ものすごく高く売れると思うけど」

「おまえが想像する以上の高値がつくだろうな。だが……あいにくと、そうはいかん。前にも言ったとおり、この宝石は預かり物だ。恩人からのな。勝手にどうこうすることはできない」

「……まじめなのね」

「それだけが理由ではない。その石は……おそらくただの宝石ではない。石などとはとても言えないような、とてつもない力を秘めた代物だ。俺みたいな普通の人間が持っていていいものではない」

もちろんおまえもだと、タスランはアイシャを見た。

「そんなものが体にめりこんでいては、どんな影響が出るかわからん。早くはずしたほうがいい」

「………………」

「心配するな。涙の谷に行けば、きっとはずせるさ」

大丈夫だとうなずきかけてやると、アイシャのこわばった顔が少しだけゆるんだ。

「涙の谷まではどうやって行くの？　このままずっと歩くの？」

「まさか。それでは半年はかかってしまう。それに、人の足で青牙山脈を越えるのは無理だ」

「じゃ、どうするの？」

「翼船《つばさぶね》に乗る。西のコー国に向かう船に乗せてもらって、山脈を越えるつもりだ。明日、猿小人から金をもらったら、翼船に乗れる場所に向かう。……この近くなら、ナルマーンか」

「ナルマーン？」

「大砂漠のちょうど中央に位置している小さな都だ。砂に半分埋もれかけ、それでも細々と人々が暮らしている。……かつては砂漠の宝石とうたわれるほど美しく、豊かな都だったというがな」

昔、祖父から聞かされた歌を、タスランはゆっくりと歌った。

ああ、水の都ナルマーン。かつて、汝《なんじ》は麗《うるわ》しかった。
芳《かんば》しき花々の香りに満ち、甘き水はすみずみにまで行き渡り、栄華の音色を響かせん。
おお、砂漠の宝石ナルマーン。かつて、汝は輝いていた。
港に着くはあまたの翼船。市場にあふれるは異国の品々。
人々の指には宝石がきらめき、絹の虹がひらめいていた。
見よ、と皆が指差すは、高くそびえる水の塔。
その水面に浮かぶは、銀の屋形船ウジャン・マハル。
磨き抜かれた白銀の、三日月の女神もかくやと思わせるその姿。
されど、そこに住まうべき王は今はなし。
異形《いぎょう》の者どもが消えた日に、尊き血統も途絶えたり。
ああ、彼らの姿は今いずこ。
青き目を持つ者達は？　翼をはやした猿達は？
水の中でゆらめいていた水竜は？　緑の人面の怪鳥は？

黒き太陽の日に災いあれ。

あの日、王家の僕《しもべ》は姿を消し、都の水は枯れ果てた。今は乾きと砂があるばかり。

哀れなるかな、ナルマーンよ。


アイシャはびっくりしたように目をしばたたかせた。

「異形の者って……魔族？　魔族がいたの？」

「いたどころではない。そもそもナルマーンは、魔族達によって造られた都だったのだ。だが、それは彼らの意志ではなく、人間の命令に従ってのことだった」

「え？」

「……ナルマーンの王家は、魔族を使役していたそうだ。それも一人や二人ではない。青の眷属と呼ばれる一派をその手におさめ、意のままに操っていたという。……胸糞の悪い話だ」

嫌悪をこめて、タスランは吐き捨てた。

魔族。人にあらざるもの。泉や石や稲妻《いなずま》から生まれてくるとも言われる、自然の御子《みこ》。様々な不思議な姿をしたものがおり、強弱の違いはあれ、それぞれが人にはない力を生まれ持っている。

彼らの多くは人の目に触れることを嫌がるが、流浪の身であるタスランは、何度かまみえたことがあった。いずれも姿も性質もまったくことなる魔族であったが、その不思議な姿や誇りに満ちた目には心打たれるものがあった。彼らを意のままに操るなど、考えるだけでも罰当たりな気がする。

だが、かつてのナルマーン王家はそれをやったのだ。じつに三百七十年にもわたって、代々の王は青の眷属を支配したという。だが、その支配は唐突に終わりを告げる。青の眷属を統べる真の王、青の王が誕生したからだ。

「魔族達は青の王に連れられてナルマーンを去り、結果としてナルマーンは衰えた。かつての栄華は、今では書物や歌の中に伝わるばかりだ。だが、今でも大砂漠の休息地として、細々とだが翼船が行き来している。青牙山脈を越える船も見つかるはずだ。ナルマーンまでは五日はかかるだろう。いったん船に乗ってしまえば、あとはずいぶん楽になるはずだ」

もう少しの辛抱だと言うと、アイシャは小さく笑い返してきた。こちらを信頼しきった笑顔に、タスランは胸がふわっと温かくなるのを感じた。思いがけない道連れということで、最初は本当に戸惑ったが、この笑顔を見ると、まるで妹のように思えてきて、命にかえても守ってやりたくなる。

数奇な出来事に巻きこまれてしまった少女。これからどんな運命がアイシャを待ちうけているのか、自分にはわからない。だが、涙の谷までは必ず無事に送り届けよう。この笑顔が絶えることのないようにしてみせよう。

タスランはそう心に誓った。

5

古《いにしえ》より大砂漠では、いくつもの国や都が生まれては、砂の中に埋もれてきた。

ここにもまた一つ、砂に沈みかけた都があった。

ナルマーン。

かつて、並ぶものがない繁栄と美を誇っていた都は、見る影もなく落ちぶれ、滅びに瀕していた。

その夜、一人の男が王宮の塔の露台に立ち、ナルマーンの都を見下ろしていた。

ほっそりとした若い男で、じつに端整な顔立ちをしていた。香油をなじませた上品なあごひげ、豊かな黒髪をまとめあげる宝石をちりばめたターバン、着ているのはゆったりとした白絹の寝衣だが、その腰帯にも大きな宝石をあしらった短刀がつりさげられている。

それらの品にふさわしく、男のたたずまいは優雅にして高貴、そして歳に似合わぬ威厳があった。だが、良いものばかりが備わっているわけではない。男の目には苦悩があり、老人のようなやつれがまとわりついていた。

男の名はセワード三世。二十五歳となったばかりの、ナルマーンの王だった。

セワードはじっと都を見下ろしていた。都は完全に暗闇に沈み、家々から小さな明かりが水滴のように点々とこぼれるのみ。その明かりの群れはいかにも寂しく心細く、息を吹きかければ、一瞬で消えうせてしまいそうだ。

怒りと焦りをこめて、セワードは後ろを振り返った。そこには、壁一面に描かれたモザイク画があった。かつてのナルマーンの姿を写し取ったもので、色とりどりの細かな玉石が信じられないほど精緻《せいち》に都を描きだしている。

五角形の都の中にはりめぐらされた輝かしい青い水路。祭りのようなにぎわいに満ちた庶民街の市場。庭園の中にあるいくつもの池で舟遊びに興じる貴族達。中央の水の塔に浮かぶのは、王宮ウジャン・マハル。この世でもっとも麗《うるわ》しいとうたわれた銀の屋形船。

魔族の姿も描かれていた。空中を飛び交う翼ある猿や巨大なムカデ、水を守る竜や魚に似たもの、人面の大怪鳥や青いたてがみの獅子。

彼らに守られていた頃、ナルマーンはまさにこの絵のとおりの都だったという。毎日が祭りのように楽しく、夜でも光に満ちあふれ、楽の音と人々の笑い声が途絶えることはなかったとか。

この都を治めたかった。

あえぐようにセワードは思った。

今の自分にのしかかるのは、民の不平不満、いさかいごと、盗賊の討伐といったことばかり。栄光などどこにもない。それどころか、セワードを王とは認めず、「簒奪者《さんだつしゃ》の血族」と罵《ののし》る一派もいるくらいだ。

簒奪者。それは決して間違ってはいない。祖父セワード一世は、ナルマーンから魔族を解放することを願い、それを実現した。そして、混乱に乗じて、それまでの王族を廃し、自らが王座におさまったのだ。

解放王セワード。

最初は人々は彼をそう称えた。魔族が去ったとはいえ、その頃のナルマーンにはまだ財があったからだ。混乱する人々をまとめあげ、新たな法と国を作りあげたということもあり、セワード一世はそれなりに慕われ、敬われた。

だが、水が枯れていくにつれ、財は使い果たされ、飢えと渇き、新しい王家に対する怨嗟《えんさ》の声があがりだした。

次の王、セワード二世には「不憫《ふびん》王」という不名誉な名が与えられた。父王から負の財産しか受け継げなかった彼を、民は蔑《さげす》み哀れんだわけだ。

だが、自分に与えられたものに比べれば、「不憫王」ですらましだと、セワード三世は思う。セワード二世の御代の頃から、すでに「簒奪者」の罵りはあった。そして、今ではかつてないほどに高まっている。二年前の大干ばつの時は、反乱が起きかけたほどだ。

追い詰められたセワード三世は、ついに最後の手段をとった。王宮ウジャン・マハルに手をつけたのだ。

かつての王家の住まい、水の塔に浮かんでいた巨大な純銀製の宮殿は、水が枯れたせいで、三十年も前に沈んでしまっていた。その水の塔の根元に穴を開けさせ、沈んでいた王宮に鎚《つち》を振り下ろさせ、砕いたかけらを運び出させたのだ。

穴から運び出されてきた、錆《さ》びて黒くなった銀の塊を見た日、若き王は情けなさに泣いた。いつかは引きあげ、かつてのように王の住まいとして使う。少年の頃からずっと胸に抱いてきたその夢を、自らついえさせてしまったのだから。

この一件は、ナルマーンの民にも衝撃を与えた。

彼らもまた希望を持っていたのだ。いつの日か必ず、ナルマーンはかつての栄光を取り戻すと。その象徴であったウジャン・マハルを傷つけ、損ねた王を、人々は憎んだ。削り出された銀であがなった食料や水を、セワードは惜しげなく民に与えたが、それでも民はセワードを憎んだ。

困窮王《こんきゅう》。

今ではそれがセワード三世の呼び名だ。二十五歳の、心身共に頑健な男盛りの王にとって、これほど恥辱《ちじょく》的な名は他にはない。

だが、セワードにはそれに恥じ入る暇さえ与えられなかった。

あの日以来、王家は何度もウジャン・マハルの銀を削り取り、運び出している。おかげで他国から穀物や水を買い、怒れる民をなだめられてはいる。

しかし、これはほんの一時しのぎだ。

ウジャン・マハルの銀は、このままの勢いで削っていけば、あと数年もすれば尽きるだろう。そうなったら、今度こそナルマーンは大砂漠にのまれてしまう。セワード三世の名も、やがては時と砂の中に忘れ去られてしまうだろう。

考えるだけで耐えられなかった。

神々はどうして自分に、豊かな国を与えてくださらなかったのか。祖父王はなぜ、魔族の解放などという愚かなことを実行したのか。ナルマーンは夢と魔力の都。人の力では保てないと、わかっていたはずなのに。

神々への、祖父への、運命への恨めしさに、はらわたがよじれそうになる。

セワードは良い君主になる自信があった。正しく国を治め、いざとなれば、民を守るために兵を率い、敵を打ちのめすこともできるだろう。

だが、そのためにはある程度の土台が必要なのだ。他国を攻めて、富を手に入れたくとも、その力すらない。向こう見ずに攻めれば、すぐに反撃され、こちらが滅ぼされるのがおちだ。

それがわかるだけの冷静さ、聡明さも、セワードは持ち合わせていた。それだけに惨めだった。民から愛されたかった。王としての資質を認めてもらいたかった。自分はまだ二十五だ。夢をあきらめるには血気に満ちすぎている。

どうしたらいい？　どうしたらいいのだ？

ぎりぎりと、歯が砕けそうになるような歯ぎしりをした時だ。油のようになめらかな声が背後から聞こえてきた。

「すばらしい。じつに美しかったのですねえ、この都は」

振り向けば、すぐ後ろに男が立っていた。歳も顔立ちもわからず、ただ男だということしかわからない。というのも、異様な装束で身を覆っていたからだ。

覆う。

その言葉がまさにふさわしかった。男の衣は、まるで黒い影か砂嵐、あるいは無数の黒蠅《くろばえ》ででもきているかのように、じわじわと細かくうごめき、風もないのに裾や袖をはためかせていたのだ。

ぎょっとしている王を無視して、男は落ち着きはらって壁画を見ていた。ちょうどセワードが見ていたように壁画を見上げながら、黒い男は白々《しらじら》しく感嘆の言葉をあげた。

「本当にこの絵のとおりであったのなら、砂漠の中にありながら舟遊びが楽しめたということですね。見事だ。このような都が、かつて存在していただなんて。まさに夢幻のようでございますね」

ようやくセワードの金縛りが解けた。怒りと若干《じゃっかん》の恐怖にかすれた声で、王は言った。

「何者だ？　どうやってここへ……」

「お静かに」

男はこちらを振り返ってきた。異様な黒衣は男の顔もすっぽり覆い隠しており、ただ青白い光を宿した目だけをのぞかせていた。

「私は陛下に敵意を持つ者ではございません。それどころか、友としてここに赴いたのでございますよ」

「友、だと？」

「さようで。……私はジャナフ・マウトの者でございます」

じわりと、男の衣が生き物のようにうごめいた。同時に、腐敗した肉の臭いが部屋に広がった

気がした。

悪臭は一瞬で消え去ったが、それでもセワードの血は凍りついたままだった。

黒の都ジャナフ・マウト。都そのものが巨大な墳墓であり、地上でもっともあの世に近い場所と言われている都。そこに住まうのは、死化粧師、棺《ひつぎ》造りの匠《たくみ》、墓守など、死に携わる者ばかり。魂招きの巫女《みこ》や魔法使い、死繰《しく》り人《びと》といった妖《あや》しい輩《やから》も巣食っているという。それどころかその中心に、さらによくないものも秘かに息づいているのだとか。とにかく、気味の悪い噂しか聞かない場所だ。

冷や汗があごひげを伝わっていくのを感じながら、セワードは気圧《けお》されてなるものかと男を睨みつけた。

「……呪われた死の都の者が、余になんの用だ?」

「陛下にお願いがございまして。さよう。ぜひとも聞き届けていただきたいお願いごとがあるのでございますよ」

図々しいことを言った男は、さらに大胆なふるまいに出た。セワードにするりと近づくなり、王の耳に甘くささやいたのだ。

「生きた人間がほしいのです。それも秘密裏に、たくさん」

男の息は冷たく、セワードは震えが全身に走った。だが、男の言葉を理解すると、震えは消え、かわりに怒りがこみあげた。

「ふざけるな! 人民を守るのが王のつとめ。その王である余に、生きた人間をよこせなど、よ、よくもぬけぬけと！」

男を殴りつけようとしたが、その時には男は四歩ほど向こうに身をおいていた。青白い目がおもしろそうにきらめいている。

「何を怒ることがございましょう？　あなた様が守る価値のない人間など、山といるのではございませんか？」

「そんな人間はおらぬ」

「そうでございましょうか？」

黒い男は声もなく笑った。

「盗人や人殺し。どのみち死罪にするしかない、生かしておく価値のない人間など、いくらでもおりましょうに。……ご自分の民が嫌とあれば、他の民はいかがです？　大砂漠は広い。ナルマーンにまつろわぬ小さな生意気な部族、遊牧の民、それに異国の旅人。彼らは皆、陛下への反逆者。そういう者を、私にくださりませんか？」

異様なことを言う異様な男に、セワードはまた恐ろしさを感じた。

この男は本当に生きた人間だろうか？　生贄《いけにえ》を求める死神か魔物なのではないだろうか？

だが、衛兵を呼ぼうと口を開きかけたセワードに、男はまたするりと間合いを詰めてきたのだ。壁際に王を追い詰め、男はささやいた。

「そのかわり、陛下には私の兵達をお貸しいたしましょう。陛下がくださる人間の数に応じて、私は兵を貸し出していきます。……無敵の兵です。痛みを知らず、兵糧を必要とすることもなく、休息や報酬すら欲さない。ただあなた様の命令に盲目的に従う兵達。そのような兵がいれば、どのようなことが成し遂げられるか、聡明なあなた様であればおわかりのはず」

男の声はなめらかで、言葉は蜜《みつ》よりも甘かった。蜜には毒がたっぷりと含まれていたが、その危険な味わいがさらに甘さを強めている。

聞かなければよかった。さっさと衛兵を呼び、この恐ろしい男を追い払うべきだった。

セワードは痛烈に後悔した。

だが、もう遅い。邪悪なささやきは、セワードの心にしみこんでしまった。

一瞬、セワードは幻を見た。

壁画や書物に描かれていたかつての輝かしいナルマーンが、自分の前に広がっている幻。人々は皆満ち足りた幸せそうな笑顔を浮かべており、貧しい者、不幸そうな者は一人として見当たらない。

そして、誰もがセワードを称えていた。彼の名を高らかに叫び、愛と花を恵みの雨のように注いでくる。

王の中の王、復活王と。

甘美な幻はすぐに消えうせたが、セワードははっきりと理解した。はかない願望などではない。男の申し出が真実であれば、これはまさしく自分の未来となるはずだ。

茫然としている王に、黒い男はとどめの言葉を放った。

「ご自分にとって、何が一番大切であるかをお考えくださいまし。このまま終わってしまってよいのでございますか？　困窮王と蔑まれる惨めな人生を、このまま歩まれるのでございますか？　私の無敵の兵がいれば、陛下は望みを全て叶えられるのでございますよ？」

自分の弱みを容赦なく突いてくる男を、セワードは心から憎んだ。

この男は知っている。セワードが誘惑に抗《あらが》えないということを知っていて、なぶるように煽《あお》ってくるのだ。

男の余裕を少しでも崩したくて、セワードは鋭く言い返した。

「本当にそのような無敵の兵を持っているなら……人狩りも自分でやればよいではないか。どうしてそうしない？」

「私の兵達は日の光の下ではうまく動けないのです。そこが人間とは違います。また、殺すことはできても、生きて捕らえるという器用なまねはなかなか難しいのです。それゆえ、陛下のお力、生きた兵をお借りしたいのでございますよ」

「貴様……死繰り人か」

セワードの顔が自然と歪《ゆが》んだ。

死人の体を継ぎ合わせて作った異形《いぎょう》を操り、生身の人間ができぬことに用いる死繰り人。闇の術を使う者達の中でもとくに異端とされる者どもだ。

だが、おかしい。死繰り人なら、本来なら新鮮な亡骸《なきがら》を求めるはず。なのに、なぜ生きた人間を求めるのか。

疑問は尽きることなくわいてきたが、セワードはあえて全てに目をつぶった。少なくとも、この男がなぜ自分を選んだかはわかっていた。この世で、自分ほど野心に満ち、渇望と無力感に苛《さいな》まれている王はいないからだ。

「いいだろう」

ついに、セワードはうなずいた。

「おまえの望むようにしてやる……」

「ありがたき幸せ」

男は優雅におじぎをした。また黒い衣がざわめいたが、セワードはもう気にしないことにした。この衣よりも男は黒く、邪悪だ。そして、いまや自分もその色に染まりつつあるのだから。

「それでは、次の新月の夜に最初の贈り物を届けにまいりましょう。その時までに、できるだけ人間を集めておいていただけましょうか？」

「わかった。……男だけか？　それとも女もか？」

「男でも、女でも、子供でも、老人でも」

ぬたりと、闇の覆面の向こうで男が笑んだ気配がした。

「生きている人間であれば、文句は申しません。では、次の新月の夜に、ふたたびこの部屋にてまみえましょう」

男が去るそぶりを見せたので、セワードは慌てて呼び止めた。

「おい。貴様の名は？　名前くらいは置いていけ」

「これは失礼を。私の名はクラマームと申します」

よしなにという言葉を残し、男はふいに姿を消した。

だが、セワードはさほど驚かなかった。この塔に侵入したほどの男だ。姿をくらますのもお手の物だろう。むしろ、相手が消えてくれてほっとした。ようやくまともに息ができる気がする。

何度も深く息をついたあと、セワードはふたたび壁画を見上げた。

美しい都。自分の都だ。この姿を取り戻す。魔族が手に入らぬなら、別の力に頼る。それのどこがいけない？　自分が守り、愛するべきはナルマーンの人々だ。この都に属する人々こそが我が子。我が子に乳を与えるためなら、他の子などどうでもよい。押しのけて、踏みつけて、それでも幸せをつかんでみせよう。後悔はしない。決してするものか。

「サルジーン！　誰か、サルジーンを呼べ！」

セワードの求めに、すぐに将軍サルジーンがやってきた。

サルジーンは王と同じ二十五歳。たくましい長身は砂獅子のように鍛えられ、銀をあしらった漆黒《しっこく》の甲冑《かっちゅう》が見事に似合っている。顔立ちはセワードよりもいかついものの、やはり端整で、青く染めたあごひげと、耳につけた金環が、磊落《らいらく》さをかもしだしている。

サルジーンは、セワードの乳兄弟でもあった。先王の嫡子であり唯一の子であったセワードにとっては、まさしく実の兄弟のような存在だ。王宮の庭で、子供だった二人は子犬のように転げ回って遊び、互いの夢を隠すことなく打ち明けあったものだ。

セワードが王座についた時、サルジーンはセワードの盾と矛《ほこ》になることを誓ってくれた。たとえナルマーンの民が反旗を翻《ひるがえ》そうとも、この若き将軍だけは王に忠義を尽くすだろう。

そうわかっているからこそ、セワードはこの世で誰よりもサルジーンのことを信頼していた。だが、その乳兄弟にも、死繰り人との契約を打ち明けるつもりはなかった。今はまだ……。

やってきたサルジーンは、礼儀正しくひざまずいた。

「お呼びですか、陛下?」

「ああ。兵を出せ。ナルマーン周囲に潜む無法者ども、余にまつろわぬ民を全て捕らえよ。……旅人もだ」

「陛下?」

怪訝《けげん》そうな顔をするサルジーンから、セワードは顔を背けた。まっすぐな穢《けが》れのないまなざしに、耐えられなかったのだ。

「いいから、余の命じたとおりにせよ。とにかく、ナルマーン人でない者は、見つけ次第捕らえるのだ。だが殺すな。生かしたまま、牢に入れていくのだ」

「しかし、なにゆえでございます? なんのためにそのような?」

「……彼らはナルマーンに害をなす害虫であるからだ」

「し、しかし……」

「主のなすことにいちいち口を出すな! おまえは余の命令に従えばよいのだ!」

セワードの叫びは、ほとんど金切り声に近かった。

二人きりであることを確かめたあと、サルジーンは久しぶりに王の名を呼んだ。

「セワード。何があったのです? こんなことを命ずるなんて、あなたらしくない。らしくないにもほどがある」

「………」

「いったい、どうしたのです？　わけを話してもらえないのですか？」

「サルジーン。ああ、我が兄弟よ。今は言えぬ。どうしてもな」

　愛情と苦悩をこめて、セワードは乳兄弟の肩をつかんだ。

「だが、案ずるな、サルジーン。今は言えぬが、これで全ては好転する。我らは栄光を取り戻すのだ。ナルマーンはよみがえる。かつて以上の輝きを取り戻すと、余は約束する。だから、今は黙って従ってくれ。頼む、友よ」

　セワードの懇願に、サルジーンは何か奥深いものを感じ取ったのだろう。苦悩を浮かべつつ、忠実な男は頭を下げた。

「……それがあなたの頼みとあれば」

「そうだ。行ってくれ。……見つけた輩は一人も逃すな」

「かしこまりました」

　サルジーンが去ったあと、セワード三世はぐったりと椅子に腰かけた。

　石と化してしまったかのように、体が重かった。後悔しないと誓ったはずの心は、さらに重かった。

　それでも、命令を取り消すつもりはなかった。

　セワード三世は変化を望んだ。そして、その変化は始まってしまったのだ。

6

アイシャはうんざりして空を見上げた。

今日も、太陽がぎらぎらと燃えている。足元の砂は焼けつくように熱く、金の光を発してこちらの目を刺してくるようだ。

そう。アイシャ達はまだ大砂漠にいた。エイを退治し、あのオアシスを発ってから今日で四日目。ナルマーンにはあと一日ほどで到着するという。

それを聞いても、アイシャはあまり喜べなかった。

(あの小人が一緒じゃなかったら、この旅だってもっと楽しかっただろうなぁ)

恨みをこめて、前を見た。

前方には、砂に足跡を残すことなく歩く小人がいた。そう。本来ならオアシスで別れるはずだった猿小人が、いまだに一緒にいるのだ。

オアシスで野宿した次の日、猿小人はどこからともなく姿を現し、タスランにエイ退治の報酬を渡した。

だが、金貨を渡したあとも、猿小人はその場を動かなかった。身をかがめ、なにやら地面に書きだしたのだ。それを読んだタスランが、なんとも言えぬ顔でこちらを振り返ってきたのを、アイシャは今でも思い出す。

「アイシャ……猿小人はこのまま俺達についてくるそうだ」

「えっ！　な、なんで？」

「おまえに命の借りがある。その借りを返すまで、どこまでもおまえについていくそうだ。……猿小人の掟で、そうしなければならない。さもないと、自分の故郷には戻れないらしい」

「そ、そんな……あたし、いらない！　借りなんて、返さなくていいから！」

この陰気で怒りっぽい猿小人とこの先も一緒に旅を続けるなんて、ぞっとした。このまま、すっぱりここで別れたい。そのほうがよほどありがたい。

心の底からそう頼んだのだが、猿小人はまったく聞き入れなかった。

こうして、正式に旅の仲間となっても、猿小人が態度を変えることはなかった。タスランやアイシャとは必要以上に関わらず、むっつりと黙りこみ、食事も一人で何か食べている。時折こちらを見る目はいかにも憎々しげで、アイシャは気分が滅入ってしかたなかった。

タスランと二人きりなら、もっとずっと気持ちが楽だったろうに。あの時、エイの突進からかばわなければよかったと、後悔するようにさえなった。

（早く夜が来ればいいのに）

夜は太陽が消える。暗闇と凍てつく寒さが身を包むが、少なくとも猿小人の姿は見えなくなる。そして、タスランと囲む焚火は温かい。

自分に安らぎを与えてくれる夜の訪れを、ひたすらアイシャは待ちわびた。

そして、願いはゆるやかに叶えられた。

太陽が傾き、かなたの砂丘に身を隠し始めたところで、ようやくタスランが立ち止まったのだ。

「今夜はここで野宿しよう」

待ち望んだ一言に、アイシャはほっと息をつき、背負ってきた袋から焚きつけ用の糞を取り出した。

一見、砂しかないような砂漠だが、じつは色々と役立つ物が隠れている。中でも、隊商のラクダや馬が落としていく糞は、焚きつけとして最高だ。

タスランに教えられてからは、アイシャは目をこらし、落ちているものを見逃さないように気をつけていた。ただひたすら歩くよりも、そのほうがずっと楽しかった。魔鳥ウーグラの巣に忍びこむのと同じで、まるで宝物を探しているような気分になれる。

おかげで、アイシャの袋はいまやぱんぱんに膨らんでいる。「焚きつけ用の糞は、砂漠では金塊よりも価値がある」と、タスランに褒められるのも嬉しかった。

だが、できれば糞以外のものも見つけたかった。

そう思うようになったきっかけは、猿小人だ。

猿小人は糞には見向きもしなかったが、一度だけ、急に向きを変え、何かを砂から拾い上げたことがあった。大切そうに拾ったものを腰につけた小袋へと入れるのを見て、アイシャは首をかしげた。

「あの人、何を拾ったのかしら?」

「……きっと隕石《いんせき》だろう」

「隕石! い、隕石って、落ちてるの?」

「ああ。砂漠では、時々隕石のかけらが見つかるんだ。見つけると、大きな幸運をもたらすと言われている。隕石は高価なものだし、なにより魔物から身を守るお守りになるからな」

それを聞いて以来、アイシャは目を皿のようにして、なんとか隕石を見つけようとしていた。だが、猿小人がいる限り、その幸運は巡ってきそうになかった。猿小人はアイシャよりもずっと目が良く、常にアイシャの前を歩いていたからだ。

今日も見つけられなかったとため息をつきながら、少女は乾いた糞に火をつけ、手早く小さな焚火を作った。この作業もすっかり慣れたものだ。

薄緑色の火が踊る焚火を囲んで、タスランとアイシャは固いパンと干し肉、干しイチジクを黙々と食べた。それらは固く、食べ続けるとあごが痛くなってきたが、風味はよかった。

最後に貴重な水で喉を潤したあと、アイシャは期待をこめた目でタスランを見た。タスランはすぐにそれに気づき、かすかに微笑《ほほえ》みながら言った。

「さて、今夜は何を聞きたい?」

タスランの話を聞く。これが、今のアイシャにはなによりも楽しみだった。

話を聞くようになったのは、数日前からだ。その夜はあまりに寒く、アイシャはなかなか寝つけなかった。それを見たタスランが、「昔、もっと寒い国に行ったことがある」と、話しだしたのがきっかけだった。

アイシャがもっと聞きたいとせがむものだから、以来、タスランは求められるままに語るようになった。

自分が旅した場所、見聞きしたもの、味わった果物や料理のこと。

語り部のような情熱や技巧はないが、実際に見聞きした者だけが語ることのできる、臨場感あふれる物語だった。アイシャはもちろんのこと、猿小人ですら、それとなく聞き入っているようだ。姿を見せなくとも、そういう気配がする。

何を聞きたいと問われ、少女は少し考えこんだあと、そっとささやいた。

「魔族の話。ナルマーンの話を聞いた時から、ずっと気になっていたの。……タスランは魔族に会ったことがある？」

「何度か。ほとんどは運よく見かけた程度で、こちらに気づくと、相手はすぐに逃げてしまったがな。だが、ある魔族とは酒を酌《く》み交わし、色々と語りあった」

「お酒をの、飲んだの？　一緒に？」

「うむ。うまい料理もこしらえてくれてな。料理の名人なんだ、その魔族は」

懐かしそうに目を細めるタスランを、アイシャはあっけにとられて見返した。

アイシャが知っている魔族とは、物語に出てくる存在だ。物語の中での彼らは、人智をこえた力と不思議な姿を持ち、正しい人間を気まぐれに助け、邪悪な人間を気まぐれに翻弄したりする。だが、人間に食事を作ってやり、一緒に酒を飲むなど、気まぐれにしても度がすぎる。

「魔族って、人間とは付き合わないと思ってたんだけど……それ、ほんとに魔族?」

「まぎれもなく。色々な人がいるのと同じで、色々な魔族がいるということだ。まあ、その魔族は何十年も人と暮らしてきたから、魔族の中でもとびきりの変わり者と言えるだろうな。それでも、最初は俺のことを警戒してきたぞ。魔法を使う者ではないかと、ずいぶんと調べられた」

「それって、魔法使いってこと? その魔族は魔法使いが嫌いなの?」

「その魔族がではない。全ての魔族が、およそ魔法使いというものを憎んでいる」

タスランは険しい表情を浮かべた。もともと怖い顔が、いっそうすさまじいものと化す。

「魔族は人を利用しないが、人は魔族を利用しようとする。だから、魔族は人間を蔑《さげす》み、恐れ、避ける。ことに、魔法使いは天敵だ。魔族を捕らえる術を持っているうえに、常に力に飢え、自分だけの新たな術を生み出すことばかり考えているからな」

例えば魔道具だと、タスランは言った。

「魔法使いは、様々な呪いや力をこめた品を作る。魔道具と言われるものだ。だが、魔道具はただ呪文を唱えたり、薬草を煮込んだりして作れるようなものではない。あれは、血と命と魂の代償があって初めて、この世に生み出されるものだ。力の微弱な魔法使いは、猫や犬、山羊などを生贄《いけにえ》にして魔道具を作る。それよりも力がある魔法使いは、人間を犠牲にしたがる。だが、さらに力を欲する貪欲な魔法使いは……」

その先はアイシャにも察しがついた。

「魔族を生贄にするのね?」

「そうだ。人よりも力を持ち、長寿を誇る魔族。その魂や血肉を塗りこめた魔道具は、他の魔道具とは比べものにならない力を持つそうだ」

触れた相手の命を瞬時に奪う杖。自在に空を飛び、主を運ぶ絨毯《じゅうたん》。病魔をふりまく壺。

魔法使いに捕らわれ、魔道具に利用された魔族は少なくない。逃げきるものも中にはいるが、それでも無傷ではすまない。腕や角、尾などを代償に、自由をあがなうのだという。

そうして傷つけられ、屈辱と痛みと恐怖を植えつけられた魔族の中には、次第に闇に染まるものもいる。誇りと自我は闇の中に消えていき、かわりに憎悪のみがあふれてくる。

そうして魔族は、変化していく。魂を持たぬ魔物へと……。

かたかたと、小さな音がした。アイシャはようやく、それが自分の歯がぶつかりあう音だと気づいた。そうとわかっても、なかなか震えを止められなかった。

「そ、それじゃ……魔物って、もとは魔族なの？　魔族が、ま、ま、魔物になってしまうの？」

「そうらしい。魔物と化すことを、堕魂《だこん》というそうだ。魔族にとって、もっとも忌《い》まわしく恐れるべき運命だという」

「そんな……」

嘘だと言ってほしかった。

魔族に対しては畏怖と憧れがあるが、魔物に対しては純粋な恐怖しかない。それがもともとは同じものとは、少女は考えたくもなかった。しかも、人間によって魔族が魔物と化しているのだという。おぞましすぎて、肌が粟立《あわだ》った。

少しでも希望を紡ぎたくて、アイシャはすがるようにタスランに尋ねた。

「でも、元に戻ることはできるんでしょ？　ずっと魔物のままってことはないんでしょ？」

「いや」

タスランは苦しげに顔を歪《ゆが》めた。

「残念ながら、一度堕魂した魔族は二度と元には戻らない。そういう意味で、魔族は人間よりもずっと純粋で、ずっともろいそうだ。……だが、救いはもたらされる。俺はそれをこの目で見た」

タスランは焚火をのぞきこんだ。淡い色の目に、ちらちらと炎の影を映しながら、ゆっくりと口を開いた。

＊

その時、タスランは二十一歳だった。

すでに家族とは死に別れていたが、生前の父と祖父から生きていく技をみっちり叩きこまれたおかげで、一人でも十分にやっていける。寂しさにはつきまとわれたが、これまでに行ったことのない土地へと足を踏み入れる度胸と自信もついていた。

そうして訪れたのは、南の地だった。

そこは砂漠とは一味違うじめじめとした蒸し暑さに満ちており、深い密林と海のように広がる大草原があり、色鮮やかな毒蛇と鳥達の楽園だった。

そして、黒い民の土地でもあった。

彼らは生まれつき夜のように肌が黒く、その肌に油をすりこみ、金色に照り輝かせる。裸の腰に毛皮を巻き、男も女も色鮮やかな玉の首飾りや腕輪で身を飾る。そして、全員が狩りの名手だ。彼らほど巧みに吹き矢を使う者達を、タスランは他に知らなかった。

だが、彼らにも狩れない獣がいた。

不浄なるイムン。赤い毛皮をまとった、巨大な人食い蛙《がえる》。

そやつは夜な夜な黒い民の村を襲い、膿《うみ》のような尿をまきちらしては人々をただれさせ、赤子をさらった。黒い民は勇猛であったが、この赤い魔獣にはなすすべがなかった。イムンの皮は分厚く、吹き矢はまったく役に立たなかったからだ。

カトラの獰猛《どうもう》な縞獅子《じし》を仕留めたこともあるタスランだったが、イムンに襲われた村に入った時は、心底震えた。

村人達の中で、家族の誰かをイムンに奪われたことのない者はいなかった。赤子を守ろうとした母親達の美しい漆黒《しっこく》の肌は、あちこち赤黒くただれ、あるいは灰色のひび割れのようなかさぶたに覆われていた。

大きな目から絶望と憎悪と涙をあふれさせ、彼らは異国からの放浪者に助けを求めてきた。そして、タスランはそれを受けたのだ。

イムンの習性や姿かたち、大きさを村人から聞きこんだタスランは、北国のヤッカン族のやり方で狩りをすることにした。

ヤッカン族はまず夜の間に獲物の巣を突き止める。そしてその巣に入りこみ、じっと待つ。腹を満たした獲物が巣に戻ってくるのを。

イムンの巣を突き止めるのは簡単だった。魔蛙の通った場所は草木が枯れ、じくじくと悪臭を残していたからだ。それをたどれば、滝の裏にある洞窟へとたどりついた。イムンは、日のあるうちは決してそこから出ず、夜になると這い出してくるという。

タスランはあえて、真夜中に洞窟に行ってみた。案の定、イムンは狩りに出ており、難なく中に忍びこむことができた。

洞窟には、目が焼けるような強烈な臭気が立ちこめていた。タスランは顔を布で覆い、イムンが食い残した腐肉や無数の骨の山の陰に身を潜めた。

つらい時間だった。これほど不快な思いはついぞ味わったことがなかった。悪臭もさることながら、イムンが吐き出したとおぼしき煮こごりのような塊がそこら中にあり、その中には見たくもないものが詰まっていたからだ。

だが、ついにイムンが洞窟に戻ってきた。

それはすぐにわかった。びしゃびしゃと、濡れた汚い毛皮から毒液をしたたらせる音と、これまでとは比べものにならないほどの悪臭が近づいてきたからだ。

タスランは恐れなかった。手には、槍があったからだ。先端にはポタラム湿原で得た蛇の毒をたっぷり塗りつけておいた。どんな凶悪な生き物であろうと、この毒がわずかでも血管に入ったら、死に至る。あとはただ、この槍をイムンに突き立て、ほんの少しでも傷つけさえすればいいのだ。

やがて、のっそりとイムンが洞窟の入り口に姿を現した。タスランが思っていた以上に大きく、不気味で醜かった。

見かけは確かに蛙に似ていた。全身に黒みがかった朱色の毛がはえているとはいえ、体つき、手足の形など、蛙とそっくりだ。が、口のまわりには毛はなかった。かわりに、ぼってりとした厚ぼったい唇がはりついていた。その妙に肉感的な唇の両端からは、二本の牙が突き出ていた。右の牙は、ぽっきりと折れて短くなっていたが、左のほうはタスランの腕ほども太く、長かった。

それでも、タスランは恐れを感じなかった。イムンの目を見るまでは……。

そう。タスランは一つだけ間違いを犯していた。村人に聞き忘れていたのだ。やつの目は何色かと。

血色の毛に覆われた巨大な蛙、イムンの目玉は燃えていた。紫色の火の玉が、目があるべき場所に灯《とも》って、ぎらぎらと光を発していたのだ。

それを見たとたん、タスランの体を冷たい恐怖が満たした。

あれは人食い蛙などというかわいいものではない。魔物だ。暗黒に魂を浸し、命あるもの全てに憎悪を持つ化け物。

ふいをついて槍を突き立てる作戦を、タスランは槍ごと捨てなければならなかった。魔物を倒せるのは、隕石で作った武器だけだからだ。

幸いにして、愛刀の刃《やいば》は隕石だ。だが、この洞窟内で戦うのはまずい。足場が悪すぎる。魔物の汚物に骨、ぬるぬるとした何かで覆われた足元は、刀の舞踏をするには不向きだ。

タスランはいったん洞窟を出て、もっと戦いやすい場所にイムンをおびきよせようと思った。正直に言うと、獲物が魔物とわかった時点で、逃げ出したかった。十二歳の時に、魔物に襲われたことがあったからだ。

青白い炎をまとわりつかせ、三つの紫の火の玉を額に宿した馬のような化け物は、嵐のような激しさで襲いかかってきた。その時は父と祖父が戦って、タスランとタスランの母を守ってくれた。それでも二人は大怪我を負い、母は左腕を、タスラン自身は命を失いかけた。魔物の恐ろしさ、手ごわさは、身にしみて知っている。

過去の恐怖を呼び覚ましたせいか、体がどんどん冷たくこわばっていくのを感じた。このままでは動けなくなってしまう。

荒く波立つ胸を抑え、タスランはできるだけ静かに、気配なく動こうとした。

だが、イムンはすぐ気づいた。

その紫の目でタスランを捉えたイムンは、濡れた体をひとゆすりし、吼《ほ》えることも唸ることもせず、いきなり飛びかかってきた。たっぷりと食事をしてきたのだろう。腹ははちきれんばかりに膨れあがっていたが、それでもその跳躍は素早かった。

醜い顔が一瞬でこちらに迫り、二本の牙が突き出た大口ががっと開いた。

タスランは最初のひと噛《か》みを間一髪でかわし、足を滑らせながら洞窟の外へと逃げた。足や体のあちこちに、粘っこい汚物をはりつけたまま、滝を迂回しようとしたが、ここでふたたびイムンが迫ってきた。

次の攻撃はさけられないとわかった。だから、刀を抜きざまに、滝へと身を投げた。

血色の巨体が自分の横をすり抜けていき、汚い毛先から毒液が飛び散るさまがやたらゆっくりとして見えた。だから、タスランは魔物の横っ腹に刀の先を向けられたのだ。

吹き矢も通さない固い毛皮。毒液がしみ出し、常にぬらぬらと濡れている血色の毛皮。それを、タスランの愛刀はすっぱりと切り割った。

傷口から黒い血があふれたところで、タスランは滝壺に落ちた。だが、水の中にいても、イムンの苦痛の咆哮《ほうこう》は聞こえた。そんなに深い傷を負わせてはいないはずなのに。

水面に顔を出してみると、イムンが痛みにもだえながら、タスランの真上に落ちてくるところだった。猛烈な悪臭と衝撃が、タスランをふたたび水の中に押しこんだ。

口と鼻に毒と血の味が流れこみ、タスランは闇へと引きずりこまれた。

それからどれほど経ったか、何があったかはわからない。

ふと気づくと、タスランは流れのゆるやかな川の岸辺に横たわっていた。その場は見覚えのない平原で、かなり流されてきたのだとわかった。ちょうど夜明けで、平原のかなたからゆっくりと太陽が昇ってきている。

その光のおかげで、タスランは自分の横にイムンがいることに気づいた。

赤い魔物の巨体は、あおむけになって転がっていた。ぴくりともしないのは死んでいるからだ。

そうわかっても、タスランの恐怖と動悸はなかなかおさまらなかった。

恐る恐る死骸のまわりを回ってみれば、イムンの喉に自分の刀が刺さっていた。どうやら水中で無我夢中で刀を突き立てたようだ。

自分が生きのびられた奇跡に、タスランは祈りを捧げようとした。だが、そうする前に、すぐそばで大きな火柱が上がったのだ。

金と朱色の炎から現れたのは、背の高い老人だった。老人といっても、弱々しさは微塵《みじん》も見られず、戦の将のような勇ましい姿をしていた。

身にまとうのは、紅玉《ルビー》から削りだしたかのような深紅の甲冑《かっちゅう》で、金の象嵌《ぞうがん》をほどこした華麗なもの。翻《ひるがえ》るマントは赤く裏打ちされた漆黒《しっこく》、腰に下げた大刀の柄頭《つかがしら》は黄金造りの竜で、真っ赤な宝石が目としてはめこまれている。

顔はしわに覆われていたが、獅子のような威厳と気高さにあふれていた。高い鼻梁《びりょう》、秀でた額、鉄の意志をにじませた口元。その肌は赤みを帯びた金褐色で、美しい黒い豹紋《ひょうもん》が散らばっており、あたかもしなやかな密林の獣のようだ。

長い髪もひげも白かったが、ところどころに赤い房がまじっている。もともとは炎のような色合いだったのだろう。

実際、老人は炎の化身を思わせた。途方もなく老いているにもかかわらず、若々しく、弾けるような華と艶がある。なにより、人が到底持ちえぬ圧倒的な存在感を放っている。

だが、この炎は悲しみにも満ちていた。

紅の瞳から静かに涙を流しながら、老人は深い声でささやいた。

「すまない。……気づくのが遅すぎた。ここへ来るのも遅すぎた。もっと早く、苦しみから救えただろうに」

絶句しているタスランには見向きもせず、深紅をまとった老人はイムンの醜い死骸をそっと手で撫でた。分厚いぬらぬらとした唇に、折れた牙に、優しく触れていく。まるで愛娘を愛《め》でるような、慈《いつく》しみに満ちたしぐさだった。

「かつてのそなたは美しかったな。すばらしい歌声の持ち主で、予のために何度も歌ってくれた。誇り高く、歌と笑いを好む我が眷属《けんぞく》が、どうして闇に堕ちたものか。悲しいことだ。とても悲運なことだ。……だが、もういい。星の声を持つ我が娘よ。炎の歌を捧げてくれたそなたを、今度は予がもてなそう。火の舞いに誘おう」

老人の手の先から炎が生まれ、イムンの体に燃え移った。それはたちまちに巨体を包んだ。美しい炎だった。そして、その燃え方も普通ではなかった。魔物の体は黒く焼け焦げることはなく、ただ少しずつ小さく砕け、輝かしい色とりどりの火花となり、消えていく。

朱、紅、金、銀、紫、青。

次々と上がる火花は、タスランがこれまでに見たどんなものよりも千倍も美しかった。

やがてイムンの体は全て燃え尽き、最後の火花もきらめいて消えた。残ったのは、イムンに突き刺さっていたタスランの刀だけ。

大地に静かに横たわる刀を見た時、タスランの胸に不思議な感動が広がった。それは、魔物を倒した時の安堵《あんど》や誇らしさよりも、ずっとずっと深く大きなものだった。救われたのだと、そんな言葉が頭に浮かんだ。

鮮やかな葬送をイムンに贈った老人を、タスランはじっと見つめた。

視線に気づいたのか、老人はこちらを初めて振り向いた。悲嘆に満ち、いまだ涙を流していたが、それでもなおその顔は神のように気高く雄々《おお》しかった。

老人は紅の目でタスランを見つめ、わずかに微笑んだ。

「貴公には礼を言おう。貴公が彼女に与えたのは、武骨ではあったが、まぎれもなく至高の贈り物であったのだ。……本来ならば、予が授けるべき贈り物であった」

「あなたは……」

「人に名乗る名は持たぬ。だが、我が眷属は予を王と呼ぶ。赤の王と」

そう答え、老人は去った。タスランに一つの贈り物を残して……。

＊

そこまで話したところで、タスランは深い息を一つついた。

「これはあとから教えてもらったことだが……魔族には三人の王がいるそうだ。人間の王とは違い、魔族の王は支配をしない。命じることもない。それぞれの魔族が自由に生きられるよう、名前を預かり、魂を守る存在だという」

そして、もしも自分の眷属が堕魂した時には、死という救いをもたらす。それが魔王の役目なのだ。

「俺が会ったのは、三人の魔王のうちの一人だったのだろう。あれほどの輝かしい存在を、俺は他に見たことがない。……ともかく、そういうことだ。魔物と化した魔族には、魔王からの救いがある。少しは気が晴れたか？」

タスランの問いに答えるには、少し時間が必要だった。

アイシャはようやく口を開いた。

「……殺されてしまうのに、それが救いなの？」

「魔族達がもっとも恐れるのが、魔物になることだと言っただろう？　魔物は、かつて愛したものにすら躊躇《ちゅうちょ》なく殺意を向ける。そうやって血にまみれるくらいなら、安らかに無に帰したほうが幸せだ。……一緒に酒を飲んだ魔族は、そう言っていた」

アイシャは釈然《しゃくぜん》としないものを感じながらもうなずいた。

自分が化け物になって、塔の森の子供達を襲うだろうと言われたら、アイシャだって死を望みたくなる。でも、やっぱり死にたくない、何か逃れるすべはないかとも、思ってしまう。

結局、自分は魔族のように割り切ることはできないようだ。

もやもやとする気持ちをなんとか片づけようとしながら、ふと思い出した。そういえば、もう一つ聞きたいことがある。

「タスランが会った魔王は贈り物をくれたって、言ったよね？　何をくれたの？」

「……希望をくれた」

タスランはそれが何であるかは教えてくれなかった。

今日の物語のひと時は終わったのだ。これ以上聞いてはならない。しつこく知ろうとしてはならない。

死ぬほど知りたいと思いつつ、アイシャは口を閉じ、寝支度にかかった。夜の冷気を防ぐため、温かい布をしっかりと体に巻きつけ、できるだけ焚火のそばに横たわる。

だが、眠りより先に訪れたのは、何者かに頭を蹴られるという衝撃だった。

＊

《巨人》の男と小娘の二人が焚火の近くに横たわったあとも、猿小人は暗闇の中にうずくまっていた。だが、その手はわなわなと震え、動悸も激しいままだった。

あの男は、偉大なる赤き王に会ったという。今の話が本当だとしたら、それはなんと誉《ほま》れ高きことだろう。

うらやましくてたまらなかった。

故郷を離れ、塩の旅に出たのはこれで三度目になるが、これまでに魔族に出会えたことはない。会うのは、醜く、貪欲で、魂の矮小《わいしょう》な《巨人》ばかり。

なぜ天地は、《巨人》の一人であるあんな男に、赤き王にまみえる栄誉を与えたのだろう？ それは、自分のような猿小人にこそ与えられるべきなのに。

心に欲望の穴を開けた彼ら人間を、猿小人一族とは相容れぬ存在だ。だから、彼らの前では口をきかず、顔も見せない。神聖な名を名乗ることはもちろん、食べ物や水をわかちあうこともない。そうする価値がない相手なのだ。少なくとも、これまでに出会った《巨人》は皆そうだった。だが、赤き王があの男に言葉をかけ、さらに贈り物までしたのであれば……。たとえ《巨人》だとしても、あの男は猿小人が言葉を交わし、名をわかちあう価値がある存在だということになる。魔族の王という至高の存在に認められた《巨人》に、こちらの名を渡すべきだろうか？

身悶《もだ》えしたところで、ふと思い直した。

いやいや、待て。あの《巨人》は嘘をついたのかもしれない。そうだ。彼らは頻繁《ひんぱん》に嘘をつくではないか。平気で他者をだまし、旨みを余さず吸い取ろうとする。さもしい、忌《い》むべき種族だ。おおかた、今の話も作り話に違いない。ぞっとする。呪われてしまうがいい。

ここで、また怒りがこみあげてきた。

そんな《巨人》の一人に、こともあろうに命を助けられてしまうとは。自分の迂闊《うかつ》さに腹が立ってしかたなかった。

このままおめおめと故郷に帰れば、一生、恥知らずとして罵《ののし》られよう。自分の子供らも軽蔑されることになるだろう。それは身の毛がよだつほどの屈辱であり恐怖だった。

暗闇の中から、猿小人は《巨人》の娘を睨んだ。

嫌な娘。無礼な娘。この身に触れ、大胆にも笑いかけてくるとは。

自分が誇りなき者であれば、あの娘の薄ら馬鹿げた顔をめちゃくちゃに切り刻んでいただろう。だが、どんなに憎たらしくとも、そうはしない。自分は猿小人だ。掟にのっとり、借りを返す。そうすることで、初めてこの身は清められることになるだろう。

ああ、一刻も早く、借りを返したい。

ぎりぎりと歯を食いしばった時だ。猿小人は、不自然な震えを感じ取った。

砂がかすかに震えている。遠くから、何かがこちらにまっすぐ近づいてきている。物音はまだしないが、不穏な気配がした。悪意を、敵意を持つ者の存在が感じ取れる。それもかなりの数だ。

だが、猿小人は思わずにやっとした。

もしかしたら、待ち望んだ機会が来たのかもしれない。今夜、娘に借りを返せるかもしれない。

猿小人は焚火のほうへ駆け寄り、鈍い《巨人》達の頭を蹴飛ばして、叩き起こしにかかった。

7

軽いが、侮蔑《ぶべつ》のこもった足蹴《あしげ》を二発も頭に食らい、タスランは毒づきながら跳ね起きた。

案の定、猿小人だった。今はアイシャの頭を蹴りつけている。

「おい！　何をしている！」

思わず声を荒らげかけたが、こちらを振り向いた猿小人を見て、怒声は引っこんだ。目が異様に赤くたぎっている。それに手には、抜き身の小さな円月刀を握りしめているではないか。

「襲撃か？」

こくりと、猿小人がうなずき返してきた。

タスランはすぐさま愛刀を引き抜いた。起きあがったアイシャが、怯えた顔をしてしがみついてきた。

「何？　ど、どうしたの？」

「わからん！　離れるな！」

その時には、馬を駆る音が地響きと共に聞こえ始めていた。重い音だ。がちゃがちゃと、武具がぶつかりあう音もする。

火を消して闇にまぎれるには、もう遅すぎた。

数呼吸後には、タスラン達は囲まれていた。身構える三人を逃さぬようにしながら、襲撃者達は馬をぐるぐると駆けさせ、どんどん輪をせばめてくる。やがて焚火の明かりの届くところまで、近づいてきた。

それは黒い装束をつけた男達だった。全員が武装し、顔を奇怪な獣の面で隠していたが、ただのならず者ではないとタスランは見抜いた。

馬の手綱さばき、ぴんと伸ばされた背筋、油断のない身のこなしと統率のとれた動き。これはどこかの国の兵士達だ。規律と忠誠を重んじ、王や民を守るべき男達だ。

なのに、まるで人狩りのように顔を隠し、闇の中からやってきた。

危険だ。何が狙いかはわからないが、これだけははっきり言える。正体を隠した兵士など、ろくなものであるはずがない。

刀を構え、タスランはひたすらこの囲みを突破することを考えた。自分一人なら、あるいは猿小人と二人きりなら、逃げきる自信があった。だが、自分のそばにはアイシャがいる。この少女を無事に逃がすとなると、いったいどうしたらいいだろう。

誰かを守るのは、戦うことよりもはるかに難しいのだ。

作戦が立たぬうちに、首領らしき男が前に進み出てきた。鍛え抜かれた体軀の持ち主で、見事な黒馬にまたがっている。身につけている防具は、飾り気のない黒い胸当てとこてだけ。紋章はない。削り取られているのだ。

この男も、鉄色の仮面をつけていた。砂狼をかたどった仮面は顔の上半分だけを隠しており、形のよい口元と青く染めたあごひげをあらわにしている。また、仮面の目の部分には薄い紫色の石がはめこまれていた。

夜目石。透かして見れば、暗闇を見通すことができる石だ。

他の男達の面にも夜目石がはめられているのを見て、タスランは歯噛《が》みした。これでは暗闇にまぎれても逃げきれない。なにしろ、相手は昼間と同じように、闇の中で物が見えるのだから。

首領らしき男は、青いあごひげに触れながら、タスランを見下ろしてきた。その口から出てきた声はまだ若かった。

「武器を捨てろ。おとなしく我らと共に来るなら、傷つけはしない」

「……おまえ達は何者だ？　どこへ連れていくつもりだ？」

「おまえが知る必要のないことだ。……武器を捨てれば、誓って傷つけぬ」

その誓いはあまりにもむなしい響きを帯びていた。タスランはもとより、猿小人もいっそう円月刀を握りしめた。

応じないとわかっていたのだろう。首領は小さく吐息をつき、配下に命じた。

「この男は私にまかせろ。あとの者達は子供らを」

「はっ！」

三人の男が馬を降り、こちらに近づいてきた。武器のかわりに、長い鎖のついた手枷《てかせ》を持っている。これでアイシャと猿小人を捕まえるつもりなのだろう。

そうとわかっても、タスランは動けなかった。少しでも隙を見せれば、首領は襲いかかってくる。手ごわい敵だというのは、刀を交わさなくともわかる。しかも、相手が馬上にいる分、タスランには分《ぶ》が悪い。

動きたくても動けない。

首領の目が少しでもこちらからそれてくれれば。一瞬でもいい。その隙が与えられることを、タスランは冷や汗をにじませながら願った。

最初に動いたのは猿小人だった。ふいに、持っていた円月刀を投げ捨てたのだ。まるで降参すると言わんばかりに。

襲撃者達が虚をつかれた次の瞬間、猿小人の手から小さな何かが四方に飛んだ。

棘礫《とげつぶて》。猿小人達が得意とする武器だ。円月刀に敵の目を引きつけておき、隠し持った棘だらけの鉄製の礫を食らわせる。その狙いは正確無比なうえ、威力は非常に強力だ。

今も、放たれた礫は、馬から降りた三人の喉元にめりこんだ。ぐしゅりと、嫌な音が響いた。肉が裂け、骨まで届いたのだ。

思ってもみなかった攻撃を食らった三人は、声をあげることもなく砂の上に倒れた。

襲撃者達の間に動揺と怒りが広がった。

「おのれ！」

「貴様、よくも！」

「気をつけろ！　暗器使いらしいぞ！」

首領の目がタスランからそれた。

タスランはすぐさま刀を振るった。あと少しのところで、刃は首領には届かなかった。が、馬の首をはねることはできた。絶命した馬はどうっと倒れ、首領を砂地に叩き落とした。

「アイシャ、逃げろ！　早く！」

タスランの叫びに、弾けるように少女が走りだした。その背後を守りながら、猿小人があとに続く。

だが、タスランは走れなかった。身を翻《ひるがえ》そうとしたところで、背後から冷たい殺気が押し寄せてきたのだ。

本能的に刀を盾にした。

空気を切り裂くようにして、大剣がすさまじい力で振り下ろされてきた。刃同士が口づけを交わし、青白い火花が散った。

首領だった。砂と馬の血にまみれ、仮面にはめこまれた夜目石の下で、目が怒りに燃えている。

二度、三度と、二人はそのまま刃を打ち合わせた。タスランのほうが砂地での戦いに慣れているが、首領のほうが膂力《りょりょく》がある。

戦いはまったくの互角だった。

どちらかが死ぬまで終わるまい。

それを悟ったのか、首領はタスランから目を離さずに周囲に命じた。

「この男は生け捕れぬ。あの二人を追え！」

すぐさま数騎が隊を離れ、逃げたアイシャ達を追いかけていった。残りは、タスランを仕留めようと、詰め寄ってくる。

このままでは背中から男達に刺されてしまうと悟り、タスランは大喝した。

「恥を知れ！　旅人の寝こみを襲い、子供を連れ去ろうとするなど！　それでも王の家来か！」

思っていた以上の効果があった。びくりと、男達全員が身をこわばらせたのだ。それは、タスランと対峙《たいじ》していた首領も同様だった。

今だとばかりに、タスランは足元の砂を蹴りあげ、男の顔に浴びせかけた。仮面をかぶっていても、鼻と口に砂が入るのは防げなかったのだろう。首領は唸りをあげ、体勢を崩した。

すかさず刀を振り下ろした。首領は身をよじったが、間に合わなかった。

血しぶきとくぐもった悲鳴があがった。

敵の右手が砂地に転がり落ちるのを、タスランは冷めた気持ちで見た。これで、他の男達が気をとられてくれればいい。

「将軍！」

「殿！」

狙ったとおり、手下達は慌てふためき、負傷した首領へと駆け戻ってきた。そのうち二人を切り倒し、馬を奪ってまたがった。この時、背中に何かが刺さった気がしたが、気にも止めず、馬を走らせた。頭の中にはアイシャのことしかなかった。

あの少女を守らなくては。守ると決めたのだから。

と、前方で甲高い悲鳴があがり、同時に緑の光が現れた。

「アイシャ！」

タスランは絶叫した。

アイシャは暗闇の砂漠をひた走っていた。後ろでは馬のいななき、耳が痛くなるような剣戟《けんげき》の音がする。そこから遠ざからなければならない。

空には無数の星がまたたいていたが、それでも地上を照らすほどではない。アイシャを包むのは闇だ。

冷たい走りにくい砂を踏みしめ、とにかく音から遠ざかろうとした。その一方で、死ぬほどタスランのことが心配だった。

逃げろとタスランは言った。彼の言葉に従わなければ。あそこに残っていても、自分は足手まといになるだけ。それはもう、よくわかっている。でも、タスランを一人残して逃げるなんて、恥ずかしいことだ。恐ろしいことだ。

迷いが少女の足を鈍らせた。

と、馬蹄《ばてい》の音が近づいてきた。もう追いつかれたのだ。

襲撃者は、まるでアイシャの姿が見えているかのようだ。一直線に、ぶれることもなくこちらに迫ってくるのがわかる。

死に物狂いで走ったが、馬の鼻息が背中にまでかかるほどになった。

ふいに、地面から引き離された。ものすごい力で、抱きかかえられたのだ。もがくと、頬を叩かれた。こてをつけた手は固く、たちまちアイシャの口の中に血の味が広がった。

だが、ひるんだのは一瞬で、さらに激しく暴れた。自由を奪われることが恐ろしかった。殴られても怖くない。痛いだけ。暴れろ！　戦え！

しゅっ！　ぐしゅ！

「ぐっ！」

何かが空中を切り裂く音、妙なつぶれた音、そしてうめき声のようなものがした。

突然、腕がアイシャを離した。

砂地に落とされた時は、息が詰まった。ここが固い地面だったら、手首や膝を折っていたかもしれない。だが、砂漠が受け止めてくれたおかげで、無事ですんだ。強烈な衝撃が走りはしたが、これならなんとかやりすごせる。

立ちあがるアイシャの手を、小さな冷たい手がつかんで引っ張ってきた。

これはきっと猿小人だと、アイシャは判断した。猿小人は人間よりも夜目が利くと、タスランが話してくれた。ここは猿小人に導いてもらおう。

アイシャは力を抜き、猿小人に引っ張られるままに走りだした。

が、さほど走らないうちに、するっと、猿小人の手が抜けてしまった。慌てて手探りしたが、どうしても行きあたらない。

運の悪いことに、そこは砂丘の頂上であったらしい。いきなりアイシャは斜面を転がり落ちてしまった。

ようやく体が止まった時には、頭がぐらぐら揺れていた。口にたまった血を吐き出したところで、ぐいっと、胸倉をつかまれた。

優しさのかけらもない、強い力。嗅いだことのない香料と鉄と汗が入り混じった臭い。これはタスランではない。猿小人でもない。

悲鳴をあげて、突き放そうとした。びりびりっと、布が裂ける音が響き、次いで腹がけすらも引きむしられるのを感じた。

とたん、光があふれた。

闇の中に、鮮やかに広がる翡翠《ひすい》色のさざ波。それは、アイシャと、アイシャにのしかかっていた蛇の仮面をつけた男を照らし出した。

男は口をぽかんと開け、少女の胸に埋めこまれた緑の宝石を見ていた。妖《あや》しくも美しい石の輝きに、魂が魅入られてしまったかのように。

アイシャは男の股ぐらを蹴りあげた。アイシャの足は細いが、ばねがある。見た目以上に力のこもった蹴りを急所に食らい、男は口から泡を吹いてアイシャの上に倒れこんだ。

失神した男の下からもがくようにして抜け出し、アイシャは男の腰から短刀を奪った。胸の宝石はあいかわらず柔らかな光を発している。隠しておくべきだが、今はこの光が必要だ。

見れば、少し離れたところに猿小人が倒れていた。足に、黒い砂虫が食いついている。猿小人の頭ほどもある大きなやつだ。

アイシャは駆け寄り、うねうねと律動しながら猿小人の血をすすっている虫を刺し貫《つらぬ》いた。

猿小人はまだ意識があった。が、砂虫に噛《か》まれて、痺《しび》れ毒が全身に回っているのだろう。身動きがとれないようだ。

じわじわと血がにじみでる傷口を、アイシャは大急ぎで自分のやぶれた服で縛った。赤い目が怒ったようにこちらを睨んできたが、気にしてなどいられなかった。

「しかたないでしょ！」

猿小人が唸るのもかまわず、アイシャは猿小人を背中に抱えあげた。人間の子供よりもずっと軽かった。その軽さが、今はありがたい。

そのまま砂丘を登りきると、タスランが馬に乗ってこちらに駆けてくるのが見えた。彼の無事な姿に、アイシャは思わず歓声をあげかけた。

だが、歓声は悲鳴へと変わった。

アイシャを見て、ほっとしたような顔をしたのも束の間、タスランはそのまま白目をむいて、ぐらりと落馬したのだ。

「タスラン！」

猿小人を抱え、アイシャは急いでタスランのもとに行こうとした。今ではもう、タスランの半身がべっとりとした血で染まっているのが見える。背中から突き出ているのは、短刀の柄だろうか？

髪が逆立つような悪寒に貫かれながら走った。

だが、襲撃者達はまだいた。緑の光を通して、次々とこちらにやってくるのが見えた。先頭の二人は剣を振りかぶって、倒れているタスランへと向かっていく。とどめを刺す気だ。

「やめて!」

絶叫した時だ。

どすどすっと、鈍い音がして、タスランを殺さんとしていた二人が馬から落ちた。残りの男達は上を見上げ、何やら罵《ののし》り声をあげた。

アイシャも、思わず上を見た。

夜空に、たくさんの赤い星がきらめいていた。いや、違う。あれはたいまつだ。

目をこらし、アイシャは絶句した。

様々な形の船が天空に集まっていた。どの船も、コウモリのような形の翼が何組もついて、力強く羽ばたいている。

翼船《つばさぶね》。

その言葉が頭に浮かんだ時、船の上から、誰かが叫んだ。

と、雨あられと、石弓の矢が地上に降り注いできた。それらは全て、黒い男達に向けられていた。

何人かが矢を受け、馬達が棹《さお》立ちとなった。もはや勝利は見込めないと悟ったのだろう。生き残った男達は馬を駆り立て、逃げ去った。

だが、そのあともアイシャは息を詰めて、船団を見つめていた。頭が麻痺《まひ》したように、何も考えられなかった。

と、一隻の船がゆっくりと下降してきた。豆の莢《さや》のように細く優美な形をした船だった。さほど大きくはないが、四枚の長く大きな翼がはえており、見るからに速そうだ。船首には真っ赤に塗られたサソリの飾りがつき、赤くまたたいている。

だが、美しいのは船首飾りと、船の形だけだった。その船は、恐ろしいほど古く、傷だらけだったのだ。修繕されていないところはないようで、まるで千の端切れをつなぎあわせたずた袋を思わせる。今にもばらけてしまいそうで、こうして飛んでいるのが不思議なほどだ。

だが、そんな見た目にそぐわず、おんぼろ船はじつに優雅に下降してきた。

と、一本の縄が船から投げ出され、誰かがそれを伝って、滑り降りてきた。

8

たいまつを片手に降りてきたのは、四十がらみの女だった。がっしりとして、腕も足も太い。動きやすそうなズボンと簡単な上衣の上に、革と鉄でできた胸当てをつけ、腰にはこれまた武骨な刀を差しこんでいる。その野性的な装いがあまりにも板についているものだから、盗賊ではないかと、アイシャは疑った。

実際、女は猛々《たけだけ》しかった。わずかだが白いものがまじりだしている髪は黒く、短く刈りこんであって、まるで男のようだ。顔つきもいかつく、化粧気はない。

ただ、目だけは鮮やかな瑠璃《るり》色で、まるで小さな稲妻《いなずま》を宿しているかのような、見る者を惹きつける輝きがあった。

地面に降り立つなり、たくましい女はアイシャ達に駆け寄ってきた。ざっとアイシャの全身に目を走らせ、「怪我は?」と、短く尋ねる。

アイシャは声が出ず、うなずくのが精いっぱいだった。

「そっちの猿小人は? 生きてるのかい?」

これまたうなずきで返した。

「上出来だ。それなら、その胸元を早く隠しな」

そう言って、女はどこからともなく取り出した黒くて長い布をアイシャに投げてきた。

アイシャはいったん猿小人を下ろし、急いで布を体に回し、ぎゅっと縛った。胸の宝石が隠され、緑の光が消えた。

この時には、女はタスランのところへ走っていた。

タスラン！

アイシャは我に返り、慌てて女のあとを追った。

アイシャが追いついた時には、女はタスランを抱き起こし、傷を調べているところだった。そのひどい傷にも、大量の出血にも、女は顔色一つ変えなかった。それどころか、にやりと笑いすらした。

「運のいいやつだ」

つぶやくなり、女は上空に向かって、たいまつを大きく振った。

「レバ！　怪我人だ！　引きあげとくれ！」

「わかったわ、船長！」

「あと、手の空いているやつは降りといで！　剝ぎ取りだよ！」

「おおっ！」

嬉しげな声をあげて、何人もの人間が船から飛び降りてきた。

そして、水蛇の船首飾りをつけ、船体を白と青に塗った小型の船からは、縄がくくりつけられた板が下ろされた。

女の指示のもと、タスランはその板に乗せられたが、その間も、意識を失ったままだった。もともと白い肌がさらに白くなっていて、死人にしか見えない。

タスランを乗せた板は、ゆっくりと水蛇の船へと引きあげられた。

「タ、タスラン……！」

すすり泣くアイシャの体に、太い腕が回された。

振り向けば、あの女だった。右腕で猿小人ごとアイシャをしっかりと抱きしめ、左手で船からぶらさがっている縄をつかむ。

女がぐいっと縄を引くと、縄はあり得ないほどの力で引っ張り返してきて、アイシャ達を地面から引き離した。女はアイシャ達を抱えたまま、蝶のような身軽さで、すとんと、青と白に塗られた船の甲板に舞い降りた。

そこには赤銅《しゃくどう》色の肌の男がいて、てきぱきとタスランの着ているものを剝ぎ取っている最中だった。

男の体は筋骨隆々としており、あちこちがごりごりと音をたてそうなほど盛り上がっていた。青いゆったりとした腰巻だけをまとっているので、余計に見事な肉体があらわとなっている。

髪はきれいに剃《そ》り上げており、胸や腕もすべすべだ。女のように青く目元を塗り、肉感的な唇に楽しそうな笑いを浮かべ、血で手が汚れるのもかまわず、傷のまわりをいじくり回す姿は、なにやら人食い鬼のようだった。

アイシャがぎょっとしていると、男がふいにこちらを向いて、にっこりとした。

「あら、船長。いらっしゃい」

やたらなまめかしい声だった。

「様子はどうだい、レバ？」

「死にかけてるわ。でも、まだ生きている。だから、誓って助けてみせる。……そっちの子も怪我を？」

「いや。でも、この猿小人は怪我してる」

「あらま。どうしたの？」

男に見つめられ、アイシャはつかえながらも砂虫に噛まれたのだと説明した。

「砂虫にはたちの悪いやつもいるのよね。念のため、一緒に手当てしましょう。船長、船室に運ぶの、手伝ってちょうだいな」

「ああ」

船長と呼ばれた女と赤銅色の男は、タスランを甲板の下にある小さな部屋へと運びこんだ。アイシャは猿小人を背負ったまま、あとに続いた。だが、部屋の中には入れてもらえなかった。

「悪いけど、この先はだめよ。ここはあたしの聖域なの。怪我人とあたししか入れるわけにはいかないのよ。ということで、猿小人はここで預かるわ」

むきむきの太い腕が猿小人をさらっていった。

「船長、あなたもよ。外に出ててちょうだいな」

「あいよ。さ、あんた。ここはレバにまかせるんだ」

船長に肩をつかまれ、アイシャは体の向きを変えられた。

その時、一瞬だけ部屋の中が見えた。真っ白に塗られた部屋の中には、無数の瓶と甕《かめ》、包帯の束、それに見るからに切れ味のよさそうな細い刃物やのこぎりがずらりと並んでいた。それはアイシャの目に焼きつき、喉にひりひりするような不安を残した。

甲板に戻ったところで、限界が来た。ぐらりと倒れて、うずくまってしまったのだ。目の前がぐるぐると回って見えた。立ちあがろうにも、体に力が入らない。

と、柔らかい布を上からかけられた。

船長だった。

「あんたは少しここで休んでな。できるなら、眠っておいたほうがいい。手当てが終わるのに、しばらくかかるだろうから。なに。レバは腕のいい医者だ。タスランもきっと助かるさ」

さばさばした口調には、沁《し》みるような温かさがあった。

アイシャはやっと顔をあげることができた。

「タスランのこと、し、知ってるの？」

「ああ。一時、うちで働いてもらったこともあるしね。だから、あの男の悪運の強さは嫌というほど知ってる。さて、あたしはまだやらなきゃならないことがあるし、いったん、ここを離れさせてもらうよ」

そう言って、船長は船のへりの向こうへと、ひらりと身を躍らせていった。

アイシャは、かけてもらった布の下で足を抱えこんだ。

この船は、他の翼船《つばさぶね》よりもずっと小ぶりで、船員も見当たらない。おそらく、レバというあの男が一人で操縦しているのだろう。

甲板の上は寒かったが、震えが止まらないのはそのせいだけではない。周囲に浮かぶ船からは、人の声や気配がする。笑い声すら聞こえたが、アイシャはこれほど孤独を感じたことはなかった。できることはただ一つ、タスランの無事を祈ることだった。

この祈りが力となり、新たな熱い血となって、タスランの弱った体に流れこんでくれればいい。ひたすら祈っているうちに、いつしか目の奥に暗闇が広がりだした。

誰かの罵《のの》り声に、アイシャははっと目を開けた。

ちょうど夜明けだった。うっすらと白んできた空の下、翼船の群れはあいかわらずひと塊となって浮かんでいる。そして、甲板に猿小人が飛び出してきた。

猿小人はアイシャを見るなり、激しく身悶《もだ》えし、何度もこぶしで足元を殴りつけた。それから、帆柱の一本を一気に登っていってしまった。

茫然としていると、レバが上がってきた。酢と血の臭いをまとわりつかせ、白い前掛けが真っ赤に染まっている。

目を怒らせ、レバは剣呑《けんのん》な口調で言った。

「あの性悪猿は？　どこ行ったの？」

「あ、あの……帆柱の上、です」

帆柱のてっぺんに猿小人の姿を認めるや、レバはこぶしを振りあげて怒鳴った。

「もう許さないからね！　何が気に食わないんだか知らないけど、あたしだってあんたのこと、大っ嫌いよ！」

「ど、どうしたんですか？」

「どうもこうもないわよ。体が動くようになるなり、怒って暴れだすんだもの。まいったわ。おかげで、上等の膏薬《こうやく》が一瓶、だめになってしまったわよ。まったく。傷の手当てをしてやっただけなのに、何が気に食わなかったのかしら？」

「……それより、タ、タスランは？」

「ああ、あの白いぼうやなら、なんとか命を取りとめたわ。ただ、内臓のほうまで傷ついてしまったからね。しばらくは絶対に動かさないようにしないと」

そう言って、レバは船から身を乗り出し、下に向かって呼びかけた。

「ちょっと、船長！　こっちに来てくれない？」

「あいよ！」

すぐさま船長がやってきた。へりの上に立つ船長に、レバはアイシャに言ったのと同じことを告げた。船長のいかつい顔が不満そうになった。

「動かすなと言われてもね。いつまでもここでぐずぐずしてるわけにゃいかないよ。あの黒い連中が舞い戻ってくるかもしれないし。傷口を閉じたんなら、もう移動しないと」

「それなら、できるだけゆっくり船を進ませて。あと、船が揺れないよう、風が強い場所は避けてちょうだい」

「わかったよ。……しかし、そんなにひどいのかい？」

「短刀が刺さったまま、激しく身動きしたんでしょうね。内臓までひどく傷ついてしまってて、血を止めるのに苦労したわよ」

「てことは、あいつ、まだ呪いを解いてないんだ」

船長は一瞬、痛ましげなまなざしとなった。

「……わかった。とにかくゆっくり進むとするよ。引き続き、看病のほうはまかせた」

そう言って、船長は今度はアイシャに向き直った。

「あたしはいったん、自分の船に戻る。あんたもおいで」

「で、でも……」

「ここにいたって、何もすることはないよ。レバはあの男につききりで看病するだろうけど、あんたを部屋には入れてくれないからね。それに、あたしの見たところ、あんたは少し腹に何か入れたほうがいい」

レバも賛同した。

「そのほうがいいわ。船長の船に行きなさいな。おいしいものが食べられるわよ。あ、船長。あたしにも、何か軽く食べられるものをちょうだい」

「わかった。あとで届けさせる」

「あと、ひねくれ猿小人も一緒に連れてってよ。あいつがここにいると思うと、なんか落ち着かないわ」

レバは上を指差しながら言った。

その後、アイシャは船長と共に、赤いサソリの飾りのついたおんぼろ船へと移った。猿小人もだ。最初は呼びかけても無視していたのだが、アイシャ達が移動するのを見て、しぶしぶというように帆柱を降りてきた。レバに手当てされたことがよほど頭に来ているのか、その目は煮えたぎった油のようにぐつぐつとしていた。

アイシャはうんざりした。もういい。好きなだけ怒っていなさいよ。

猿小人を無視して、船長の船に降り立った。

本当にぼろぼろの船だった。甲板を踏みしめるのも怖いくらいだが、船長は誇らしげに胸を張った。

「我が赤いサソリ号へようこそ、お客人」

「赤いサソリ号……」

「そうさ。赤いサソリ団の頭目船だよ。で、あたしは船長のラシーラだ」

「あたしはアイシャです。こっちは……猿小人です」

不機嫌にそっぽを向く猿小人にも、ラシーラは怒らなかった。

「猿小人には猿小人の掟と信条がある。わかってるさ。ただし、この船ではあたしが王だってことを忘れないでおくれ」

そう言って、ラシーラは舵輪を握った。続いて、すうっと息を吸いこみ、轟《とどろ》くような声をあげた。

「とりあえず行くよ！　目指すはシャンテ村！」

「おおおっ！」

すいっと、赤いサソリ号が舞い上がった。そのあとに、残りの船が続々と続く。

アイシャは目をこらし、タスランが乗っている船を探した。青と白の小船は、とりわけ大きな船に太い綱でつながれ、引っ張られていた。なるほど、これなら操縦をしなくとも安全に飛べるだろう。そして、レバは怪我人の手当てに専念できるというわけだ。

船団はゆるやかに移動していった。大小様々な翼船が、群れをなして砂漠の上を羽ばたいていく姿は、圧巻の一言に尽きた。そして、先頭を切る赤いサソリ号は、他のどの船よりも優雅に飛んでいく。甲板の上は、まるで地面に立っているかのように安定しているし、羽ばたく翼からはきしみの音一つしない。

こんなぼろ船なのにと、アイシャが首をかしげた時だ。舵を握ったまま、ラシーラが声をあげた。

「ほーい、モーティマ！　お客さんになんか出してあげておくれよ」

ラシーラの声に応えるかのように、甲板にとりつけられた落とし戸が、ぐいっと持ちあがった。そこから出てきたのは、漆黒《しっこく》の肌を持つ女だった。

アイシャはぽかんと口を開けてしまった。こんな女は見たことがなかったのだ。

まず背が高く、恐ろしく太っている。手首に金の腕輪をじゃらじゃらとはめ、スモモ色の爪を伸ばしている。衣の色も、これまた濃いスモモ色だ。ぼってりとした唇は赤く濡れ、瞳の色もなにやらうっすらと紅《あか》く見える。

おまけに、女はオレンジ色の炎の髪と、象のような耳を持っていた。

その大きな耳をぱたぱたとはためかせながら、女は料理を盛りつけた大盆を持って、こちらに近づいてきた。異形《いぎょう》の姿がどんどん近づいてきても、アイシャは体がこわばり、身動き一つとれなかった。

が、猿小人は違った。黒い女の前に駆け寄り、ひれ伏したのだ。

女は顔をしかめた。

「なんだい。やめとくれよ。あたしゃ、そんな拝まれるようなご立派なもんじゃないんだから」

「おや、あんたはあたしの偉大なる料理番様だろ？　あんたの料理のためなら、あたしはいつだって膝をついて、拝みまくるけどねえ」

「混ぜ返すんじゃないよ、ラシーラ」

船長と軽口を叩きあいながら、女はアイシャの前にやってきた。てかてかと、照り輝く黒い肌は、まるで甲虫のようだ。目の力も強い。その目でじろじろとアイシャをながめ、女は鼻を鳴らした。

「あんたがお客さんかい？　今度はまた、えらく小さい子だね。おまけに、がりがりじゃないか」

ここでもまた船長が口をはさんだ。

「モーティマ、あんたに比べたら、たいていの人間の子はがりがりだよ」

「今度茶々を入れてきたら、あんたにはくず肉とくず野菜のごった煮しか出してやらないからね、ラシーラ」

「そりゃ脅しにならないよ。あのごった煮も、あたしは大好物なんだから」

にやっと笑う船長に、モーティマと呼ばれた女も笑い返す。なんだかんだと、仲はいいようだ。

ともかく、アイシャはモーティマから目を離せなかった。見た目うんぬんではなく、この女が放つ魂の輝きに惹きつけられた。こんな人間はいない。いるはずがない。

「ま、魔族……」

「ん？　ああ、そうだよ。あたしは赤の眷属《けんぞく》のモーティマ。この船の料理番だ。うちのお客でいる間は、ひもじい思いはさせないから。それだけは約束するよ」

そう言って、モーティマは持ってきたお盆をどすんと置いた。

山盛りにされていたのは、ごろごろと肉の入ったバターライス、ひき肉を詰めこんで焼きあげた茄子《なす》、蒸し焼きにした鶏肉、金色に輝く揚げ物、蜂蜜《はちみつ》のしたたる甘い菓子、それに果物の砂糖漬けだ。

ごちそうの数々に、アイシャはまたも絶句してしまった。

「とりあえず、適当に作ってみたよ。他にも食べたいものがあったら、なんでも言っとくれ。作ってあげるから」

「そうそう。このモーティマは料理の名人なのさ。モーティマなしの人生、航海なんて、あたしゃ考えられないね」

ラシーラの付け足しに、アイシャははっとした。

料理上手な魔族？

思わず口を開いた。

「もしかして、タスランとお酒を飲んだ魔族さん、ですか？」

「おや、あんた、あの顔色の悪いぼうやと知り合いなのかい？」

「……一緒に旅をしてて」

「そうかい。タスランか。懐かしいね」

モーティマは大きく顔をほころばせた。

「何年ぶりだろう。こりゃあの子の好きな羊肉の串物をこしらえてやらなきゃね。で、あの子は？　一緒に来たんだろ？　どこにいるんだい？」

「レバのところさ」

ラシーラの言葉に、モーティマの笑いはすぐに引っこんだ。

「っていうと、今回襲われてたのは、タスランとこの子達なのかい？……タスランの怪我は？」

「かなりひどいよ。レバがなんとかしてくれるだろうけど。……あたしらがもう少し早く、あの人さらいどもに追いついていればねぇ。少し遅かったんだ」

「……あとで肉だんごのスープでも差し入れるとするよ。スープなら、怪我人でも飲めるだろう」

とにかくと、モーティマはアイシャのほうを振り返った。

「まずは腹ごしらえをするといいよ。ほら、あんた。猿小人さんもさ。あたしにへばりついてないで、そこに座って食べなよ。あんたの口に合うかわからないけど、とりあえず、あたしの料理を食べとくれ」

驚いたことに、猿小人は素直に従った。魔族のモーティマの言葉は、猿小人にとって特別なものらしい。まずは深々とおじぎをしてから料理のもとへいき、また一礼してから料理に手を伸ばした。例の覆面を少しだけずらし、手で口元を隠しながら、揚げ物をかじりだす。

「ほら、あんたも。冷めないうちに食べな」

「は、はい」

アイシャも腰を下ろし、鶏肉を口に入れた。

一口食べたとたん、そのあまりのおいしさに衝撃を受けた。舌がとろけそうなうまさとは、このことを言うのだろう。

にわかに空腹を覚え、アイシャは今度はバターライスを口いっぱいに頬張った。これまたすばらしい味だった。揚げ物はかりっと揚げられていて、一つ食べると、もう一つ食べずにはいられない。詰め物をした茄子も、二つたいらげた。

アイシャが夢中で食べている間に、モーティマは舵を操るラシーラのところにも軽食を運んだ。うす焼きのパンに、肉と玉ねぎを載せて巻いたものだ。これなら片手で食べられるというわけだ。

そのあとは、またアイシャと猿小人のところに戻ってきた。「もっとお食べ」とか「お茶はど

うだい？」と、なにくれとなく給仕しつつ、あれこれと聞き出すのも忘れない。蜂蜜菓子で顔と指をべとべとにしたアイシャが、満足の吐息をつく頃には、タスランとの出会いから旅の目的、謎の襲撃のことまで話し尽くしていた。

「ふうん。なるほどね。そういうわけだったのかい」

「……モーティマさんは、緑の琥珀《こはく》のこと、何か知っていますか？　じゃなければ、涙の谷のことは？」

「いや、あいにくと知らないね。どちらも、今初めて聞いたことだ。ラシーラ、あんたはどうだい？」

「双子山の名前は聞いたことがあるよ。でも行ったことはないし、そこに涙の谷ってのがあるのも知らなかったね」

「そう、ですか……」

アイシャは少しがっかりした。色々なところに行ったことがあるはずの翼船の船長、そして魔族のモーティマにさえ知られていない場所に行くことに、改めて不安を覚えたのだ。

気をまぎらわせようと、まわりに目を向けた。

赤いサソリ号の背後には、他の船が扇形《おうぎがた》の陣を組んで飛んでいた。それぞれの船に人影が見えた。

男が多かったが、女もいた。わずかだが、子供の姿もある。忙しく帆柱を昇り降りしている者もいるが、ほとんどは甲板でくつろぎ、洗濯物を干したり、さいころ遊びをしたりしている。彼らの肌は、白かったり、黒かったり、褐色だったりと、じつに様々だ。

「……この船って、なんの船なんですか？」

石弓で武装し、医者を連れ、様々な人種が一つの家族のように集まっている。商船かと思いきや、積荷を乗せている様子はないし、まるで見当がつかない。

怪訝《けげん》な顔をしている少女に、ラシーラがくすりと笑った。

「あたしらは稲妻狩人だよ。雷光石のことを聞いたことはないかい？」

「雷光石？」

「これだよ」

ラシーラは首からさげていた革紐を引っ張り、胸元から白い石を取り出した。

それは、ナツメヤシほどの大きさの、しずく形の石だった。霧を吸いこんだ水晶のように白く曇っているのに、時折、ちかちかと金の光がひらめく。まるで小さな稲妻が閉じこめられているかのようだ。

「こいつが雷光石だ。稲妻から作り出される石だよ」

「……すごくきれい」

「ああ、貴人達が憧れる貴石だ。だが、これはただきれいなだけじゃない。砕いて飲めば熱病を癒やし、火を使えない火薬庫や油蔵では、かけがえのない明かりとなる。赤子の首にかければ魔除けになり、邪《よこしま》なものが近づけば光を消して警告するという。そういう魔力を持つものなんだよ、これは」

だから、雷光石はもちろんのこと、その原料となる稲妻は高値で取引される。その稲妻を捕らえるのが、稲妻狩人なのだという。

「これはあたしが初めて捕まえた稲妻で作られた雷光石だ。雷光石の中では一番価値のない白色だがね、こうして手放さずにお守りにしてるのさ。……最初の狩りの気持ちを忘れず、雷雲から無事に出てこられるようにとね」

ラシーラの声は静かだったが、そこに含まれた意味は明確だった。稲妻を狩るのは死と隣り合わせのことなのだと。

だが、ラシーラはすぐに磊落《らいらく》な笑顔に戻った。

「もともとは、この船一隻だけでやってたんだけど、あたしの親父殿の代に、なんだかんだと仲間が集まってきてね。今じゃこのとおりの大所帯さ。名前も、赤いサソリ団になって、あちこちに拠点も持つようになった。これから行くのは、そのうちの一つだよ。あそこなら、タスランの怪我もしっかり手当てできる。それに、妙な連中が近づいてくる心配もないからね」

「それ、どういうことですか?」

「行けばわかるよ」

意味ありげに笑い、ラシーラはふたたび前を向いた。

9

半日の間、赤いサソリ団はゆっくり飛び続けた。

赤いサソリ号を頭として、まるで一つの生き物のようにそろって飛ぶ船団。ラシーラが進路を変えれば、他の船もいっせいにそれに従う。その動きは見事としか言いようがない。形も色も様様な船に乗る狩人衆は、船長であり頭目であるラシーラに絶対の信頼を置いているのだと、アイシャにもわかった。

やがて、前方に黒い帯が見えてきた。金色に輝く砂漠に、その帯は暗い影を落としている。なんだろうと、アイシャは目をこらした。そしてそれが何かわかった時には、目の玉が飛び出るかと思った。

砂漠が突如途切れていた。大地が二つに割れ、大蛇のような裂け目ができていたのだ。裂け目は恐ろしく深く、砂がごうごうと音をたてて落ちていく様子は、さながら滝のようだ。

「大滝壺、イセンガーランだ。大砂漠の東の領域はここで終わる。この先は、赤土のキアブ領だ」

ラシーラの言葉どおり、裂け目の向こうには赤い大地が広がっていた。平地で、まばらに銀色の草がはえている。その先には川も見えた。ここからでも見えるところをみると、かなりの大河であるようだ。

自分がまったく見たことも聞いたこともない土地に来たのだということに、アイシャの体は震えた。それはかつて味わったことのない感動だった。

赤いサソリ団は、ゆっくりとイセンガーランの上を横切った。アイシャは船から身を乗り出して、砂の大滝壺を見下ろした。裂け目の幅は、馬を四十頭つなげたほど。底はまるで見えない。大量の砂が、途切れることなく落ちていっているのに、少しも埋まる様子がない。奈落の底とはこのことなのだと、アイシャは納得した。

赤いサソリ団の拠点、シャンテ村は、イセンガーランを越えて、すぐのところにあった。赤土をかためて焼きあげた煉瓦《れんが》造りの丸い家が並んでおり、船団が近づくと、わらわらと人が出てきた。

幼い子供や怪我人、船には乗れない年寄り、身重の女達だ。みんな船に向かって手を振り、その嬉しそうな声は空の上まで届いてきた。船の者達も高らかに声を返す。

「ふふ。ここに戻るのは久しぶりだからね。今夜は宴になるよ。スパイスを効かせた卵料理に、脂のしたたるあぶり肉、それに山羊の乳のスープも出るだろう。あんた、ケルバッシュ出身だと言ってたよね？　じゃ、乳のスープは飲んだことないだろ？　あれは最高さ。楽しみにしてな」

「……追っ手は来ないでしょうか？」

「なんだい？　これだけ飛んだのに、まだ不安かい？」

「…………」

「まあ、無理もないか。大丈夫だよ。来てもこっちに手だしはできないから。連中は騎馬だったろう？　人さらいは翼船《つばさぶね》に乗らない。空と風の神はやつらを嫌っているし、船旅は危険が多すぎる。墜落すれば、せっかく集めた積荷が全て死んじまうから」

それでも不安そうな顔をする少女に、ラシーラは力強くうなずきかけた。

「心配はいらないよ。ごらん。西側には、イセンガーランの裂け目がある。そして、東側。あの光っているのは、大河ヤララーガだ。イセンガーランと同じほどの川幅で、長さはもっとある。わかるね？　ここは大河と砂の大滝壺の二つに挟まれた、言わば中州のようなものさ。天然の要塞に守られているんだよ」

「でも、悪者が大河のほうからやってきたら？」

「そのためには、うんと遠回りをしなくちゃならないだろう。それにヤララーガは荒ぶる河で、流れがとても速いんだ。たかだか小さな村一つのために、あの河に命をかける馬鹿はいないよ。それに、この村のことは赤いサソリ団以外の者には知られていないしね。だから、あたしらも安心して家族を残していけるってわけだ」

赤いサソリ団の隠れ家。翼船でなければたどりつけない、極めて安全な場所。船長の言葉を、アイシャは信じることにした。

翼船は、次々と村の周囲に下降していった。鎖のついた錨をいくつも投げ降ろし、船を地面へと繋《つな》ぎとめる。

タスランは板に載せられたまま、屈強な男達によって運び降ろされた。この半日の間に、医者のレバはできるだけのことをしてくれたのだろう。タスランの顔色は、昨夜よりもよくなっていた。とはいえ、いまだ目を覚まさずにいる。

ふたたび不安にとりつかれながら、アイシャは運ばれるタスランにぴったりとついていった。

猿小人は下船しなかった。魔族のモーティマに心酔しきっているようで、彼女の縄張りである船の厨房《ちゅうぼう》から動こうとしないのだ。猿小人の不機嫌な姿を見ないですむだけでも幸運だと、アイシャはモーティマに感謝した。

狩人衆は、タスランを空いている家の一つに運びこんだ。ここで、レバはタスランの包帯をほどいた。現れた傷は、背中の左肩胛骨《けんこうこつ》の下にあった。すでに縫い合わされており、思ったよりも小さく見えた。血も、少しにじんでいる程度だ。

強い酒を含ませた布で傷口をぬぐい、膏薬《こうやく》を塗って、新しい包帯を巻き直したあと、レバはアイシャとラシーラに告げた。

「彼は大丈夫よ。傷が膿《う》む様子はないし、血も止まりかけてる。あとは、自然に回復するのを待つばかりね。……一番気をつけなきゃならないのは、彼が目を覚ましたあとよ」

「そのとおりだね。そうならないよう、いつも誰かそばにつけておこう。ご苦労だったね、レバ。ちょいと休んできておくれ」

「言われなくともそうするわ。ああ、リュラはお湯を沸かしてくれてるかしら。早く体の汚れを落としたいわ」

伸びをしながら、たくましい医者は家から出ていった。ラシーラがアイシャを見た。

「あんたも疲れたんじゃないかい？　タスランのそばにいたいなら、ここに寝床を作らせようか？」

「ありがとうございます、船長。……あの、タスランが目を覚ましたら、よくないことが起こるんですか？」

「ん？」

「ほら、先生が今言っていたでしょ？　一番気をつけなきゃいけないのは、彼が目を覚ましたあとだって」

「ああ、そのこと。うん。そうだよ。目を覚ましたら、この子はきっと考えなしに体を動かしちまう。そうしたら、また傷が開いて、おおごとになってしまうだろうからね」

前にもやらかしているのさと、ラシーラは暗い目になりながらタスランの艶のない銀髪を撫でた。

「最初に、この子がうちにやってきた時だよ。四年くらい前かな。ちょうど、稲妻《いなずま》狩りの時期で、人手が足りなくてね。ナハーバタ峡谷に連れてってほしいと言うから、ひと月、狩りの手伝いをするならいいよって答えたんだ。稲妻狩りはやったことがないって言っていたけど、のみこみは早くてね。いっそずっと居てもらいたいくらいだった」

怪我をしたのは、約束の期限まであと四日という日だった。赤いサソリ団は雷雲の中で、ひときわ凶暴な稲妻を追い詰めたが、強風にあおられ、二隻の船が衝突してしまったのだ。

そのうち一隻は帆柱がへし折られ、槍の穂先ほどもある破片が、タスランの脇腹に突き刺さった。だが、タスランは自分の負傷をものともせず、帆柱の下敷きとなった仲間を引っ張り出した。そのあと、がくりと気を失い、丸一日、生死の境をさ迷ったのだという。

「けど、あたしが一番驚いたのは、そのあとさ。目を覚ましたあと、タスランは何事もなかったかのように起きあがったんだ。そのせいでまた傷口が開いて、大出血してね。もうレバが怒ったのなんの。あたしも怒ったし、不思議にも思った。なにしろ、普通なら、痛みで身動きとれないほどの大怪我なんだから。……あたし達に怒鳴りつけられて、この子はようやく口を割ったよ。自分は呪いを抱えてるんだってね」

「呪い……」

「タスランはね、痛みを感じないんだよ。どんな大怪我をしても、何も感じない。おっと。うらやましいなんて、夢にも思うんじゃないよ」

女船長はぎろっと目を光らせた。

「例えば、足の裏に棘《とげ》が刺さったとする。大きくて、鋭いやつだ。あんたならすぐにそれを引き抜くだろう？　でも、タスランはそのまま歩き続けてしまう。棘は深く深く食いこみ、傷口は次第に膿み、しまいには足が腐りだす。それでも、足の裏をのぞきこまない限り、タスランはそれに気づけないんだ」

「………」

アイシャは青ざめた。やっと、ラシーラが何を言わんとしているのかがわかったのだ。

痛みを感じるのは確かに苦痛だし不愉快だ。だが、感じなければ、死の危険は何倍にも跳ねあがる。

「痛みは、体を守るための警告だ。痛みを感じることは、生きているってことだ。でも、タスランにはそれがわからない。知らない間にこさえた傷を悪化させれば、死んでしまうことだってあるかもしれない。そういう危険と恐怖に、タスランはいつもさらされているんだ」

呪いだよと、ラシーラは低く繰り返した。

「誰にかけられたものなのかは、タスランも知らないそうだ。ただ、一族にずっと受け継がれてきたものだという。……タスランは探しているのさ。自分の体が人並みになる方法をね。彼が生まれる前から、この探索は続けられてきた。父親も、祖父も、その前の先祖達も、必死で呪いを解く方法を探してきたそうだから」

土地を持たず、土地に居つかず、人を訪ねてはまた流れゆく。そんな流浪の旅が、何百年も前から続けられているのだと、ラシーラは話した。

「残念だよ。次に会う時には、この子の呪いが解けていればいいと思っていたからね。……あたしは心底願っているんだ。この子の代で、流浪の旅が終わることを」

その言葉を最後に、ラシーラは家から出ていった。

アイシャは、タスランの横に腰をおろした。死人のように白い男の顔から目が離せなかった。

頭の中では、女船長の言葉がぐるぐると回っていた。

呪い。痛みを感じることができない。傷の悪化。死の危険。

そういえば、砂漠エイに頰を傷つけられた時も、アイシャに言われるまで、タスランはそのことに気づかなかった。

それに、休憩のたびに、手足や体を丹念に撫でまわし、足の裏や手のひらをなめるように見ていた。それが癖なのだと思っていたが、あれは自分の体に新しい傷がないか確かめていたに違いない。

「服もだわ……」

タスランは、いつも白い服ばかりを着る。あれも、出血したらすぐにわかるようにという用心からに違いない。黒ずんだ服では、血は隠されてしまうから。

何もかもが繫がった気がした。同時に心の底から同情の念がこみあげてきた。

呪いを抱えて生きるのは、さぞつらいだろう。それでもタスランは必死にあがき、救われる方法を探し求めてさ迷っている。その強さ、したたかさが、逆に愛おしかった。

アイシャはそっとタスランの手を握った。

タスランが目覚めるまでは、ここを離れまい。

冷たい手を自分の両手で包むようにしながら、そう決めた。

＊

タスランが目を覚ましたのは、二日後の昼のことだった。前触れもなく、ぱちりと目を開けたものだから、タスランの額を布でぬぐっていたアイシャは声をあげそうになってしまった。

「タ、タスラン！」

「……アイシャ」

男はすぐに身を起こそうとした。だが、そうはさせじと、アイシャは肩を押さえつけた。

「だめ！　動いたら、傷が開いて、レバ先生に怒られるわよ！」

「レバ？　傷？」

不思議そうに目をしばたたかせたあと、タスランの顔に理解が広がった。

「そうか。襲撃されたんだったな。俺は怪我をして……レバという名の医者は一人しか知らんが、その医者は赤いサソリ団の一員だったはず」

「そうよ。ここは赤いサソリ団の村なの。あたし達、助けてもらったのよ」

手短に訳を話し、動かないようにと念を押してから、アイシャはレバを呼びに行った。

昼間から花びらを浮かべた水風呂に入っていたレバだが、タスランが目覚めたと聞くと、すぐに風呂桶から飛び出してきた。

「すぐ行くわ。ラシーラにも知らせてあげて。きっと会いたがるわ」

「はい、先生」

腰に布を巻きつける医者から目をそらし、アイシャはうなずいた。

アイシャがラシーラと共に戻った時には、レバはタスランをうつぶせにさせ、傷を確かめているところだった。

アイシャは驚いた。傷口は、ずいぶん小さくなっており、白くかさぶたができ始めていたのだ。

「すごいわ。あいかわらず傷の治りが異様に早いわね。二日動かなかった分、ふさがるのも余計に早かったんでしょうけど、うらやましいったら。痛みを感じない代償がこれってわけね」

レバの言葉に、タスランはぎくりと身をこわばらせた。

「レバ！」

「何よ、大声出して。大丈夫よ。そのことなら、アイシャはもう知っているんだから」

「そ、そうなのか？」

恐る恐る振り向いてくるタスランに、アイシャはうなずいた。タスランは肩を落とした。

「そうか。知ってしまったか……」

「知られたくなかったの？」

「……誰だって呪い持ちと旅などしたくないだろう？　気味悪がらせたくなかったんだ」

大きな男のしょんぼりした様子に、アイシャはおかしくなってしまった。

「タスランはタスランよ。気味悪いわけないでしょ？　呪いのことは気の毒だと思うけど、それだってタスランのせいじゃないんだし」

ラシーラも助太刀するように言った。

「アイシャの言うとおりだ。大の男がうじうじすんのはやめな」

「ラシーラ……」

「久しぶりだね、タスラン。驚いたよ。助けた相手が、まさかあんたとは思わなかったからね。ともかく、傷がきちんと治るまでは、あんたはあたしとレバの虜囚《りょしゅう》だ。おとなしくしないと、下帯まで剝ぎ取って、裸でヤララーガ河に放り出すからね。わかったかい?」

「……わかった。おとなしく世話になるとする」

「それでいいんだ」

むふっと、ラシーラは鼻息を吐き出した。

「それじゃ、モーティマに頼んで、なんか精のつくものでもこしらえてきてもらうよ」

「モーティマか。懐かしい名だ。元気でいるのか、彼女?」

「あったりまえさ。でも、あんたのことを心配してたよ。……あんまり無理するんじゃないよ、まったく」

「すまない」

「わかりゃいいんだ。とにかく、何か持ってきてあげるから。レバ、あんたもなんか食べる?」

「いえ。あたしはもう一度お風呂に入るとするわ。さっきは邪魔されちゃったから」

「あんた、ほんとに風呂好きだねぇ」

「あたしはいつだって清潔でいたいのよ。だって、医者だもの」

そんなことを言いあいながら、船長と医者は出ていった。

ふたたび二人だけになると、タスランはアイシャを申し訳なさそうに見た。

「ずっと……ついていてくれたのか?」

「当たり前でしょ」

「そうか。……心配かけたな」

タスランは、アイシャの頭を撫でようと手を伸ばしかけ、すぐに引っこめた。まるで、自分が触れたらアイシャが病気になるとでも思っているかのようなしぐさだった。

だから、アイシャは自分から動いた。タスランの手をぎゅっと握ったのだ。

「気がついてくれて、ほんとよかった。……早く元気になってね」

なにやら驚いた顔をしている男に、アイシャはにっこりと笑いかけた。

10

　タスランはゆっくりと体を動かした。愛刀を持ち、舞いを舞うかのように、ゆるやかに素振りを繰り返す。

　問題ない。

　続いて、素振りに合わせて、足も動かした。こちらも大丈夫だ。痛みはもとより感じない体だが、何か異状があれば、それなりに動きにくくなる。それがないということは、傷が治った証拠だ。

　満足の吐息をつき、手早く身支度を整えた。

　服を着終えたところで、小用をたしに外に出ていたアイシャが戻ってきた。立っているタスランを見て、少女の目が丸くなった。

「タスラン！」

「大丈夫だ。もうなんともない。昨日、レバも言っていただろう。傷口は完全にふさがったと。念のためさらに一日休んでおいたから、万全だ」

「で、でも……でも……」

「平気だ。痛みを感じなくとも、体調の良し悪しはわかる。自分の傷がどの程度で癒えるかもわかっている。それより、ラシーラを見かけたか？　彼女と話をしたいんだが」

「たぶん、赤いサソリ号にいると思う。あたしが案内してあげる。こっちよ」

家を出て、タスランは大きく息を吸った。十日ぶりの外の空気はうまかった。太陽の光を浴びるのも心地よい。体全体に生気が行き渡っていく気がする。

生きている。

そう感じることに感謝しながら、タスランはまわりを見た。

小さな村だ。だが、人は多い。それに村の周囲にはたくさんの翼船《つばさぶね》が停船し、ゆらゆらと揺れている。

アイシャのあとについて歩いていくと、あちこちから声をかけられた。

「おや、にいさん、もういいんだね」

「はは、運のいい人だ」

「元気になってよかったね。アイシャも、ほっとしたろ？」

「うん。心配してくれてありがとね」

楽しげに声を返すアイシャ。タスランが床についていた間に、すっかりここになじんだようだ。

村の女や狩人衆と笑いあう少女の姿に、タスランの頬もゆるんだ。

そうして、二人は赤いサソリ号のところまでやってきた。昔と少しも変わらぬおんぼろ船の姿に、タスランは旧友に再会したような心地になった。

「あいかわらずの姿だな」

「昔からこんなぼろぼろなの？」

「ああ。だが、不思議なくらい頑丈で、他のどの船よりも足が速い。……ラシーラの話では、この船には魔法がかかっているそうだ。どんなことがあっても、翼以外は壊れないという魔法で、かけたのは他ならぬ魔族の王だとか」

「魔族の王？」

またも目を丸くするアイシャに、タスランはうなずき返した。

「その昔、先々代の船長アバンザは、魔王を助けたそうだ。その礼として、壊れぬ船を贈られたとか。とにかく、そう伝わっている」

「それじゃ……モーティマがこの船に乗っているのも、そのせい？」

「いや、それとはまた違う理由らしい」

そんなことを語らいながら、タスラン達は赤いサソリ号に上がった。

ラシーラは船の甲板にいた。太陽の光を浴びながら、のんびりと自分の長刀を研いでいる。タスランを見るや、いかつい顔がにっこりした。

「おや、もう動いていいのかい？」

「ああ。だから、一番にここに来た。……世話になった、船長。命の恩人だ」

「やめとくれ。あんなのはたまたまだよ。運と偶然が重なっただけさ。……ちょうどよかった。あたしもあんたに用があったんだよ」

そう言って、船長はアイシャのほうを向いた。

「タスランとあたしは少し話がある。あんたは、下で他の子達と遊んでおいでよ。子供らの大将は、ゼラっていう赤毛の子だ。あんたと同い年くらいで、いつも子供らに囲まれてるから、すぐ見つかるよ」

「で、でも……」

「なに。一緒に遊びたいと言えば、すぐに仲間に入れてくれるさ。うちの子供らはみんなおおらかだからね。あんた、ずっとタスランにはりついていたんだから。今日くらい、思い切り子供同士で遊んでおいで」

ためらう少女に、タスランもうなずきかけた。

「そうしてこい、アイシャ。楽しんでくるといい」

「……わかった」

しぶしぶといった様子で、アイシャは船から降りていった。

ラシーラは笑いながらタスランを振り返ってきた。

「ほんとにいい子だね。あんな子が嫁になってくれたら、あんたの顔も少しは明るくなるかな?」

「船長、冗談がすぎるぞ。アイシャがいくつだと思っている?」

「さてね。痩せて小さいけど、十三くらいかな。でも、すぐに年頃になる。見てな。あっという間に、男が放っておかないような美人になるから。ふふ。心配なら、あの子の心を逃がさないように、今からがんばるこった」

「船長！」

「ははは。そう怒りなさんな。とにかく、ちょっと待っておくれ」

ラシーラはいったん船室に姿を消し、戻ってきた時には手に酒瓶と料理を乗せた大皿を持っていた。

「何もなしにおしゃべりするってのも、わびしいからね。とりあえず、厨房《ちゅうぼう》にあった残り物を持ってきた。あと、あたしのお気に入りの火酒。昼間から酒盛りってのも、たまには悪くないだろう。ほんとはモーティマも一緒にと思ったけど、あいにくと昼寝中でね。途中で起こすと、あいつ、ものすごく厄介なんだけど……起こす？」

「いや、静かに寝かせておいてやろう」

「うん。それじゃまあ、一杯やりな」

冷えた薄切り肉をつまみながら飲む火酒は、とてもうまかった。心地よい酔いの熱を早くも味わいながら、タスランはまわりに停まっている翼船達を見た。

「また人も船も増えたようだな。……ということは、まだ人狩りつぶしを？」

「そうだよ」

ラシーラは獰猛《どうもう》な笑みを浮かべた。

雷雲が立ちこめにくい乾季、稲妻《いなずま》狩人は暇を持て余す。副業に手を出す者も多いのだが、赤いサソリ団は少々変わっている。ならず者や人狩りを追い回し、身ぐるみ剝いで大砂漠に放り出すという、なんとも荒々しい副業に精を出すのだ。

救い出した人々は、それぞれ故郷や家に送り返してやる。だが、中には帰るべき場所を持たぬ者、戻るべき理由を奪われた者もいる。そういう者達は赤いサソリ団に残ることを望み、ラシーラはそれを決して拒まない。

そうやって、赤いサソリ団はどんどん大きくなってきたのだ。

「まさか、まだ続けていたとは」

「これはいい鍛練《たんれん》になるからね。船乗りとしての腕も鈍らないし、若い連中が度胸をつけるきっかけにもなる。それに稼ぎもなかなかなんだ。人狩りどもは、人を売り飛ばした金を宝石に変えて、身につけているから。やつらがどんな悪党か、持っている宝石の数でわかるってわけさ」

「……どっちが追いはぎかわからんな」

「人聞き悪いね。だいたいね、今回はそのおかげであんたらを助けられたんだから。感謝してほしいもんだ」

「もちろん、感謝はしている。……感謝ついでに、もう一つ頼みたい。俺達の旅の目的は知っているか？」

「ああ、アイシャからだいたいのことは聞かせてもらったよ」

「なら、ナルマーンに向かっていたことも知っているのだろう？　俺達を、あの都まで運んでくれないか？　ナルマーンまででいい。その先は、別の翼船に乗りこむから」

「……そのことなんだけどね、タスラン、しばらくナルマーンには近づかないほうがいい」

船長の顔からいっさいの笑みが消えた。

「最近、奇妙な人狩りが大砂漠に出没しているんだよ。……普通、奴隷として狙われるのは、子供や若い女、それに屈強な男達だろう？　なのに、この人狩りは選り好みしない。老人だろうが病人だろうが、目についた相手を手当たり次第ひっさらっていく。あたしらは、運よく逃げおおせた男から、こいつらのことを聞いてね。で、この人さらいどもを追っていったら、あんた達がいたってわけ」

問題はこのあとだと、ラシーラは何かを懐《ふところ》から取り出し、投げ出した。ごんと、重たい音をたてて、それは甲板の上に落ちた。

幅広の腕輪だった。銀製で、精緻《せいち》な豹《ひょう》の彫り物がほどこされ、瑠璃《るり》と小さな真珠《しんじゅ》がはめこまれている。巷《ちまた》ではなかなかお目にかかれないような一品だ。

「これは、あの場に残されていた手首にはまっていたものだ。裏側に王の名が刻まれている。つまり王からの下賜品ってことだ。さて、ここで問題だ。セワード三世という名の王がいるのは、いったいどこだい？」

タスランは、飲み干した火酒が腹の中で氷のように冷えるのを感じた。

「ナルマーンか……」

「そういうこと」

「……俺と戦った男は、将軍と呼ばれていた」

「そのとおりの人物なんだろうよ。つまり、謎の人狩りどもは、ナルマーンから送りこまれてきているってことだ。残った亡骸《なきがら》を調べてみたんだけど、やつらはまず間違いなく兵士だよ。なのに、わざわざ紋章をつぶした甲冑《かっちゅう》を着て、仮面をかぶり、正体を隠して人をさらっている。……これが、ナルマーン王の命令によるものじゃないっていうんなら、あたしはこの赤いサソリ号を丸かじりしてやるよ」

あの男達に感じた不気味なきな臭さを、タスランは思い出した。

「なんのために……」

「それがわかったら苦労はないよ。まず狙われたのは、ナルマーン周辺の小さな村や集落だ。それがわかったから、あたしらは先手を打って、まだ無事だった村の人達を全部遠くに逃がしたんだけどね。そうしたら、やつら、旅人を狙いだした。……なんにしても、やめる気はさらさらないようだね」

憎々しげに、ラシーラは酒をあおった。その荒々しい飲み方の中に、タスランはやるせない怒りと憎しみを感じ取った。

ラシーラ自身、かつては人狩りに襲われ、奴隷にされた身なのだ。それを先代の赤いサソリ号船長ハルーンが救った。

ハルーンはラシーラを養女に迎え、稲妻狩人としての技と知識を教えた。なにより、愛情を注いだ。今は亡き義父のことを語る時、ラシーラの目がいつも愛しげに和《なご》むのをタスランは知っている。だが、そんな幸せな記憶があってもなお、彼女の人狩りへの憎しみが弱まることはないのだ。

「……あの都は昔から虫が好かなかった。親父殿も、ナルマーンには気をつけろと、よく言ってたものさ」

「先代船長は、確かナルマーンの出だったとか」

「そうだよ。青の魔族達が王家にこき使われていた頃を知っている世代だ。親父殿はよく話してくれたよ。魔族達はあまりに当たり前のように使役されていて、ナルマーンを出るまで、自分はそれを不思議に思うことさえなかったとね」

とにかくと、ラシーラは剣呑《けんのん》に唸った。

「ナルマーン王が何か良からぬことを企んでいるのは間違いない。これからもやつの手先は見つけ次第、叩き潰していくつもりだけど、なんにしても危うい場所には近づかないのが一番だ。ナルマーンにあんたらを送ってやることはできない」

「…………」

「ねえ、そんなに無理して旅を続けなくたっていいじゃないか。もう少し大砂漠が平穏になるまで、二人とも、うちにとどまればいい。あんたみたいに腕の立つ男にいてもらえれば、うちは大助かりだし。アイシャも、あたしは気に入ったよ。すごくいい子だ」

「……ああ。特別な子だ」

タスランの声音に何かを感じ取ったのだろう。ラシーラは問いかけるようなまなざしを投げかけてきた。

タスランは迷いながらも、とつとつと話した。

「なんと言っていいかわからんのだが……最初はただの子供にすぎなかったのだ。本当に突然、自分の旅にまぎれこんできた厄介者としか思わなかった。それが、だんだんと大切に思えてきた。……目覚めた時、アイシャは俺の秘密を知っていた。なのに、まるで変わらずに俺に笑いかけてきてくれた。呪い持ちのこの俺に……」

救われた気がするんだと、タスランは打ち明けた。

「いつかは普通の体になってみせると、今までずっと気を張ってきた。だが、この体を忌《い》まわしいと思う気持ちは常にあった。化け物の血が流れているという言い伝えすら、俺の一族にはあるからな。……だが、その気持ちが初めて晴れた」

「………」

「だからというわけではないんだが、とにかくあの子を守りたいんだ。どんなことがあっても。……ついこの前まで見知らぬ他人だった子供を、そういうふうに思うようになるのは、お、おかしいだろうか?」

「……別におかしなことじゃないね」

「なら、どうしてそんな怒った顔をする?」

「そりゃ納得がいかないからさ」

じろりと、ラシーラはタスランを睨みつけてきた。

「あんたの秘密を知っても態度を変えなかったのは、別にアイシャだけじゃないだろ?　あたしは?　レバだってそうじゃないか。なんだいなんだい。あたしらの笑顔じゃ救われないってのかい？」

「そ、そういうわけでは……た、ただ、船長やレバは……」

「なんだい？　なんだってのさ？」

「その……あまりに豪快すぎて、俺が食われるような、あ、いや……それに、二人とも強すぎて、お、俺が守ってやりたいと思うことすら、おこがましいというか……」

苦しまぎれの言い訳に、ラシーラはあきれたように目を回してみせた。

「あんた、とことん、口下手だねえ。もうちっとましなことは言えないのかい？　失礼極まりないよ」

「……面目ない」

「まったく。ま、冗談はさておき、アイシャのことをそう思うなら、大事にしておやり。それはきっと、あんたのためにもなる」

「ああ。そうするつもりだ。……話を元に戻すが、俺はとにかくアイシャを涙の谷に連れていきたい。ナルマーン行きはあきらめる。そのかわり、明日、大砂漠に俺達を戻してくれないか。そうしてくれれば、あとはイフの都まで歩く。あそこなら、山脈を越える翼船を捕まえられるはずだ」

「イフの都まで、どのくらいかかると思ってるのさ？　大砂漠には、まだ人狩りがうろついてるんだよ？　まったく馬鹿だね。一緒に酒を飲んだ相手に、あたしがそんなことさせると思うのかい？」

「しかし……」

「まあ、話は最後まで聞きな。ナルマーンには行かない。そのかわり、あたしの船で、あんたらを山脈越えさせてやる」

絶句するタスランに、ラシーラはふきだした。

「何をそう驚くことがあるんだい？　この船なら、他のどんな船よりも速く飛べるんだ。わざわざ他の翼船に頼む必要もない。あたしが送っていってやるよ」

「い、いいのか！」

「ああ。どうせ、今は乾季だしね。あたしがいなくとも、人狩りつぶしをしておけと言っておけば、うちの連中は喜んで留守番しててくれるさ」

出発は明日でいいねと言う船長を、タスランは万感の思いをこめて抱きしめた。

その直後、「気安いよ！」と殴り倒された。

11

王の部屋は悪臭に満ちていた。鼻毛にねっとりと汚濁《おだく》がはりつくような悪臭は、肉がじわじわと腐っていく臭いに他ならない。

その臭いに包まれながら、ナルマーン王セワード三世は寝台に横たわる友を見つめていた。

若き将軍サルジーン。王の乳兄弟であり、青豹《あおひょう》将軍と呼ばれ、民からも人気がある美丈夫は、今、別人のように病み衰えた姿でそこにいた。

なめし皮のように張りのあった褐色の肌は、黄ばんだチーズのような色と化し、全身から肉が落ちて、骨が浮きあがってきている。

そして右手がなかった。

包帯を巻きつけ、切り株のようになった手首を見るにつけ、セワードは激しい後悔に襲われた。

自分は間違っていたのか。

サルジーンが率いる部隊は大砂漠に散り、順調に人狩りを続けていた。次々と、都に隠密に連れてこられる人々を見て、セワードは満足した。

これならば新月までに相当数の人間を集められるだろう。黒の都の男、あの忌《い》まわしい男を喜ばせられるだろう。こんな任務に就かせて、サルジーンには申し訳ないことをした。戻ってきたら、うんとねぎらってやらなくては。

そして数日前、サルジーンは右手を失った姿で戻ってきた。襲った相手がたまたま手練《てだれ》だったのだという。しかも、奇妙な妖術を使い、援軍まで呼び寄せたとか。

親友を損なわれたという怒りと恐怖で、セワードはサルジーンの部下達を怒鳴り散らした。そのあと、まわりが止めるのも聞かず、サルジーンを自室に運びこませ、いっさいの手当てもそこで施させた。とにかく、友から目を離したくなかったのだ。

「なに。このくらいの傷、すぐに良くなります。それよりも、陛下からいただいた腕輪をなくしてしまったのが悔やまれますな。……そうだ。次は銀の義手をいただけませんか？　それなら二度となくすことはないでしょうし、銀の手のサルジーンと、歌われるようになるのも悪くない」

そう軽口を叩いていたサルジーンだが、傷は急激に悪化していった。王家の医師達が力を尽くしたにもかかわらず、膿《う》みだしてしまったのだ。ぼたぼたと黄色と赤のまじりあった膿がしたたり、酢や酒で清めても、腐敗を食い止められない。

セワードは役立たずの医師達を追い出し、自分で看病し始めた。励ましの言葉をかけながら、血と膿で穢《けが》れた包帯をはずし、薬を塗って、水を飲ませた。

だが、今朝になると、サルジーンはしゃべることもできなくなってしまった。熱に浮かされ、意識は混濁《こんだく》し、わけのわからないうわごとをつぶやくばかり。ひび割れた唇に水をしたたらせてやっても、すすろうともしない。

「サルジーン……」

生きながら腐っていく友の姿に、王は胸をかきむしられた。

人を狩れと、自分が命じた。その結果、サルジーンは利き手を失うことになった。さらには命も失いかけている。かけがえのない友を損ねてまで、自分が手に入れたかったものはなんだったのだろう？　わからない。思い出せなくなってしまった。

ただひたすらに怖い。

小さな子供のように怯え、セワードは顔を背けた。

と、泥のように重い部屋の空気が、ゆらりと動いた。

顔をあげると、男がいた。黒蠅《くろばえ》のようにうごめく黒衣をまとった男。黒の都からやってきた、顔を見せぬ誘惑者。

相手が誰か悟るなり、セワードは男に飛びかかりそうになった。この男の首をはね、床を転がるさまを見てやりたい。そうすれば、サルジーンも笑ってくれるに違いない。

殺気をほとばしらせる若き王に、黒衣の男は戸惑ったようだ。覆面の向こうから、怪訝《けげん》そうに尋ねてきた。

「陛下？　どうなさったのです？　この卑《いや》しき僕《しもべ》が、何かお気に障《さわ》るようなことでもしでかしましたかな？」

その声、へりくだった言葉すらも、セワードの憎しみを倍増させた。

「何しに来た！」

「……今宵は新月でございますよ？　お約束をお忘れでございますか？」

王は窓の向こうを見た。いつの間にか日が暮れており、確かに夜空に月はない。サルジーンのことで頭がいっぱいで、今宵が新月だということを忘れていた。それどころか、男との約束さえ忘れていた。

ああ、この男と出会わなければ。危険な取引などしなければよかったのだ。

だが、今更引き返せない。

「貴様の欲望を叶えんとしたのが間違いだった。……見ろ、これを！」

寝床でもがくサルジーンを見せられ、黒の男は首をかしげた。

「この方は……」

「余の右腕だ。余の治世になくてはならぬ男だ。人間がほしいと言ったな？　なるほど。集めてはおいた。だが、この男を助けなければ渡さん。聞けば、黒の都の者達は、尋常ではない奇怪な術や魔法を知っているそうではないか。それを使ってでも、なんとしても癒やせ！」

セワードの剣幕に、逆らわないほうがいいと悟ったのだろう。男はゆるやかに前に進み出て、サルジーンの傷と体を調べ始めた。

セワードはその間、男の後ろに立ち、腰の短刀を握りしめていた。助からぬと、男が一言でも言ったら、殺すつもりだった。

それを知ってか知らずか、男は「これなら助けられる」と言った。

「ただ、この腐敗は……私の手には負えませんな。その道の手練を呼んでもようございますか?」

「サルジーンを治せるなら、何を呼び寄せようが、いっこうにかまわん。急げ」

「御意」

男の姿がかき消え、しばらくしてからふたたび現れた。今度は、一人の女を連れていた。

これまた異様な女だった。

黒衣をまとった男と違い、女は全てをさらけだすような姿をしていた。透けるほどに薄い赤紗《あかしゃ》の衣には袖はなく、のびやかな両腕がむき出しになっている。また腰の下には深い切れこみが入っており、むっちりとした太ももが悩ましげにこぼれている。

男を挑発するかのような装いにふさわしく、体つきも淫《みだ》らだった。豊満な胸に、くびれた腰。琥珀《こはく》色の肌はしっとりとなめらかで、触れたら手に吸いついてきそうだ。

顔立ちは美しいが、やはり妖《あや》しげだった。豊かな黒髪にふちどられた形の良い顔の中で、娼婦のように物ほしげな目がぬれぬれと光っている。その赤い唇は、疑いもなく蜜《みつ》のように甘いに違いない。だが、この蜜には毒がある。それもまた疑いようがなかった。

女を抱き寄せたいという劣情と、近づけたくないという本能的な恐れがせめぎあい、セワードは思わずよろめいた。

「この女は……」

「黒の都きっての、木乃伊《ミイラ》職人でございます」

黒衣の男が紹介した。

「腐敗を食い止める技において、この者に勝る者はおりません。ただ……褒美を求めておりまして」

「褒美？」

セワードは女を睨みつけた。その赤い唇から目を離せないまま、言った。

「申してみよ、女。サルジーンを救えるなら、おまえの重さの三倍の銀でも、喜んで支払うぞ」

「いとも偉大なる王様……」

女の声は熟しすぎた果実を思わせた。甘く、重く、半ば腐っている。

「あなた様のはしためが望むのは、銀でも金でも宝石でもございません。そのようなものは、この私にはもったいない。……ほしいのは、一人の生きた男でございます。とある男を私にお与えくださいませ」

「その男、どうするのだ？」

「我が夫にいたします。十五番目の夫に」

そう言って、女はにっと笑った。肉をむさぼる獣のような笑みだった。

セワードが承知すると、女はするするとサルジーンに近づき、包帯をはずした。

たちまち腐敗臭が強まった。だが、その悪臭にも、どろりと崩れかけた肉を見ても、女はひるまなかった。むしろ、楽しげに微笑《ほほえ》み、そして……。

セワードは驚愕《きょうがく》した。

女はなんと、サルジーンの腐った肉にじかに口をつけたのだ。そのまま流れ出る膿をなめとり、すすりあげ、味わっていく。

吐き気がこみあげ、セワードは露台に飛び出した。とてもではないが、部屋の中にいられなかったのだ。何度も夜気を吸いこみ、目にしたものを頭から消そうと努めた。

それからどれほど経っただろう。

女が甘い声で呼んできた。

しかたなくセワードは戻った。

部屋の中にはまだ腐臭が漂っていた。だが、サルジーンの傷はもはや膿みただれてはいなかった。膿も血も消え、断面は乾き、新しい皮膚で覆われている。

目にしているものが信じられず、セワードは恐る恐る友の手首に触れた。なめらかだ。まるで負傷したのは何カ月も前であるかのように、きちんと癒えている。

女のほうを振り返ると、女は愛らしく微笑み返してきた。

「もう大丈夫でございます。まだ熱はありますが、明日には必ず下がり、目も覚めましょう」

セワードはその言葉を信じた。サルジーンはもう唸ってもあえいでもいない。目を閉じているのは、ぐっすりと眠っているからだ。呼吸をするたびに、命と血がよみがえっているのがわかる。

「よくやってくれた。……この下の階にて待て。あとで、絵師をさしむける。絵師に望みの男の特徴を話すがいい。できあがった似顔絵をもとに、兵士達に追わせる。必ず見つけて、おまえの元に届けさせよう」

「ありがたき幸せにございます、王様」

淫らに腰を振りながら、女は王の部屋から出ていった。

かわりに、ふたたび黒衣の男がセワードに近づいてきた。セワードの横に並び、同じようにサルジーンを見下ろしながら、男はささやいた。

「この方はサルジーン様でございますね？」

「そうだ」

「……青豹将軍のことは黒の都でも噂にのぼっています。それほどのお方が、このような傷を負われるとは」

「返り討ちにあったそうだ。異様に白い男で、おまけに連れていたのは妖術使いか魔法使いだったらしい。緑の光を放ち、闇を照らし出したと言っていた」

「緑の、光？」

「連れの子供の胸元で、緑の宝石のようなものが光りだしたという。サルジーンと共にいた者達がそれを見ている。サルジーンも見たと言っていた。この世ならぬ光だったと。……その光で味方を呼び寄せ、矢を浴びせかけてきたという。憎いやつらだ。八つ裂きにしても気がすまぬ！」

怒気を放ったあと、セワードは痛ましげにサルジーンの手首をさすった。人間とは強欲なものだ。さっきまでは彼が生きのびてくれれば、それでいいと願っていたのに。その望みが叶えられた今は、彼が利き手を失ってしまったことが惜しまれてならない。

「……サルジーンを行かせるのではなかった。サルジーンは優れた射手だったのに。この手ではもう、弓は無理だ。剣も、かつてのようには振るえまい。馬も乗りこなせまい……」

黙りこんでいた男がささやきかけてきたのは、まさにこの時だった。

「陛下。この方に新たな手を差しあげましょうか？　飾りの手などではなく、血肉の通い、自分の意思で動かせる手を」

「できるのか！」

「はい。ただし、それには血の代償がいるのです。……この方の目を一つくださいまし。さすれば、かつての手以上になじみ、よく動かせる手を差しあげましょう」

ほんの半呼吸の間、セワードは考えた。

サルジーンは武人だ。剣を持つ手がどうしても必要だ。一方、片目がなくとも、それほどの不便はあるまい。片目で利き手をあがなえるのなら、それは決して愚かな取引ではない。目覚めていたら、サルジーンとて喜んでその要求をのむはずだ。

そう考え、セワードはうなずいた。

「では、そうせよ」

男は前に進み出た。

男がサルジーンから代価を取り、そして贈り物を与えるさまを、セワードはいっさい見なかった。見る必要はないと判断したからだ。

＊

自らの住まいに戻った男は、急ぎナルマーンから運んできた目玉を取り出した。

美しい目だ。瞳は晴れ渡った空の色。これまで多くの乙女達の心をかきみだしてきたに違いない。

だが、その美しさに興味はない。この目がかつて見たものにこそ、男の興味は向けられていた。部屋の中は奇怪な品であふれ返っていたが、その中でも特に奇怪なものへと、男は目玉を運んだ。

それは大きな白鰐《しろわに》の頭だった。かっと開いた口の中には、禿頭《とくとう》の小さな子供の頭が入っている。まるで、鰐に赤子が飲みこまれかけているかのようだ。子供の顔は愛らしく、大きく口を開けて笑ってさえいる。それだけにぞっとするほど醜悪だ。

その子供の口に、男は目玉をはめこんだ。

しばらくすると、鰐の目から涙のような汁がこぼれだした。白濁《はくだく》したそれを極めて慎重にすくいとり、男は自分の目にしたたらせた。

たちまち、見たことのない光景が目の前に広がった。

親しげに笑いかけてくるナルマーン王。訓練に励む半裸の男達。軍馬のつややかなたてがみ。いや、違う。見たいものはこれではない。

念じると、景色がたちまちぼやけた。夜の砂漠。貧しげな人々の怯えた顔。手枷《てかせ》。地下牢。そんなものが急速に通り過ぎていく。

やがて、白い顔に銀の髪を持つ男が現れた。幽鬼のような凶悪な顔を殺気で満たし、剣を振ってくる。自分の手首が切り落とされるのが見え、世界が揺れた。

白い男は、怪鳥のように身を翻《ひるがえ》し、黒い影を二体切り伏せ、馬にまたがって疾走していく。その後ろ姿を見送った直後、緑の光が現れた。

これまで見たこともない、美しい光の波。遠くから発せられているのに、こちらの手につかめそうなほどだ。

その光を放つものに、目をこらした。小さな人影が見えた。光はその胸元から出ている。丸いもの。宝石か何かか。

ここで暗闇が広がり、何も見えなくなった。

男は手探りで水差しを探りあて、水で目を洗った。すると、また元のように見え始めた。

この時には男は笑っていた。抑えようとしても、くつくつと声が漏れてしまう。

長年求めていたものを、半ばあきらめていたものを、まさかこんな形で見つけられるとは。

嬉しくてありがたくて、涙が出そうなくらいだ。目玉の持ち主だった将軍には、今度会ったら篤《あつ》く礼を言うとしよう。なんだったら、ただで新たな目玉をくれてやってもいい。あの将軍が自分にもたらしてくれたのは、それだけの価値のあるものだったのだから。

そんなことを考えながら、男は素早く動きだした。ほしいものはできるだけ早く手に入れたほうがいい。自分の犬達なら、すぐに獲物を狩り出してくれるだろう。

男は奥へと向かい、犬と呼んでいるもの達を呼んだ。

暗がりから野太い唸りが返ってきた。

狩りが始まるのだ。

12

赤いサソリ号の一番高い帆柱のてっぺんで、アイシャは大きく息を吸いこんだ。

今、船は風のように飛んでいた。眼下に広がるのは、真っ白な雲の海だ。空気は薄く、身を切るように冷たいが、果てしなく広がる雲海の上を飛ぶのはすばらしく爽快《そうかい》だった。この空の覇者《はしゃ》になったかのような錯覚を感じさせてくれる。

うっとりとするアイシャの髪を、風がかき乱し、後ろになびかせていく。それがまた心地よい。できればずっとそこにいたかったが、寒さに耳や鼻先が痛くなってきた。指先の感覚もなくなってきたので、少女はしぶしぶ甲板に降りることにした。

帆柱を昇り降りするのは楽しかった。〝灰の雛《ひな》〟であった頃を思い出させてくれたからだ。揺れる船の帆柱は、朽ちかけた塔とは少し勝手が違ったが、こつはすぐにつかんだ。今では猿のように身軽に昇り降りできる。そんなアイシャを見て、「うちに正式にほしいくらいだ」と、ラシーラが言ったほどだ。

それも悪くないなと、アイシャは思った。

この胸から緑の琥珀《こはく》がはずれれば、アイシャは普通の少女に戻る。そうなったら、赤いサソリ団の一員にもなれる。おおらかで大胆な彼らと共に翼船《つばさぶね》に乗り、稲妻《いなずま》を追いかけるのはさぞ心躍ることだろう。

だが、そうなったら、タスランとはお別れだ。彼は赤いサソリ団にはとどまらない。自身の呪いを解く方法を見つけるまで、旅を続ける運命を背負っているのだから。

アイシャの心の半分は、今後もタスランと一緒にいたいと叫んでいた。だが、もう一方で、冷静に冷酷に告げる声がある。

タスランにとって、おまえはお荷物だ。本当なら抱えこむはずのなかった厄介事にすぎない。おまえの胸に緑の琥珀が埋まったりしなければ、彼は絶対おまえなど連れていかなかった。思い出せ。琥珀こそが、タスランの運ぶ荷。おまえはその荷の入れ物、箱にすぎないのだ。

それは事実だった。琥珀の件がなければ、こうして一緒に旅することは決してなかっただろう。それがわかるだけに、アイシャは苦しんだ。

タスランは親切で、自分をかわいがってくれている。負傷し、それが癒えたあとは、なぜかいっそう優しくなった。だが、今後も一緒に旅をしたいと頼んでも、はたしてうなずいてくれるだろうか?

拒まれるのが怖くて、とても切り出せなかった。

このまま涙の谷にたどりつかなければいいのに。

最近ではちらちらとそんなことさえ考えるようになってしまっていた。

帆柱から降りたアイシャに、舵を握っていたラシーラが声をかけてきた。

「お帰り。寒かったろう？　さっきモーティマが熱いお茶を持ってきてくれたよ。そこにあるから飲んでおきな」

「はい」

銀の水差しに入っていた茶は、まだ火傷《やけど》するほど熱かった。香辛料と砂糖がたっぷり入っていて、飲むと体が芯から温まってくる。

ゆっくりと茶をすすりながら、アイシャは前を見た。甲板の上では、タスランが猿小人と打ち合いをしていた。木の棒を剣に見立て、激しく戦っている。

体が鈍っているから、付き合ってほしいと、タスランが猿小人に申しこんだのだ。猿小人も鍛《たん》練《れん》は望むところだったのだろう。初めてモーティマのそばを離れ、甲板に上がってきた。

それから一度も休むことなく、二人はぶつかっている。タスランは力で勝るが、猿小人は俊敏《しゅんびん》で、先の読めない一撃をくりだしていく。二人の舞いは変化に富み、アイシャはため息をついた。

「二人ともすごい」

「ああ。たいしたもんだよ。猿小人の強靭《きょうじん》さは知っていたつもりだけど、まさかあれほどとは。タスランのほうはまだだめだね。体に切れがない」

「あれで？」

「ああ。十日も寝てると、やっぱり鈍るんだろうね。ま、あいつのことだから、じきに本来の力と勘を取り戻すさ」

ラシーラの見立てどおり、勝負はタスランの負けで決着がついた。猿小人がタスランの額に突きを見舞ったのだ。さほど力が入っていたとも思えない一撃だったが、タスランは矢で射貫かれたようにのけぞった。

「まいった」

みるみる赤くなっていく白い額を撫でながら、タスランは潔く負けを認めた。

「これが真剣なら、俺は死んでいる。見事だな」

褒められても、猿小人はやはり何も言わなかった。黙って甲板の落とし戸へと向かう。十分に体を動かしたから、モーティマのいる厨房に戻るのだろう。

立ち去る際にもぎろっと睨まれ、アイシャは首をすくめた。やっぱりこの猿小人とは仲良くやっていく自信がない。

そうだと、ふと思い出した。

猿小人の恩人と言うなら、赤いサソリ団もそうだ。襲撃から猿小人を救い、医者のレバに至っては傷の手当てもした。猿小人はモーティマを慕っているようだし、ここに残るのではないだろうか。

だが、アイシャの希望は、ラシーラにあっさり打ち砕かれた。

「がっかりさせて悪いけど、あの猿小人はここには残らないよ。モーティマから聞いたんだけどね、やっぱりあんた達についていくそうだ。行きたくはないが、掟だからしかたないとね」

「そんなぁ……」

「そんなひしゃげた顔をするもんじゃない。頼もしい護衛は一人でも多いほうがいいじゃないか」

「その護衛に憎まれてても？」

「守ってもらえりゃそれでいい。この世は生きていてこそさ」

船長はからからと笑った。

そこへ、体をぬぐい終えたタスランが近づいてきた。

「いや、まいった。思っていた以上に、体が重くなってしまっている」

「しかたないさ。死にかけたんだもの。焦らずとも、すぐに元に戻るよ」

「そう願いたい。さもないと、自分の葬式を出す羽目になるからな」

タスランは冗談で言ったのだろうが、ラシーラは笑わなかった。まじめな顔でタスランを見たのだ。

「葬式で思い出したよ。あんたに聞かなきゃならないことがあるんだった。……血色の女郎蜘蛛《ぐも》があんたに目をつけたってのは本当かい？」

タスランがたじろぐのを見て、アイシャは思わず口をはさんでしまった。

「血色の女郎蜘蛛って？」

「黒の都で木乃伊《ミイラ》作りをしている女さ。悪い噂しか聞かない、危険な女でね。中でも有名なのが、あの女の夫達だ。……気に入った男を見つけると、女はすぐにそいつを夫にする。で、決して自分のそばから離れないようにと、夫を木乃伊にしちまうんだ。あの女が木乃伊作りの名人になったのも、夫達をできるだけ美しい死体にしたいと、腕を磨いたからだという」

「…………」

「女の住まいには、木乃伊にされた夫達が十四人、生きていた頃のままの姿で、置物のように並べられているというよ。……で、今度のお目当ては白い肌に銀の髪を持つ凶相の男だそうだ。彼女は目の色変えて捜しているって聞いたんだけど、タスラン、あんたのことじゃないよね？」

「……俺のことだと思う」

ひっと、アイシャは小さな悲鳴をあげた。だが、ラシーラの反応はもっと激しかった。

「何やってんだよ、馬鹿！　あの女が珍しい色の目や肌をした男を集めるのはよく知られていることじゃないか！　なんでまた、のこのこ近づいたりしたんだい！」

「近づくつもりはなかった」

タスランは苦しそうに言い訳した。

「半年前、手持ちの金が尽きて、黒の都で金を稼ぐことにした。どこかの王の遺体を木乃伊にする間、それを警護しろという依頼で。報酬がよかったし、引き受けたんだが……」

「で、木乃伊職人として呼ばれたのが、血色の女郎蜘蛛だったと。ああ、もう、馬鹿だねえ。あの女は狂っているが、木乃伊作りにおいては天下一品だ。王様の遺体を木乃伊にするとあれば、呼ばれるのはあの女しかいないと、ちょっと考えればわかるはずだよ」

「……面目ない」

「それで？　女に目をつけられたあと、どうした？」

「逃げた。命からがら、報酬の金も受け取らずに」

「なるほど。星の数ほど間違いをしでかして、最後の最後に、ようやくまともな選択をしたってわけだ」

「…………」

ラシーラの皮肉に、タスランは返す言葉が見つからないようだった。

「とにかく、やっぱりあんたのことだったんだね。まったく、ろくでもないのに目をつけられたもんだ」

「船長。タ、タスランは、危険なの？」

気をもむアイシャに、ラシーラはため息まじりに答えた。

「そうだね。血色の女郎蜘蛛は執念深いし、あちこちにそれなりの友達がいる。気をつけるにこしたことはない。タスラン、当分は黒の都には近づかないことだよ。それがあんたの身のためだ」

「肝に銘じる」

タスランがうなずいた時だ。

ふいに、空気が変わった。風の中に、舌がぴりっとするような刺激が含まれる。

「……風が変わったようだな。そろそろ山脈か？」

「そうだよ。今、ちょうど入ったところだろうさ」

二人の会話に、アイシャは思わず船べりに駆け寄り、下をのぞきこんだ。真っ白な雲があるだけで、下界の様子はまったく見えない。

だが、この下には青牙《せいが》山脈がある。タスランですら徒歩で越えるのをためらう、氷でできた山山。吹き渡る風は狼のように旅人の命を奪い、つるつるとした氷は人の足を滑らせ、深い裂け目へと誘うという死の山脈。

それでも、青牙山脈は美しいという。山々を形成している氷はどんな碧玉《へきぎょく》よりも青く、透き通っており、朝は虹色に、昼は銀色に、夜は星の光を宿して群青《ぐんじょう》に輝くのだとか。

一目見たいと思ったが、それは叶えられなかった。

「この雲海の下は、風の流れが複雑でね。下手をすると、舵をもぎとられ、山のどれかに叩きつけられちまう。悪いけど、そんな危険は冒《おか》せないよ」

それにそう焦ることはないと、女船長は言った。

「どうせ明日になったら、双子山に降りるんだ。そこからだって、山脈は十分よく見えるだろうよ」

「明日？　そんなに早く着くの？」

「ああ。このとおり、いい風が吹いてくれているからね。この分だと、夜中には双子山の前まで行けるはずだ。でも、暗い中での下船は危険だからね。山のふもとに降りるのは明日の朝だ。ってことで、今夜は期待しとくといいよ。モーティマが腕によりをかけて、ごちそうを作ってくれるそうだ」

「そいつはありがたい」

「楽しみ！」

アイシャはもちろん、タスランも笑った。二人とも、モーティマにはがっちりと胃袋をつかまれていたのだ。

赤いサソリ号を離れて一番つらいのは、モーティマの料理が食べられなくなることかもしれない。

アイシャはふと思った。

＊

その頃、猿小人は厨房《ちゅうぼう》でモーティマを見つめていた。

今夜のごちそうは、子羊の丸焼きだという。中に熱々の濃厚なスープと甘い玉ねぎを詰めこんで、外側をかりっと焼きあげるのだとか。その下準備に、モーティマは早くもかかりきりだ。

猿小人が「手伝いたい」と申し出たところ、大量のニンニクと野菜を刻むのをまかされた。差し出された小刀を、猿小人はうやうやしく受け取った。どんな雑用であろうと、魔族から何かを賜《たまわ》るのは名誉なことだからだ。

猿小人に野菜を託したあとも、モーティマは休むことなく動いた。子羊の内臓を抜き取り、きれいに洗って、塩をすりこむ。内臓も無駄にはしない。肝臓と心臓をつぶし、血と香草と塩コショウをまぜこみ、丹念に洗った腸に詰めていく。残りはスパイスと酒に漬けこんでから煮込み料理にするという。

子羊の処理を終えると、今度は楽しそうに鍋をかき混ぜだした。そんな魔族の女から、猿小人は目が離せなかった。

高き魂を持つ魔族に出会い、尊い声を聞く幸運に見舞われたのは、望外の喜びだ。だが、どうしても解せない。なぜ、魔族ともあろうものが、《巨人》の船に乗り、《巨人》のために料理をこしらえたりするのか。これではまるで、《巨人》に仕えているかのようではないか。

尋ねるのは勇気のいることだったが、ついに猿小人は口を開いた。

「高貴なる魂を持つ御方」

「あん？　その呼び方はやめとくれって言ったろ？　あたしはただのモーティマだよ」

「お許しを。あなたの御名を口にする資格は、たとえ命じられてもこの者にはございません」

「面倒な子だねぇ。で、なんだい？」

「なにゆえ、あなたのような御方が《巨人》達のもとにとどまっているのか、訳を聞かせていただけないでしょうか？」

「不思議かい？」

「はい。……彼らは嘘をつきます。口からも行いからも、穢《けが》れをふりまく存在です」

「ふふ。噂にたがわず、相当な人間嫌いだね。だが、気持ちはわかるよ。あたしも、昔はそう思っていたもの。魔法使いに捕まってからは特にね」

ざわりと、猿小人の毛が逆立った。《巨人》が魔族を捕らえるとは。その自由を穢すとは、なんと忌まわしいことだろうか。怒りと恐怖に、はらわたが波立った。

「その場に自分がおりましたら、必ず、そやつを殺しておりました」

「ふふ。怒ってくれてありがとさん。あたしも怒り狂ったよ。暴れ、憎悪し、なんとか術をねじきろうとしたけど、結局は小瓶に閉じこめられた。そのまま使役されるのか、それとも魔道具作りに使われるのか。生きた心地はしなかったけれど、死んだほうがましだとも絶望したさ」

だが、その小瓶は人手に渡り、アバンザという女船長の手に行きついた。

「アバンザ……」

「先々代のこの船の船長だった女さ。惚れ惚れするような気風のいい女でね。あたしを自由にしてやるって、ずいぶん手を尽くしてくれた。結局は無理だったけど、アバンザの言葉とふるまいは、あたしの憎しみや怒りを解くのに十分だった」

モーティマの声に、猿小人は別の意味で震撼《しんかん》した。なんという声で、一人の《巨人》のことを語るのだろう。そこにこめられた温かく深いものがなんであるかは、疑いようがなかった。

「……愛して、おられたと?」

「愛さずにはいられなかったよ。それだけの魂の持ち主だったんだよ、彼女は。アバンザはあたしにこの厨房をくれた。彼女の舌を喜ばせ、胃袋を満たすのが、あたしの生きがいになった。呪縛の呪いは解けないままでも、あたしは十分に幸せだったのさ」

「それでは、呪いは今も?」

「いや、偶然に偶然が重なり、とある偉大な御方が解いてくれた。でも、自由の身になったからといって、アバンザのそばを離れる気にはなれなかった。彼女はもう、あたしの半身みたいなものだったからね」

悩んだのはアバンザが亡くなった時だと、モーティマは打ち明けた。

「あの時、あたしはここを離れようと思った。彼女がいないのに、とどまる理由がないと思ってね。でも、船にはまだハルーンがいた」

「ハルーン……」

「アバンザが養子にした子でね。いい子だったよ。アバンザに仕込まれたから、腕のいい稲妻狩人に仕上がっていたし。船の操縦もアバンザゆずりだった。でもね、あたしはなによりもアバンザの魂を、ハルーンの中に感じたんだ」

だから、とどまることにしたのだと、モーティマは微笑《ほほえ》んだ。

「ハルーンは八十歳まで生きた。人間にしちゃ長寿だったよ。生涯妻を持とうとはしなかったけど、人狩りから助けた女の子を養女にして、アバンザがしたのと同じようにその子を育てた。その子ラシーラの中に、今あたしはアバンザとハルーンの魂を感じるんだ。不思議なもんだよ。この三人に血のつながりはまったくないし、ラシーラに至ってはアバンザに会ったことすらないってのにね。なのに、あたしが愛した人達のかけらが、ラシーラに受け継がれている。……だから、あたしもここを離れられないいんだよ」

モーティマの言葉は、猿小人の胸を激しく揺さぶった。

これは猿小人としての信念を根底から覆《くつがえ》す話だった。こちらが心を傾けるに足る《巨人》はいると、そう考えを改めるべきなのだろうか。

冷や汗をにじませながら考えこむ猿小人に、モーティマは優しく言った。

「猿小人としての掟や誇りは、あんたにとってかけがえのないものだろう。でもね、ほんの少しだけ、心の目を広げてみても悪くはないもんだ。この先、タスラン達と旅を続けるなら、あたしのことを思い出してほしい。魔法使いに捕らえられるという屈辱を味わいながら、人間を愛し、人間と生きることを選んだモーティマのことを」

そう言って、彼女は奥の棚から小さな壺を取り出し、猿小人に差し出した。

「餞別《せんべつ》だよ。ライムの砂糖漬けだ。日持ちするし、疲れをとってもくれる。……できれば、タスランやアイシャにも分けてやってほしいところだ」

「……尊き御方のお言葉には従いましょう」

「命令じゃないよ。あんたにまかせるって言ってるのさ」

モーティマの声には謎かけのような響きがあった。

猿小人はそれ以上何も言わず、黙って壺を押しいただいた。

モーティマはまた忙しく働きだした。その生き生きとした姿に、猿小人は認めざるを得なかった。この魔族は本当に、ここでの日々に満足しているのだと。

この姿から、自分は何かを学びとるべきなのかもしれない。心の目を広げるとして、どこまで広げたらいいのだろう？　あの二人の《巨人》に砂糖漬けを分け与え、共に焚火を囲み、言葉を交わすべきか？　そこまでしたほうがよいのだろうか？

考えなければならないことが多すぎて、頭が痛くなってきた。だから、いったん逃げることにした。

まずはともかく、この野菜の山を片づけてしまうとしよう。
猿小人はふたたび野菜を刻み始めた。

13

翌日の早朝、赤いサソリ号は雲海の下に降りた。

しっとりと水を含んだ雲の層を抜け、ついに下界が見えた時、アイシャは歓声をあげた。

そこには、だだっ広い青白い氷の野が広がっていた。まばらに木などもはえているが、全て凍りついており、まるで幽霊のように青ざめた姿をさらしている。

とにかく、風が冷たかった。雲の上にいた時の何倍も寒い。下降が始まる前、「重ね着をして、マントをまとっておけ」と、タスランが言ったのもうなずける。大砂漠の夜の凍てつきがかわいく思えると、アイシャはぎゅっとマントを体に巻きつけた。

それにしても、体を食いちぎっていくようなこの強風は、どこから吹いてくるのだろう?

アイシャは風が吹いてくる後方を振り返った。

後ろでは、大きな青い山々がきらきらときらめきながら幾重にも連なっていた。それは一つの壁のように、大砂漠との境となっている。

青牙《せいが》山脈だ。

初めて目にする山脈の美しさに、アイシャは言葉もなくただ見惚れていた。

だが、ふいに船が大きく揺れた。

「きゃっ！」

「風の波がある！　少し揺れるよ！　つかまりな！」

ラシーラの警告が響いたが、揺れが激しくて、アイシャは帆柱をつかみ損ねてしまった。そのまま船の際まで流された。

落ちる！

恐怖に髪の毛が逆立ったが、あわやというところで、力強い腕が少女の体をつかまえた。

「タスラン！」

「大丈夫だ。俺がつかまえておく」

その言葉どおり、タスランは少女をしっかりと抱きかかえてくれた。

揺れはさらに激しくなり、上下の歯ががちがちぶつかりあうほどになったが、アイシャはもはや少しも怖くなかった。タスランに抱えられているおかげで、前を見る余裕すら出てきた。

前方には二つの大きな山があった。青牙山脈の山々と違い、こちらは錆《さび》色の岩でできている。

あれが双子山だと、教えられなくともわかった。まったく同じ形、同じ大きさだったからだ。

双子はぴったりと隙間なく寄り添いあっているかに見えた。が、よく見ると、山と山との間に、ほんの少しだけ切れ目がある。

あれが涙の谷への入り口で、あの裂け目の向こうに隠れ里があるのだ。

どきんと、心臓が跳ねあがった。いよいよだ。いよいよなのだ。

と、タスランが叫んだ。

「船長！　降りられそうか？」

「なんとかね！　でも、長くは無理だ。合図をするから、素早く飛び降りておくれ！」

「わかった！」

タスランもアイシャも、猿小人も、それぞれの荷を背負い、その時に備えた。

いまや赤いサソリ号は向きを変え、青牙山脈のほうに船首を向けながら下降していた。風に逆らい、四枚の翼を激しく羽ばたかせているが、それでも双子山のほうへと押し流されていく。じわじわと山影が迫ってくる恐怖に、アイシャはあえいだ。このままでは赤いサソリ号は岩壁に叩きつけられてしまう。

だが、この時、ラシーラは地面すれすれにまで船を近づけていたのだ。

「今だ！」

ラシーラの声が轟《とどろ》いた。

タスランが真っ先に動いた。アイシャを抱いたまま、前もって帆柱に結びつけておいた縄をつかみ、船から身を躍らせたのだ。

地上までは、決して遠くなかった。普通に飛び降りても、足首を傷める程度ですんだだろう。だが、嵐のような強風の中では、そのわずかな高さすら危険なものと化す。

船からぶらさがり、振り子のように揺れる間、アイシャはひたすらタスランにしがみついていた。それしかできることがなかったのだ。

と、ふいに空中に投げ出されるのを感じた。タスランが綱から手を離したのだ。

二人は固い氷の上に落ち、何度も転がってからようやく止まった。

アイシャが顔をあげた時には、赤いサソリ号はすでに上昇し始めていた。が、それでも流されていく。風の流れから抜け出せないのだ。ぐんぐんと岩山に迫る様子に、アイシャは悲鳴をあげた。

だが、間一髪のところで、赤いサソリ号は強風の魔手から逃れ、上空に舞い上がった。もう双子山にぶつかる心配はないと、アイシャは胸をなでおろした。

まるで自由になった鳥のように、おんぼろ翼船《つばさぶね》は優雅にアイシャ達の上を旋回した。

「また会おう、タスラン、アイシャ！　あと、猿小人も。誉《ほま》れあれ！」

ラシーラの力強い声が降ってきた。

そして、赤いサソリ号は素早く雲の中へと消えていったのだ。

息をつき、アイシャは天をあおいでいた顔を元に戻した。

いつの間にか、猿小人が横に立っていた。身が軽いため、風にあおられ、今にも吹き飛ばされそうな様子だ。

だが、それはアイシャも同じだった。足元の地面は凍りついているため、踏ん張りも効かない。薄い氷のかけらがびしびしと頬に当たり、アイシャは痛みに涙目となった。

「どうするの！」

「いったん、木の陰へ！」

三人はほうほうのていで、凍りついた木の陰に入った。

そうして風をよけながら、タスランは自分の体を調べだした。飛び降りた時、足の骨を折ってはいないか。足の指の生爪は剝がれていないか。手や手首はどうか。

アイシャも手伝い、二人で入念に調べたが、どこにも異状は見当たらなかった。ほっとしたようにタスランが笑った。

「手間取らせて悪かった。そろそろ行こう」

三人はふたたび吹きさらしの平地に出た。背に受ける強風のせいで、ほとんど足を動かさなくてもよかった。体勢さえうまく保てば、氷で覆われた地面の上を、流れるように双子山のほうへと滑っていける。

あっという間に、双子山の隙間へとたどりついた。

やはり裂け目は狭かった。タスランがようやくすり抜けられるほどの幅しかない。三人は一列になって進みだした。先頭はタスラン、しんがりは猿小人だ。

この裂け目の中もくまなく凍りついており、つるつるとして歩きにくかった。だが、しばらく歩くと、道幅が広がってきた。二人並んで歩けるほどになり、三人並んで歩けるようになり……。

ついには市場が開けるほどの空間に出た。

「涙の谷……」

そう呼ばれる理由が、初めてわかった。

谷を形成している両脇の壁は、青い氷で覆われている。だが、その氷は溶けかけており、ぽたぽたと、涙のようにしたたっているのだ。

そう。氷が溶けるほど、谷の中は暖かかった。あちこちで氷が溶けて、緑の草やキノコがはえている。

前に進むにつれてさらに暖かくなり、緑も増えてきた。同時に、妙な臭いもし始めた。卵の腐ったような臭いに、アイシャは口を歪《ゆが》めた。

「なに、この臭い?」

「硫黄《いおう》だ。この双子山はおそらく、岩肌の下に、熱い湯が血管のように流れている山なのだろう。だから、こんなにも暖かい。本当なら青牙山脈から流れてくる寒風で、何もかも凍りついているはずだ」

さらに進むと、あちこちの岩の隙間から白い湯気があがるようになった。ちょろちょろと、水が湧き出ている場所も見かけたが、タスランは近づくなと言った。

「こういう場所の水は、危険なものが多いんだ。熱湯かもしれないし、山の毒が溶けこんでいるかもしれない。触れず飲まずが一番だ」

湯気や硫黄の臭いがあまりひどくない場所で、いったん休憩することとなった。

この時には、アイシャはびっしょり汗をかいていた。重ねていた温かい服やマントはとっくに脱いでいたが、それでも汗が止まらない。

いまや、谷の中の空気は重く、じっとりとしたものになっていた。まるでぬるま湯の中を歩いているかのようで、体力を消耗してしまう。

タスランが差し出してきた水袋の水を、アイシャはごくごくとあおった。

が、たっぷり飲んでしまったあとで、猛烈に後悔した。この先、飲める水に出くわせるか、わからないのだ。持ってきた水は、できるだけ節約するべきなのに。

「……ごめんなさい。いっぱい飲んじゃった」

謝る少女に、タスランは笑った。

「そんなに心配しなくても大丈夫だ。モーティマがどっさり水豆を持たせてくれたからな。当分はもつ。遠慮せずにもっと飲んでおけ。猿小人。おまえもどうだ？」

少し離れていたところに座っていた猿小人は、ぎくりとしたようだった。だが、一瞬ためらったあと、こちらに近づいてきた。初めてのふるまいに、アイシャとタスランは啞然としたが、本当に驚いたのはそのあとだ。

猿小人は自分の荷から小さな壺を出し、蓋を開けて二人に差し出してきたのだ。

アイシャはあっけにとられ、何度も猿小人と壺を見比べた。

これは、まさかとは思うが……いや、そんなまさか。猿小人に限ってあり得ない。

声が出せずにいるアイシャにかわり、タスランが恐る恐る尋ねた。

「くれるのか？　俺達に？」

こくりと猿小人はうなずいた。

「……それなら、ありがたくいただくとする」

「タ、タスラン」

「大丈夫だ」

タスランは壺に手を入れた。その直後、うわっと短い声をあげ、手を引き抜いた。

思いがけない反応に、アイシャはもちろんのこと、猿小人も目を瞠《みは》った。そんな二人に、タスランは鋭くささやいた。

「何か入りこんでいるぞ！」

猿小人の対応は素早かった。すぐさま壺をひっくり返したのだ。

ライムの砂糖漬けらしきものがわずかにこぼれたあと、ぽとんと、銀色の何かが落ちてきた。

地面に転がったのは、コウモリかネズミほどの大きさの生き物だった。ぽってりと太った猫に似ていて、頭も体も、尻尾までも丸っこい。

だが、猫と違い、その体に毛はいっさいなかった。銀で鋳造《ちゅうぞう》された像のように、全身はつるりとなめらかで金属的な光沢を放っている。背中には、砂粒ほどの白と黒の宝石が無数にはめこまれ、美しい斑《まだら》模様を生み出している。猫めいた耳の他に、羊のような巻き角もはやしていた。

そして、顔は人間に似ていた。

地面に落とされてもなお、その生き物は身を丸め、目を閉じていた。ぐっすりと眠っているようだ。だが、タスランが刀の鞘《さや》の先で何度かつつくと、ぱちりと目を開けた。その瞳は黒曜石のように黒かった。

生き物は周囲を見回した。あどけない寝起きの顔が恐怖に歪むのに、さほど時間はかからなかった。

「うわああっ！」

逃げようとしたのだろうが、その動きはあまりにも鈍かった。

「こら、待て！」

タスランが生き物をつまみあげた。男の大きな手の中で、生き物はぶるぶる震え、すすり泣いた。その間も錯乱《さくらん》したようにつぶやいていた。

「そんな、どうして……嫌だよ。嫌だ嫌だ。こんなはずじゃなかったのに。船は？　ふ、船は？」

「赤いサソリ号のことなら、ずっと前に飛んでいってしまったぞ。……おまえはなんだ？　あの船に乗っていたのか？」

「ひぐっ。そ、そうだよ。乗ったんだ。壺の中で寝てて、気づいたらこんなところに……ひぐっ！」

「寝てたって……」

一同、あきれはてた。あれほど激しい揺れと衝撃の中で、よくも寝ていられたものだ。

「自分が下船したって、わからなかったの？　すごく揺れていたでしょう？」

「だ、だって、あの船はよく揺れたから。いつものことだと思って、眠ることにしたんだ。身を丸めてしまえば、音も衝撃も関係なくなるし。おいしい砂糖漬けに囲まれていたから、不自由もなかったし」

「………」

こいつは逆に大物なのかもしれないと、アイシャは思った。

こんなはずじゃなかった、何かの間違いだと、しきりに繰り返す生き物。その情けない泣きべそ顔を、タスランはじっと見ていた。ややあって、言った。

「おまえ、もしかして魔族か」

「そうだよ」

生き物がうなずいたとたん、猿小人がタスランのすねを蹴った。

「なんだ？　下ろせと言うのか？　わかったわかった。そんなにいきりたつな」

刃物を抜かんばかりの猿小人の剣幕に圧され、タスランは小さな魔族を地面に下ろした。

猿小人はさっそくひざまずき、魔族のぽちゃぽちゃした手に口づけをした。これに、魔族はおおいに気をよくしたようだ。初めて笑顔になった。

「少なくとも、ぼくをまともに扱ってくれるものがいるってことだね。うん。いい気分」

「魔族ということは、モーティマの友達か身内か？」

「モーティマ？　ああ、あの黒いおばさんのこと？　違うよ。全然関わりはないよ」

「では、なぜ赤いサソリ号に乗っていた？」

「………」

魔族は長いこと黙っていたが、やがて猿小人にささやいた。

「この人間達って信用できる？」

ややためらいがちに猿小人はうなずいた。

「それ、ほんと？　絶対に？　ぼくの角をねじきったり、魔法使いに売りつけたりするようなやつらとは違う？」

今度はきっぱりとうなずいた猿小人に、小さな魔族は少しだけ肩の力を抜いた。

「わかったよ。……色々話してあげるから、そのかわり約束して。ぼくをここに置き去りにはしないって。ぼくが邪《よこしま》な人間に狙われたら、守ると約束して」

「約束してもいいが……魔族なら、たいていの人間などものともしないのでは？」

「そんな力があったら、あんたの手から自力で逃げ出していたし、そもそも触らせたりなんかしないよ」

ぼくは弱いんだと、いまいましそうに魔族は言った。

「魔族に生まれただけで、力はほとんどない。せいぜい草木と言葉を交わせる程度なんだ。この世に生まれたばかりで、物事もよく知らないし、親も師もいない。どうやったって強くなりようがないじゃないか」

「……悪かった。気を悪くしたなら謝る」

「ま、いいけど。……話の続き、長いけど聞く？」

「聞かせてくれ」

「あたしも聞きたいな」

注目を集め、小さな魔族はにわかに自信がついたようだ。ふふんと鼻をこすり、話しだした。

「ぼくが生まれたのは、北のどこかの洞窟だ。無数の水晶に囲まれ、ぼくは目を覚ました。まわりには誰もいなかったし、呼んでも誰も来なかった。わかっていたのは自分の名前がイルミンってこと。そして、魔族として生まれたんだってこと」

孤独ではあったが、寂しさは感じなかったと、イルミンは言った。水晶達は美しい声で歌いかけてきたし、湧き水は冷たく、銀の味わいがした。岩肌に耳をつければ、大地の鼓動が伝わってきた。

居心地のよい住まいで、イルミンは何日もぬくぬくと過ごした。だが、次第に心がざわめくようになっていったという。

「なんて言ったらいいのかな。ぼくはその場所が大好きだった。絶対に離れたくなんかなかったんだ。なのに、どんどん胸が苦しくなった。このままじゃいけないって。何かを探しに行かなきゃいけないんだって。だから、泣きながらそこを出たんだ」

岩を掘り進み、匂いを頼りに、イルミンは地上へと出た。

初めて目にする地上は、少しも心ときめくものではなかった。天空の太陽はあまりにもぎらついていたし、地面は乾きすぎていた。なによりにぎやかすぎた。風の音、鳥の鳴き声、獣の叫び。水晶窟のほのかな暗がりと静けさが懐かしくて、イルミンはさらに泣いたという。

「それでも、ぼくは歩きだした。ぼくの柔らかな足の裏はすぐにすりむけて、たまらないほど痛みだした。太陽は体を溶かすみたいだったし、夜の月は冷たすぎた。このまま歩き続けたら死んでしまう。ぼくは何かに運んでもらうことを思いついた。そして……人間に近づいてしまったんだ」

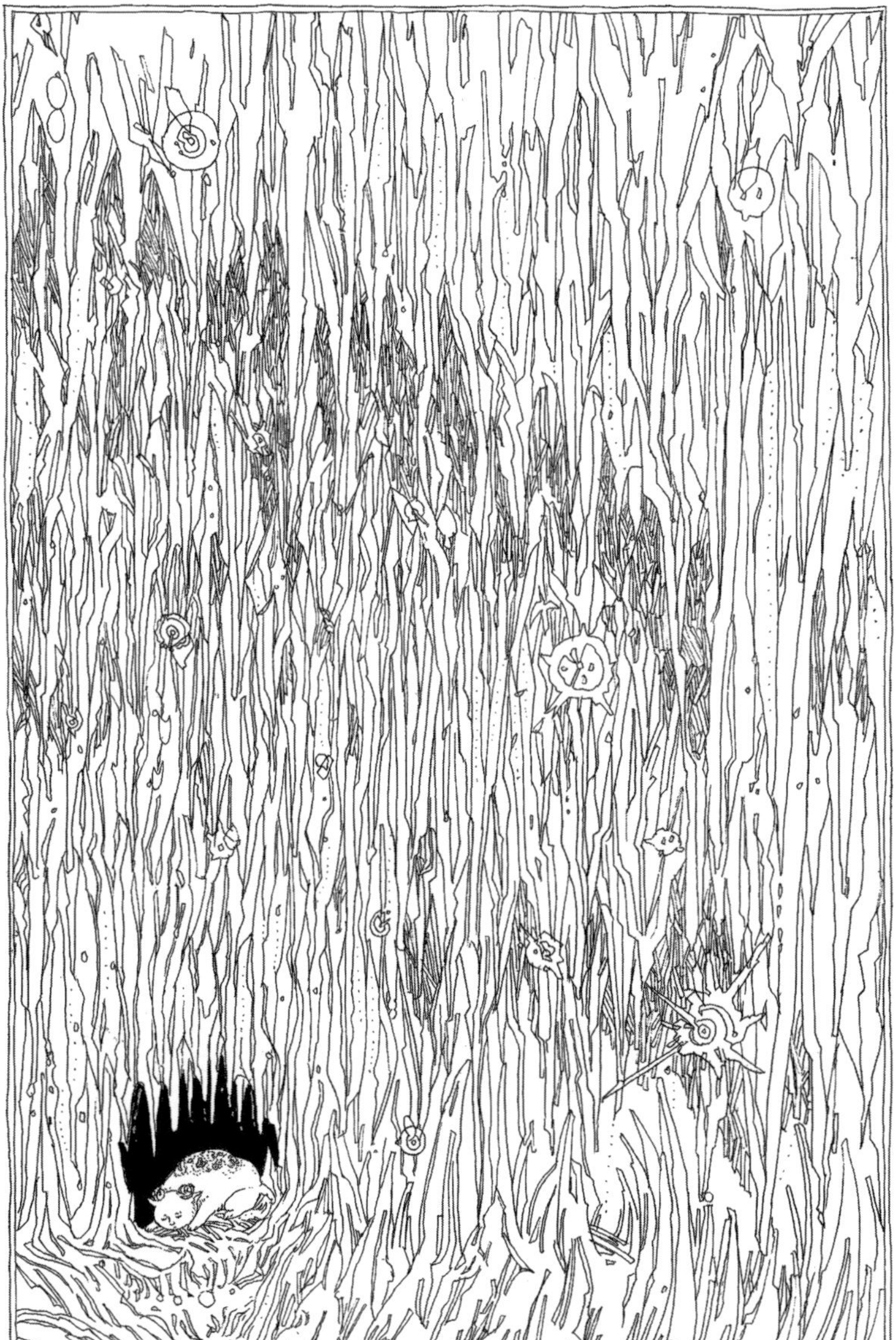

近づいた相手は、大砂漠をこれから横断しようとしている隊商だった。のこのこと現れたイルミンに、商人達は一瞬は驚いたものの、すぐに目の色を変えて飛びかかってきたという。イルミンはあっけなく捕らえられ、鳥籠に放りこまれた。

小さな銀の魔族はかたかたと震えながら言葉を続けた。

「人間の恐ろしさを知っていたら、あんな馬鹿なことはしなかったんだ。ほんとに馬鹿だった。……ぼくを捕まえた男達は、ぼくを魔法使いに売りつけるって、ほくそ笑んでたよ。でも、誰かがもっと恐ろしいことを言い出した。売り払う前に、こいつの背中から宝石を取ってやろうって」

「…………」

ぎりぎりと激しい歯ぎしりをたてるのは猿小人だ。タスランは苦りきった顔をしている。アイシャも恥ずかしさで顔が火照《ほて》った。人間のさもしさをつきつけられるのは、気分のいいものではない。

「よく無事だったわね」

「うん。ぼくもがんばったからね。でも、男が細い刃物を持って近づいてくる姿は、一生忘れられそうにないな。そいつはぼくをつかんで、籠から取り出した。ぼくは夢中でその手に噛《か》みついて、そばにあったランプを跳ね飛ばした。そうしたら、飛び散った油に火がついて、大騒ぎになった。その隙に外に逃げたんだ」

隊商はすでに大砂漠の中におり、そのテントから逃げ出したイルミンは、夜の砂漠をあてどなくさ迷う羽目となった。だが、夜明けを迎える前に、運よく小さなオアシスにたどりついたのだ。
イルミンは水を飲み、深い草の陰に身を丸め、自分の不運を嘆いた。外の世界がこれほど恐ろしいものだったとは。できることなら、今すぐ自分の水晶窟に帰りたかった。なのに、頭の中の声は「探せ。見つけろ」とささやき続けている。

「でも、自分の足で歩くのはもう無理だった。人間がうろついている地上を歩くなんて、考えるだけで足がすくんじゃって。……ぼく、もともと動き回るのは好きじゃない。一つの場所にいて、あれこれ静かに考えるのが好きなんだ」

夜明けが来て、日が昇ったあとも、イルミンはそのままうずくまっていた。そこへ、たくさんの翼船が飛んできたのだ。

「船達はオアシスに降りてきて、人が水を汲み始めた。それを隠れて見ているうちに、思いついたんだ。船なら隠れる場所がたくさんあるし、忍びこんだって気づかれない。それに、船なら色色なところに行ける。ぼくが探しているものにも、やがては行きつくことができるかもしれないって」

そこでイルミンはできるだけ静かに動き、船の群れの中から乗りこむ一隻を選び出した。それはとてつもなく古く、ぼろぼろに傷《いた》んだ船だった。

「なんで、あの船を選んだの？　普通だったら、もっときれいで新しい船を選ぶのに。モーティマがいたから？」

我慢できずに口をはさんだアイシャを、イルミンは軽蔑したように見返してきた。

「あの船にすごく強い魔力を感じたからだよ。船そのものが特別なんだって、すぐにわかった。モーティマっていうおばさんに気づいたのは、乗りこんだあとだよ。魔族がいたのには驚いたけど、おばさんは怖そうな感じだったし、万が一でも追い出されたら嫌だから、あちこちに隠れてじっとしていたんだ」

あまりに微弱な魔力しかないイルミンに、モーティマはまったく気づかなかったという。イルミンは用心を重ね、隠れ場所も転々と変えていたから、余計だろう。

そうして安全に身を隠し、ちょくちょく厨房《ちゅうぼう》の菓子や果物をちょうだいする日々を、なんとふた月以上も続けてきたという。

「一昨日からはライムの砂糖漬けの壺に隠れてたんだ。まさか船から降ろされると思わなかった……ああ、ライムなんて食べるんじゃなかった！　あれを食べると、熟睡しちゃうって、わかってたのに！」

ああとか、ううと唸り、頭を抱える銀色の魔族。

アイシャはちらっとタスランを見た。タスランの目を見て、自分と同じことを感じているのだとわかった。

弱い。魔力うんぬんではなく、この魔族はあまりにも心が弱いのだ。

モーティマだって、さほど魔力は強くないと言っていた。少々火を扱える程度だと。でも、彼女は誇りと自信に満ち、内側から輝いていた。このイルミンにはそれがないのだ。不安定で、砂細工のようなもろさが瞳の中に見え隠れする。むちっと丸い体には、嘆きと涙しか詰まっていないかのようだ。

モーティマとはあまりに違う姿に、アイシャは困惑してしまった。猿小人ですら立ちすくんでいる。

と、タスランがはたと手を打ち合わせた。

「そうか。おまえ、もしかして、まだ魔王にまみえていないのではないか?」

「魔王?」

きょとんとするイルミンに、タスランはゆっくりと話した。

「前にモーティマから教えてもらった。全ての魔族は、王を求めると。三人の魔王の中から、一人を主に選び、自分の名前を渡し、その王の眷属《けんぞく》になるのだと。そうすることによって、その魔族は闇から守られ、堕魂《だこん》する危険が少なくなるという」

魔王は三人。

水と風を愛する青の王。

勇ましさと火を誉れとする赤の王。

静寂と不動を統べる白の王。

「王を選んだ魔族の目は、その王に通じる色へと変わるという。青の眷属は青の目に。赤の眷属は赤の目に。ちなみに、モーティマは赤の眷属だ」

「そういえば、瞳が薄紅色だったものね」

「ああ。生まれ持った魔力が強ければ強いほど、瞳の色は濃くなるそうだ。……イルミンの目はまだ黒い。まだ王を選んでいないという証拠だ」

だが、イルミンはもはや聞いていなかった。

小さな魔族は興奮し、きいきいとわめきだした。

「魔王！　そうだよ！　それだよ、ぼくが探さなきゃならないのは！　ああ、わかった。やっとわかったんだ！」

「でも、どの魔王？　三人いるんでしょ？」

「白の王だ」

イルミンはきっぱり言いきった。

「その名前を聞いた時、胸が震えたんだ。ぼくが求めているのは白の王だ。あんた、えっと……」

「タスランだ」

「タスラン。もっと教えて。白の王のことで知ってることを、全部話して！」

「そう言われてもな……」

タスランは困ったように鼻をかいた。

「白の王は他の二人とは違うと、モーティマは言っていたな。不変で不動の御方なのだと。王宮を持たず、白銀の玉座に座り、まどろみながら全てを見ている方なのだと」

「それだけ？　どこに行けばお会いできるか、モーティマは言っていなかった？」

「全ての道は白の王に続いている。求める者には、その道は開かれる。俺が知っているのはそのくらいだ」

そんなと、イルミンはがっかりした声をあげた。

「もっと根掘り葉掘り聞いてくれればよかったのに！」

「そんな文句を言われてもな。だいたい、モーティマは赤の眷属だ。赤の王のことならともかく、白の王のことはそれほど知らないはずだ」

言い返され、イルミンはふくれっつらになった。だが、目まぐるしく考えているのだろう。目がちらちらと揺れ動いている。

やがて上目遣いでタスランとアイシャを見上げてきた。黒い瞳がずるそうに光っていた。

「わかった。決めたよ。魔族への礼儀をわきまえているみたいだし、あんた達となら一緒に旅しても大丈夫そうだ。だから、あんた達と一緒に行く。全ての道が白の王に続いてるなら、いずれはどこかでお会いできるだろうからね」

「おい、勝手に決めるな」

「何？　そうしちゃだめだって言うの？　ぼくのようにかわいそうで非力な魔族を放り出していくって言うの？　助けを求めているのを見捨てる気？」

思いのほか口の達者なイルミンに、タスランは言葉に詰まったようだ。助けを求めるように、アイシャを振り返った。

「どう思う？」

「正直に言ってもいい？　なんだか、面倒くさいことになりそう……」

「俺も同感だ」

だが、猿小人はそうは思わなかったようだ。イルミンに向かってうやうやしく頭を下げ、胸にこぶしをあててみせたのである。それは全てを受け入れるという服従の証だった。

イルミンはにっこりした。丸い顔がますます丸くなったように見えた。

「よかった。じゃ、さっそくぼくを運んで。タスランでもそっちの女の子でも、誰でもいいよ。ぼく、もう二度と地面を歩くつもりはないからね」

厄介なやつが加わってしまったと、アイシャは思った。

14

イルミンという新たな仲間を連れ、タスラン達はひたすら前に進んだ。半日もすると、草木がいっそう豊かになってきて、かわりに硫黄《いおう》の臭いと蒸し暑さは和《やわ》らいできた。

いまや涙の谷は、のどかで美しい緑の姿となっていた。大気はさわやかで、肌に心地よい。足元の草は柔らかく、踏むと良い香りが立ちのぼる。木から紫色に熟した果実をもぎとって食べてみたところ、これがまたとろけるように甘い。

その夜、一行は甘い果実をたらふく食べ、緑の草地を寝床にした。

翌日も天気はよく、谷間の景色は輝くように美しかった。

が、タスランの気持ちは晴れなかった。その足取りは重くなるばかりだ。

じきに隠れ里とやらに到着するだろう。里にいるのがどんな人間であれ、緑の琥珀《こはく》をアイシャからはずす技を持っているはずだ。そうなれば、タスランの役目は終わる。アイシャも晴れて自由の身となる。

故郷である塔の森にはもう戻れないと言っていたが、これからあの子はどうするのだろう?

赤いサソリ団のラシーラ船長は半ば本気で、「ことがすんだら、うちに連れておいでよ。あたしが面倒見るから」と言っていたが。

どちらにしても、アイシャはタスランのそばから離れることになる。それが寂しい。

寂しいのだと、タスランは認めた。

少女と共に過ごしたのは、まだ二十日にも満たない。旅慣れぬ少女を気遣い、心配のしどおしだったが、それでも楽しかった。誰かがそばにいて、自分の話に聞き入り、作る料理を喜んで食べてくれる。そんな些細《ささい》なことがどれほど幸せなことか、アイシャはタスランに思い出させてくれた。

なにより、呪い持ちの自分を笑顔で受け入れてくれた子だ。

手放しがたい。手放したくない。

だが、これからも一緒にいてくれとは、とても頼めなかった。

そもそも、アイシャは無関係な厄介事に巻きこまれた立場だ。タスランが石の都ケルバッシュで緑の琥珀を盗まれたりしなければ、アイシャがこんな危険で過酷な旅に付き合うこともなかった。そんな少女に、これ以上迷惑をかけるわけにはいかない。

旅が終わるとなれば、アイシャもさぞ喜ぶだろう。だから自分は、笑顔で「よかったな」と言ってやらなくてはならない。そして、アイシャをアイシャが行きたい場所、新たな故郷にしたいと思える場所に送り届ける。

そこで終わりだ。縁は切れ、自分はまた探索へと旅立つ。

いつものことだ。これまでに数限りなく、友となった者達に別れを告げてきたではないか。大丈夫だ。慣れていることだ。きっと耐えられる。

ふいにあがった甲高い笑い声に、タスランは我に返った。

笑っているのは魔族のイルミンだった。猿小人に命じて、あちこちの木から果実をもいでこさせ、次から次へとかぶりついている。今はアイシャの肩に乗っているのだが、果汁や種を遠慮もなく運び手の胸や背中に落としている。少女の顔は怒りで真っ赤だ。

ついにアイシャが何か文句を言うと、今度は派手に泣き声をあげだした。その声に、猿小人がすっ飛んできた。アイシャからイルミンを奪い取り、果実の山で機嫌をとる。

猿小人に甘やかされ、またにやにや笑いだす魔族。その顔に、タスランもいらいらした。

どんなわがままにも猿小人が従順に従うものだから、イルミンはすっかり気が大きくなったらしい。どんどん手がつけられなくなっている。まるで王様気取りだ。

もっと悪いのは、どれほどあの魔族と一緒に過ごすことになるのか、まるで見当がつかないことだ。アイシャがどこかの村や都に居ついたとして、あの魔族はタスランについてくる。そして、今度はタスランに生意気を言ったり、何かをねだったり、癇癪《かんしゃく》を起こしたりするのだろう。考えるだけでぞっとした。

「……アイシャのかわりに、あいつをどこかに置いていきたいものだ」

心の底からそう思いながら、タスランは足早にアイシャのほうに近づいた。

アイシャは顔をこわばらせ、目に怒りの涙を浮かべながら汚された服をこすっていた。だが、果汁による染みは広がるばかりだ。

「アイシャ。大丈夫か?」

「タスラン! あ、あの子! あの子ったら……」

「わかっている。見ていた。まったくひどいやつだ」

「こんなに服が汚れちゃって……」

「大丈夫だ。いい石鹸《せっけん》を持っている。安全そうな池や川に出くわしたら、俺が洗ってやる。こんな染み、すぐにきれいになるから」

タスランの慰めの言葉に、アイシャはぎこちなく笑い返した。でも、その顔にはまだ怒りがあった。

少女は顔を近づけ、ささやいた。

「あの子嫌い。モーティマとは全然違うんだもの。あんなに情けなくて意地が悪いやつ、きっと魔族の恥さらしよ。白の王は、あの子をいらないって言うかもね」

「そういう意地悪は言うな。自分の品格を下げるぞ」

「……ごめんなさい」

うなだれる少女に、タスランはささやき返した。

「それに、それでは俺が困るのだ。早いところ、あいつが白の王と会い、眷属《けんぞく》となってくれないと、いつまで経っても別れられないだろう?」

「あ、そっか。それもそうだった」

アイシャは楽しそうに笑いだした。くるくると変わる表情に、タスランはまぶしさを感じた。

だが、次の瞬間、体がこわばった。アイシャの後ろに立つ大木の陰から、白い衣をまとった女が一人、するりと滑り出てきたのだ。

音もなく現れた女は、相当な年寄りに見えた。喉元はたるみ、袖からのぞく手は骨ばり、細かなしわが刻まれている。だが、空気に溶けこみそうなほど無垢な雰囲気をまとっていた。

鮮やかな緑の目をまっすぐこちらに向け、老いた女は静かに問うてきた。

「いずこに向かわれておいでかな、旅人よ」

「この谷にあるという隠れ里だ」

「……そのことを、どこの誰から教えられたのか？」

「老婆だ。流浪の巫女《みこ》と名乗り、俺を癒やしてくれた。あんたと同じ目をしていた」

「……その老婆、もしや、おまえ様に何か託したのでは？」

タスランがうなずくと、老女の目がきらめいた。

「どうぞ。お入りなされよ」

そう言って、老いた女はふたたび木の背後へと消えていった。

あとを追いかけ、タスランは驚いた。大木に、ぽっかりと穴が開いていた。そこから白く細い階段が地下へと伸びている。

タスランは仲間達を振り返った。

「どうやらここが隠れ里の入り口らしい。アイシャ、行くぞ」

「うん」

アイシャは不安そうな顔をしながらもうなずいた。

が、イルミンはけたたましく叫んだ。

「えっ！　本気？　入るの？　ほんとに入る気？」

「ああ」

「やだよ。ぼく、やだからね。そんなところに自分から入っていくなんて。さっきのおばあさんが悪いやつで、中に罠や悪党が待ち構えていたらどうするんだよ！」

「そんなに心配なら、おまえはここにいるといい」

「ああ、そうさせてもらうよ。猿小人、ぼくと一緒に残るだろ？　残るよね？」

猿小人がうなずいたのはいうまでもない。

アイシャの手を握り、タスランはゆっくりと木の入り口をくぐり、階段を下りはじめた。すぐに暗闇に包まれたが、階段がほのかに光っているので、足元が危うくなることはなかった。

やがて階段は終わり、二人は地下へとたどりついた。そこにはぽっかりと広い空間が開け、村があった。

家々は丸く、外壁も屋根も白と淡い緑と黒のタイルで覆われていて、じつに美しい。しかも、まるで提灯のように、天井から釣り下がる形をとっていた。それぞれの家は吊り橋でつながっており、地面からははしごで上るようになっている。

数えきれないほどの村々を見てきたタスランですら、こんな村は見たことがなかった。アイシャと二人、あっけにとられてながめていると、後ろから声をかけられた。

「杖の里によくぞいらした。杖一同、客人を心より歓迎いたします」

これまた気配なく、いつの間にか背後に老人が立っていた。ひげは、まとっている白衣よりも白く、ほとんど地面につきそうなほど長い。頭は禿げあがっていたが、肌艶はよく、微笑《ほほえ》みを浮かべた顔は優しい。瞳の色は緑だった。

敵ではなさそうだと見定めつつ、タスランは用心深く聞き返した。

「ここは隠れ里というのではないのか？」

「はい。外の者達はここを隠れ里と呼びます。が、我らは杖の里と呼んでおります。どうぞ奥へとお進みを。長き道のりを歩まれてきたのでしょう？　その尽力と疲れに、ささやかなりとも報いさせていただきたい」

老人の声は穏やかで真心がこもっていた。

タスランは心を決め、アイシャの手を握ったまま歩みだした。

里は静かだったが、あちこちから人の視線を感じた。上にある家々から、ちらちらと人の顔がのぞく。老人が多かったが、若者や子供もいる。全員が緑の目をしていることに、タスランは気づいた。

「ここは……いったい、なんのための隠れ里なのだ？」

「流浪の巫女を作り、送り出し、支えるための里です」

老人はよどみなく答えた。

「我らははるか昔からここに居を構え、何百人もの流浪の巫女を育て、送り出してきました。巫女になれなかった者達は、この里から旅する巫女を支えます。我らは流浪の巫女の選別者、守りの祈りを捧げる者、巫女の杖。よって、ここは杖の里なのです」

「……よくわからないな。そもそも、流浪の巫女とは？」

「この里で育ち、先代の巫女より緑の琥珀を受け継ぎ、世界に出ていく者。とどまることを知らず、風の吹く先へと歩き続け、各地の出来事を目に焼きつけていく。不毛の地には緑を広げ、苦しむ人の傷を涙で癒やし、寿命尽きる前に谷に戻ってくるのが務め。だが、今回の巫女は戻る前に命をすりへらしてしまった。残念なことでした。おかげで、あなた達にご迷惑をかける羽目となってしまった」

ふいに羽ばたきが聞こえた。見上げると、一羽の鳥が天井を横切っていくところだった。アイシャを持ちあげられそうなほど大きな鳥で、最初は大鷲かと思った。が、それにしては翼の形が鋭く、羽毛も純白だ。

「白隼《はやぶさ》か！」

「はい。ここにはたくさんおります。彼らは我らの目であり、翼です。この里で鍛練《たんれん》を重ねた者は、あれら白隼に魂を滑りこませ、彼らの翼を自分のものとして飛べるようになる。一時的に白隼になるのです」

「その術のことは聞いたことがある。……確か、魂渡《たまわた》りと呼ばれるものだ」

「はい。この力は、旅する巫女を支えるのに必要不可欠なので。巫女が困窮《こんきゅう》した際には、白隼の翼を使い、路銀を届けます。時には水豆や食料も。危険を知らせることもありますし、病に苦しむ村まで案内することもあります。我らはほとんどこの里から出入りしませんが、我らの目と心は常に巫女と共にあり、世界とつながっているのです」

よく目をこらすと、白隼の姿はあちこちで見られた。家々の上で翼を休めたり、子供らから肉をもらったりしている。

風の王とさえ呼ばれる気高い鳥の姿を、こうも間近に見られることに、タスランは感動を覚えた。

ここで老人は少しだけ顔を歪《ゆが》めた。

「ですが、決して巫女から目を離さぬ、というわけにもいきません。魂渡りはひどく疲れる術なのです。絶えず交代しなければならない。今回は運の悪いことに、前の隼が里に戻り、新たな隼を送り出そうとする間に、巫女が亡くなってしまった。……緑の琥珀を見失ってしまったかと、我らは気も狂わんばかりでございました」

ですからと、老人はにっこりとした。

「あなた方はまさしく幸いの使者なのです。さあ、もっと奥へ。まずは喉を潤し、腹を満たし、それから数々の言葉を交わすといたしましょう」

誘われるままにタスランは足を進めた。だが、ふと気づいた。先ほどから横にいるアイシャが一言も口をきいていない。

「どうした？　具合でも悪いのか？」

「違う。……なんだか怖いの。……ここに来ちゃいけなかった気がする」

少女の顔は青ざめ、体も少し震えていた。その怯えた様子に、大丈夫だと、タスランは言い聞かせてやった。

「この里からは殺意や悪意はまったく感じられん。邪悪な気配がしないのだから、間違いなく安全なはずだ。ここの人達が俺達をもてなそうとしてくれているのも、たぶん間違いない。それを受けないのは失礼というものだ」

「……うん」

「大丈夫だ。何かあれば、俺が守る。……彼らに琥珀を渡したら、すぐにここを出よう」

「うん」

アイシャはやっと微笑み返したが、そのあとはまた黙りこくってしまった。

奥に進むと、今度は大きな丸い土窯《つちがま》が立ち並ぶようになった。そこでは数人の男女が集まり、黙々と作業をしていた。ある者は砂をふるいにかけ、ある者は砂に水を加えて、こねあげている。ある者は棒で砂生地を伸ばし、菱形《ひしがた》の型抜きで生地をとり、丁寧に鉄板の上に並べている。

タイルを作っているのだと、老人は言った。

「この谷では良質な砂が採れるのです。我々はそれを練って成形し、焼きあげ、タイルにしているのですよ。丈夫で美しく、火にも強いので、谷の外にある市場に持っていくと、飛ぶように売れます。おかげで、谷では手に入らない、暮らしに必要なものをあがなえるというわけです」

「なるほど。隠れ里の特産品であり杖達の副業ということだな」

「はい。ああ、娘さん、疲れましたかな？　大丈夫。もうすぐ着きますよ」

もてなしの場は、奥にある小さな泉の前にもうけられていた。泉のまわりには、半透明のタイルをちりばめて作ったランプがたくさん置いてあり、淡くも優しい光をふりまいていた。草を編んだ敷物の上にタスラン達が座ると、すぐに食事が運ばれてきた。それらはとても風変わりだった。

まず、美しい盃に注がれるのは、酒や茶ではなく、水だった。だが、この世のどんなものよりも香り高く、美酒のような味わいは体のすみずみまで染み渡るようだった。

肉や魚、菓子はなかったが、ふんだんに果物がふるまわれた。それらはみずみずしく、天上の花を思わせるほどかぐわしかった。

そして、白い粥《かゆ》のようなものが出された。この谷にはえる草の根をすりおろし、蜂蜜《はちみつ》と乳を混ぜ加えたものだという。クリームのように舌触りがよく、どっしりと腹にたまる一品で、小鉢一杯で、タスランすら満腹になった。

アイシャはあまり食欲がないようだったが、それでも果物を二つほどたいらげ、あとは水を飲んでいた。

もう十分だと思い、タスランは老人にまっすぐ向き直った。

「ごちそうになった」

「お口に合いましたかな?」

「とてもうまかった。……そろそろそちらに、緑の琥珀を返したいのだが……見てほしいものがある」

タスランはアイシャにうなずきかけた。

アイシャは息を一つつき、胸元を大きく広げた。

燦然《さんぜん》と光を放つ宝石が、少女の胸におさまっているのを見て、老人は腰を抜かさんばかりに驚いた。上品だった顔ががくがくと震え、あごががくりと落ちる。あまりの動揺ぶりに、心臓が止まってしまうのではと、タスランは心配になったほどだ。

「そんな……そ、それでは……この子が……」

「どうしてこうなったかは、よくわからない」

うろたえている老人に、タスランは急いで言った。

「だが、こちらとしても困っているのだ。こんな見事な宝石を、いつまでも体の一部にはしておけない。俺達の手ではどうしてもはずせないし、そちらでなんとかしてもらえないか？　そちらにとっても、これはかけがえのない秘宝なのだろう？　頼む」

「お、お願いします！　あたし、こんなのいらないの！」

アイシャの哀願に、老人は夢から覚めたかのようにはっとした。青ざめた顔にこわばった笑みが浮かんだ。

「そうでしたか。……いえ、問題はございません。こうなったからには、全てを受け入れなければ」

「では、やってくれるのか！」

「はい。杖は琥珀に仕えるもの。その選択に口をはさむことはありません。……杖一同、新たな巫女を心より歓迎いたしましょう」

そう言って、老人は地に手をつき、深々と身をかがめたのだ。遠目からこちらをうかがっていた他の杖達も、いっせいにひざまずき、頭を下げる。

彼らがおじきを捧げている相手は、アイシャだった。

15

アイシャはあっけにとられてしまった。

老人が、杖達が、みんな自分に頭を下げている。しがない〝灰の雛《ひな》〟だった子供、今はそれですらないただの小娘に、こんなふうにおじぎをしてくるなんて、どう考えてもおかしい。

怯えで喉がふさがり、声を出せなくなってしまった。

かわりに、タスランが問いただしてくれた。

「いったい、何を言っている？」

彼の声はこわばっていた。

「アイシャが、新しい巫女《みこ》だと？」

「はい」

「馬鹿な。巫女はこの里の者から選ばれるべきものなのだろう？　あんた達はそのために準備し、育てていると言っていた。……この緑の琥珀《こはく》は、この里のもの、あんた達のものだ。俺達はそれを返したいと言っているんだぞ？　難しいことではないだろう？　なぜ拒む？」

「取り返せるものなら、そういたしましょう」

老人の顔は苦しげだった。

「その琥珀は、はるかなる昔、偉大なるお方から我らの先祖が賜《たまわ》ったもの。以来、一族で守ってまいりました。できることなら、一族の者に受け継がせたい。ですが、この子は琥珀に選ばれたのです。だから、この子は新たなる流浪の巫女。我らの里より巣立ち、各地を巡らなければなりません」

選ばれたのですと、老人は何度も繰り返した。タスランが目をつりあげ、悪鬼のように歯をむき出しても、頑として言葉を変えようとしない。そこからアイシャは一つの真実を汲み取った。

「琥珀を、取ってはくれない、のね？」

自分でもびっくりするほど声が震えていた。顔もひどい表情になっているに違いない。もっと毅然としていたいのに、体が心を裏切ってしまう。

老人は痛ましげにアイシャを見返し、重々しくうなずいてきた。

「はい。それはできぬこと。あなたに残された道は一つ、新たな流浪の巫女となり旅立つしかないのです。無理に琥珀を取れば、確実に死がもたらされるでしょう。なぜなら、あなたは……」

すさまじい轟音《ごうおん》が、老人の言葉をかき消した。地面が揺れ、天井からぶらさがる家ががちがちとぶつかりあう。甲高い悲鳴をあげ、女や子供達が外に転がり出てきた。

突然の変事に、アイシャも悲鳴をあげてしまった。タスランがすぐにかばうように抱きしめてくれた。

「大丈夫だ。きっと地震だ。落ち着け、アイシャ」

ささやかれ、アイシャは我に返った。だが、恐怖にかられたことを恥じる間もなく、ふたたび悲鳴をあげていた。

天井の岩壁を打ち砕き、何かが隠れ里に侵入してきたのだ。

それは、生き物のようだった。だが、アイシャが見たことがあるいかなる生き物とも違っていた。体は腐っているかのように黒ずみ、いくつもの肉片や皮を継ぎ合わせているかのように、均整がとれていない。あちらからは腕が突き出し、こちらからは骨が飛び出ている。

そんな醜い異形《いぎょう》が、続けざまに三体も落下してきた。

最初の一体はぶよぶよとした芋虫に似ていて、もぐらのように大きな手が四本もあった。これで、地面を掘り抜いて侵入してきたのだと、すぐにわかった。

そのあとから落ちてきたやつには、ナナフシのような細い骨ばった体に砂狼の頭が三つはえていた。地面に降り立つなり、それぞれの頭がくんくんと匂いを嗅ぎだした。

と、その三つの鼻先が、いっせいにアイシャのほうに向けられた。

三つ頭が汚らしい唸り声をあげると、三体目が前に進み出てきた。それは他の二体よりもさらに大きく、馬を丸呑みにできそうなほどだった。

姿もまたすさまじかった。

瓜《うり》のように丸い体は鱗《うろこ》のような鉄色の羽毛で覆われているが、腹の部分だけは禿げていて、半透明の膜のような肌がむき出しになっている。そして、巨大な蛇を思わせるものがとぐろを巻いて体の上に載っており、そのとぐろの上には青黒い女の首があった。女の目は乳のように白濁《はくだく》し、同じ色の涙を流していた。

こんなにも恐ろしくて哀れなものは見たことがなく、アイシャの魂はぎしりぎしりと音をたてて痛んだ。

だが、三体の異形はまったく躊躇《ちゅうちょ》しなかった。まっすぐアイシャのほうに向かってきたのだ。やつらの狙いは自分だと、少女は確信した。タスランも同じように思ったのだろう。アイシャを杖の老人のほうに押しやり、刀を抜いた。

「タスラン!」

「その子を頼む、ご老人! どこか安全なところへ」

「だ、だめ! 一緒に来て!」

「大丈夫だから行け! ここにいられたら、かえって足手まといだ!」

苛立《いらだ》ちを含んだ男の言葉は、剃刀《かみそり》のようにアイシャの心を切り裂いた。

足手まとい。

そのとおりだ。返す言葉がない。自分にできる最善のことは、タスランの邪魔にならないよう、遠くに逃げること。そうわかっているのに、心に苦いものがこみあげてくる。ほんの少しの怒りと、焦げるような悔しさだ。

「さあ、こちらへ」

老人がアイシャの手を取り、引っ張った。アイシャは涙をこらえて、それに従った。

だが、少女を追って、襲撃者達も向きを変えた。途中、邪魔になる人や家を払いのけ、土窯《つちがま》を躊躇なく踏みつぶしていく。悲鳴とうめき声、物が壊れる音が、里中にあふれた。

住処《すみか》を荒らされ、怒り狂った白隼《はやぶさ》達が稲妻《いなずま》のように襲いかかり、異形達の体に無数の傷を作った。谷の男達も、石を投げつけだした。が、それでも異形達は動きを止めようとしない。痛みをまるで感じていないみたいだと、アイシャはぞっとした。

そんなものに追われているのが恐ろしくて、逃げなくてはとわかっているのに、何度も振り返ってしまった。

振り返るたびに、距離が縮まっていた。今では彼らの臭いまで嗅ぐことができた。もうじき、あの悪臭ふんぷんたる口に捕らわれてしまうのだろうか。

この時、少し前を走っていた老人が叫んだ。

「早く！　あの中へ！」

老人が指差した先には、岩壁に開いた小さな横穴があった。あれなら体の大きな異形は入れない。岩を砕くにしろ、時間がかかるだろう。その隙に逃げのびられるかもしれない。

希望が湧くのと同時に、タスランのことを思い出した。

タスランはどうしただろう?

もう一度だけと、アイシャは後ろを振り返った。

タスランが見えた。砂狼の頭を持つ異形の背中にまたがり、ずぶずぶと刀を突き立てている。

異形の、虫のように節だらけの足がこわばり、どうっと地面に倒れた。痛みを感じなくとも、不死身ではないようだ。

青黒い血を浴びながら、タスランはすぐさま四本の手を持つ異形に向かう。異形はひたすらアイシャを目指しており、その背中は無防備だ。

やれる！

アイシャは思わずこぶしを握りしめた。

その時、人頭を持つ異形がくるりとタスランのほうを振り返った。その首元のとぐろがほどけ、二匹の大蛇のようになる。鞭《むち》のようにしなった片方が、ものすごい勢いで振るわれた。

思いがけない横からの攻撃を、タスランはかわせなかった。脇腹になぎ払いの一撃を食らい、彼は小石のように吹き飛ばされた。

「タスラン！」

アイシャはタスランのもとに行こうとしたが、できなかった。老人が腕をつかみ、有無を言わさず引きずり始めたのだ。思いもよらず強い力で、アイシャは逃れられなかった。そのまま横穴へと押しこまれた。

「行って！　早く行くのです！　まっすぐ進めば、あっ！」

老人の声が途切れ、蛇のような長いものが横穴に滑りこんでいた。それはあっという間にアイシャの足首を捕らえて、外へと引きずり出した。

逆さに吊るされながら、アイシャは自分を捕まえたのが、人頭の異形の舌だと知った。異形はしゅるしゅると舌をしまっていき、アイシャを自分の顔近くまで引きあげた。生気のない白い目がアイシャの胸元からこぼれる緑の光を見つめる。

と、異形の喉元、蛇のような腕がはえている根元が、ぱかりと大きく裂けた。ナマズの口の中のようなぬるりとした喉が現れた。

抵抗する間もなく、アイシャはその喉に放りこまれた。そうして、すとんと異形の腹の中に落ちた。

食われた！

半透明の胃袋の膜を通し、外が見えた。誰もが悲鳴をあげ、アイシャを救わんと、こちらに向かってくる。だが、どんなに目をこらしても、その人影の中にタスランの姿はなかった。

この時、四本の手を持つ異形が人頭の異形の足にしがみついた。人頭の異形が二本の腕を上下させ始めた。ぶん、ぶん、と、重たい音が次第に速まっていく。

これは腕でも触手でもなく、翼だったのだとアイシャが気づいた時には、地面から離れ始めていた。

アイシャを腹に捕らえ、仲間を足にぶらさげたまま、人頭の異形はぐんぐんと上昇していった。天井にできた大穴から地上へと抜け出た時、アイシャは猿小人の姿を見た。猿小人も、アイシャに気づいたようだ。素早く木に登り、そこから異形に飛び移ろうとした。だが、あとわずかなところで届かなかった。

猿小人は今度は礫《とげつぶて》を次々と放ってきた。礫は全て異形に命中し、いくつかは貫通し、ぐしゅりと音とたてて肉にめりこんだ。だが、ぼたぼたと黒い血が流れ出しても、異形は痛みを感じた様子はなく、地面はどんどん遠ざかる。

「助けて！」

叫んだ時には、何も見えなくなった。

異形達は雲の中へと入ってしまったのだ。

＊

たくさんの緑の星がまたたいている。

最初、タスランはそう思った。

だが、次第に視界は鮮明となり、それが星ではなく目であることがわかった。隠れ里の住民達が心配そうに見下ろしていたのだ。

誰かがささやいてきた。

「大丈夫ですか？」

何がと聞き返そうとしたところで、口の中が血でいっぱいであることに気づいた。内臓からの血だと、経験からわかった。

大怪我をしたのだと悟り、タスランは急いで血を吐き出し、体をまさぐった。胸、脇、下腹、太もも。だが、骨が折れている感覚はない。骨が無事で、内臓だけが傷つくなど、そんなことがありえるだろうか？

いや、違う。傷はあったのだ。骨が折れ、体のあちこちを傷つけ、血をあふれさせたのだ。だが、それはもう癒えている。

タスランはまわりを囲む人々を見た。

「俺に、何をした？」

「巫女の涙を与えたのですよ」

一人の老女が静かに言った。

「流浪の巫女の涙は強力な癒やしをもたらします。……里を旅立つ前、巫女は青牙《せいが》山脈のふもとで泣きます。里の愛しいもの全てに想いをはせ、たくさんの涙を流すのです。そのしずくは氷の結晶となり、我らはそれを一粒ずつ小瓶に入れ、大切に保存しておくのです。予期せぬ大怪我の時に使うため。……でも、死者をよみがえらせるほどの力はない。長老はだめでしたが、あなたに間に合ってよかった」

あの親切で上品な老人は死んだのだと、タスランは悟った。

自分も危ういところだったはずだ。そうだ。だんだん思い出してきた。太い蛇の胴のようなものが、すさまじい勢いでこちらを殴りつけてきたのだった。あの一撃で張り飛ばされ、そのままの勢いで岩壁に叩きつけられた。即死しなかったのは、とっさに受け身をとり、頭をかばったからだろう。

しかし、あの老人はどうして死んだ？　ああ、きっとあの子をかばったからだ。命をかけて、守ろうとしてくれたからに違いない。

あの子？

「アイシャ！」

全てを思い出し、タスランは吼《ほ》えた。慌てて周囲を見たが、集まった人の中にアイシャはいなかった。嫌な予感に肌がざわついた。

「あの子は？　どうなった？」

「連れ去られました」

その言葉に、タスランは自分の力不足を死ぬほど悔やんだ。その一方で、安堵《あんど》もした。連れ去られたということは、まだ生きているということだ。希望が持てる。

タスランは立ちあがった。

「異形は？　どっちに行ったか、わかるか？」

「落ち着いて。今、里の者達に追跡させております。彼らの帰りを待ちましょう」

老女は奥へとタスランを誘った。

そこには、三つの白い石でできた台が並べられており、それぞれに人が横たわっていた。若い女と壮年の男、それに十歳くらいの少年だ。彼らは目を開けていたが、その緑の瞳は空虚だった。体は静かに呼吸しているのに、まるで気配がない。

彼らはここにいないのだと、タスランは気づいた。

「魂渡《たまわた》りをしているのか……」

「はい。今、白隼に乗り移った彼らが、異形と巫女を追っております。白隼は風よりも早く飛び、いかなるものも見逃さない。必ず朗報をもたらしてくれるでしょう」

待つしかない。焦燥を募らせながらも、タスランは黙った。

と、「おーい、タスラン！」と、幼い声が上から降ってきた。その背中にはイルミンがしがみついている。

岩壁を伝わって、猿小人が降りてくるところだった。

そういえばこの二人もいたのだったと、タスランはようやく思い出した。

風変わりな二人の姿に、杖達はざわついたが、タスランが「仲間だ」と告げると、静かに彼らを迎え入れた。

大勢の人間の姿に、イルミンはすくみあがっているようだった。猿小人も警戒の構えを解かぬまま底に降り立ち、タスランの前にやってきた。

「二人とも、無事だったか？　地上で異形に出くわさなかったか？」

「出くわしたよ！　急に空から降ってきてさ、ぼくらの目の前で、地面にめりこんでいったんだ。地面に潜っていった時は三匹だったのに、出てきたのは二匹だけだった。でも、そのうちの一匹の腹の中にはアイシャがいたよ」

「見たのか！」

「うん。猿小人が礫をぶつけたけど、あいつら、へっちゃらで飛んでいっちゃってさ。……アイシャは死んじゃうのかな？」

「死ぬわけあるか！」

かっとなり、反射的に怒鳴りつけていた。

「あの子は助ける！　なんとしてもな！」

「そ、そんな怒鳴んなくてもいいじゃないか。ひどいよ。ひどすぎるよ」

めそめそ泣きだしたイルミンの頭を、猿小人が優しく撫でてやる。そうしながらこちらを睨んできたが、タスランは無視した。今はイルミンのことも猿小人のことも、どうでもよかった。ひたすらアイシャのことが気がかりだった。

と、若い娘がこちらに駆けつけてきた。新しい知らせを持ってきたようだと、タスランは前に飛び出して、その娘の両肩をつかんだ。

「アイシャのことか？　アイシャのことで、何かわかったのか？」

「いえ、そうではなくて。あなたが倒した異形の死骸を調べていたら……腐りかけの肉の中から、このようなものが出てきたのです。お見せしようと思って」

それは薄くて丸い青銅のメダルだった。タスランの手のひらほどもあり、のたうちまわる蛇のような奇怪な絵文字がびっしりと彫りこまれている。

見た瞬間、思い出した。これとそっくりな絵文字を見たことがある。それも、つい半年ほど前にだ。

「これは黒の都のものだ」

タスランが断言したとたん、周囲に動揺が走った。

一番大きな反応を示したのは、猿小人だった。イルミンの口に果物を運んでやっていたのだが、「黒の都」と聞くなり、手元を誤り、果物をイルミンの鼻に押しつけてしまったのだ。イルミンがきいきい文句を言っても、猿小人は聞こえていないようだった。ただ目を見開き、立ち尽くすばかりだ。

怪訝《けげん》に思いながらも、タスランは言葉を続けた。

「間違いない。黒の都の大門に、これと同じ絵文字が彫りつけてあった。都の住民に聞いたら、闇の時代に暗黒女帝が作り出した文字で、黒の都でのみ、いまだに使われていると言っていた」

「黒の都ジャナフ・マウト……」

誰かが恐怖と嫌悪をこめてささやいた時だ。

続けざまに二羽の白隼が飛んできた。彼らは女と男の体の上に舞い降り、それぞれの目をのぞきこんだ。

隼達がふたたび飛び立ったあと、息を吹き返したかのように、二人の男女は身を起こした。

「どうでした？」

老女の問いかけに答えたのは、女のほうだった。

「彼らは雲に入り、まっすぐ東に向かっています。たぶん青牙《せいが》山脈を越えて、大砂漠へ入るつもりでしょう。見失わないよう、サンが追っています。私はお知らせするために、一度戻ってきたのです」

「大砂漠……」

絶望したように老女が天をあおいだ。

「間違いであってほしかったけれど、もう疑いの余地はないようですね。タスラン殿の言葉とつなぎあわせてみるに、彼らは巫女を黒の都へ連れこむつもりでしょう」

「アイシャだ。まだ巫女などではない」

タスランは語気を強めたが、老女は何も聞こえなかったかのように、今度は男へと問いかけた。

「サキーム、そなたはどうです？　何か見ましたか？」

「私はサン達とは逆方向に飛んでいったため、別の物を見ました。谷の西側の外にある村に、見慣れぬ翼船《つばさぶね》が停船していました。ナルマーンの軍船で、兵士をたくさん乗せていました。彼らの手には、似顔絵が描かれた紙が握られていました。……白き戦士、あなたの似顔絵でした」

しばらくの間、誰もしゃべらなかった。

だから、タスランが最初に沈黙を破った。

「なるほど。ナルマーンは俺を賞金首にしたらしいな。将軍の手首を切り落としたのが、よほど気に障《さわ》ったらしい……好都合だ」

タスランは、知らせをもたらしてくれた男に向き直った。

「サキーム殿と言ったな。これから手紙を書くから、もう一度白隼となって届けてくれないか？届け先は、あんたが見たというナルマーンの軍船だ」

「ど、どうするのですか？」

「手紙にはこう書くつもりだ。そちらがお求めの賞金首を捕らえたので、男の身柄と引き換えに、褒美をいただきたい。今夜の銀の刻、涙の谷の西側の入り口までまいられたし、と。すまないが、引き渡しの場に、数人同行してほしい。俺を捕らえた功労者として、褒美を受け取ってほしいのだ」

杖達は絶句していた。

ようやく老女が口を開いた。

「なんと無謀な策でしょうか」

「反対か？」

「あ、当たり前です。自分から生贄《いけにえ》になるようなものです。だいたい、その場で処刑されてしまうかもしれないのですよ？」

「たぶん、その危険はない。わざわざ賞金をかけ、青牙山脈を越えた村にまで、軍船をよこしたんだ。きっと、俺はナルマーンまで連れていかれる。処刑されるとしたら、王の前でだろう」

「………」

「アイシャを追いかけるには、どうしても青牙山脈を越える翼船が必要だ。この際だから、利用できるものはなんでも利用させてもらう。山脈を越えたら、隙を見て逃げる。大丈夫だ。こう見えても、俺は縄抜けと逃亡が得意だからな」

手段を選り好みしている余裕はない。あの異形達は明らかに誰かが遣わしてきたものだ。どのような理由でさらったにしろ、異形達の主はアイシャを大切にもてなしはすまい。黒の都の者とあれば、なおさらだ。あそこは古い呪いと血と死が詰まっていて、それらを神のように崇める者どもの巣窟なのだから。

急がなければと決意を新たにしながら、タスランは猿小人とイルミンを見た。

「あとは、おまえ達だ。どうする？」

「どうする？　どうするって？　馬鹿じゃないの？」

狼を前にした犬のように、イルミンはけたたましく叫んだ。

「わざわざあんな怖いやつらを追いかけていくなんて、正気じゃない。冗談じゃないよ。ぼくやだ！　絶対にごめんだね。猿小人だって、行かないよ。そうだよね？」

「そうなのか？」

タスランのまなざしを受け、猿小人が顔を伏せた。小さな体がかすかに震えている。怯えているのかと、タスランは驚いた。誇り高く、決して弱みを見せない猿小人が、このように恐怖をさらけだすとは。

少し待っても、猿小人が顔を上げることはなかった。タスランはあきらめた。

「わかった。では、ここでお別れだな」

背を向けたとたん、イルミンが罵《ののし》りを浴びせかけてきた。その声には毒が満ちていた。

「軽蔑してるんだろう！　わかってるぞ！　ぼくのこと、弱虫だって馬鹿にしてるだろ！　でも、強いやつに臆病な者の気持ちがわかってたまるもんか！　臆病で命が助かるんなら、ぼくのほうが賢いってことだ。ざまあみろ！」

甲高くわめきちらす小さな魔族を、タスランは振り返った。目を敵意に燃やし、猫のような耳がぴったりと後ろに傾いている。こちらを挑発する姿は痛々しく、憐れみを感じずにはいられなかった。

だから言った。

「俺は臆病を欠点だとは思わない。恐れを持つのは大事なことだ。だが、臆病さを隠れ蓑にするのは、感心しないな」

「な、なんだよ、それ?」

「……おまえ、俺達がうらやましいのだろう? アイシャや俺、猿小人のことがうらやましくてしかたないのだろう?」

イルミンの銀色の顔がすうっと透き通り、次いで熱をためこんだ赤銅《しゃくどう》のような色へと化した。

「おまえなんか大嫌いだ!」

絶叫し、イルミンは猿小人の背中にふたたび飛び乗った。

「行け! 行けったら! こんなとこ、早く離れなきゃ! ほら、動いてよ! 壁を登って!」

じたばたと背中で暴れられ、猿小人はのろのろと動きだした。その目が物言いたげにタスランを見る。

だが、結局何も言うことなく、猿小人は岩壁を登りだした。

タスランは彼らを見送らなかった。夜までにやらなければならないことが山とあったからだ。

16

涙の谷を西へ西へと突っ切っていくと、やがて広々とした草原に出る。東側には氷の野が広がっているというのに、西側には青々とした草の海原があるとは、なにやら不思議なものだ。

ここにはえる草は生命力が強く、刈り取られてもその日のうちに半分以上伸びるという。だから、草原の民は草を編んで小屋を作り、多くの家畜を放牧している。豊かな草のおかげで、牛も羊もまるまると肥え、甘い乳をふんだんに出すというわけだ。

その草原に出る前に、タスランはしっかり身支度を整えた。

まず、杖達の中からとりわけ屈強そうに見える男達を四人選び、自分のまわりを囲ませた。顔も一発殴らせ、激しく争ったかのように着ているものを破かせた。最後の仕上げとして愛刀を彼らに預け、自分の体に太い縄をかけさせた。

こうして、立派な虜囚《りょしゅう》ができあがった。

「俺がやつらにどんな目にあわされようと、決して助けようとしないでくれ。賞金稼ぎの役に徹してくれ」

タスランの言葉に、杖達は心苦しそうにうなずき、縄を持って歩きだした。

谷間を抜けると、大型の軍船がすでに待ちかまえていた。帆は青く、翻《ひるがえ》る旗印も青い。青はナルマーンの色だ。失われてしまった水への、青の眷属《けんぞく》への激しい執着心をあらわにしているかのようで、いけ好かないとタスランは思った。

近づくタスラン達に気づいたのだろう。船から踏み板が地面へと渡された。それを踏みしめて、一人の背の高い男が降りてきた。

男は青いあごひげを持ち、屈強な体軀を見事な甲冑《かっちゅう》でかため、瑠璃《るり》を象嵌《ぞうがん》した金色の豹《ひょう》の兜《かぶと》をかぶっていた。左目に眼帯を当てているため、右目がらんらんと光って見える。

その右手は異様に大きく、異様に指が長く、竜のような黒い鱗《うろこ》に覆われていた。

ナルマーンの青豹将軍サルジーンは待っていた。待っている間、期待と不安で胸がじりじりとした。

連れてこられるのは、本当にあの男だろうか。もし違っていたら、賞金稼ぎどもめ、首をねじきってやる。

そう思ったとたん、右手がうずいた。どくどくと凶暴な力が湧きあがり、全身へと巡るのを感じた。血に飢えているのだ。

左手でそっと撫でつけ、もうじき味わわせてやるからと、なだめた。

新しく与えられた黒い右手を、サルジーンは気に入っていた。最初こそ、その醜さと異様さに嫌悪を覚えたが、今ではかけがえのない相棒だ。この手がある限り、なんでもできる気がした。

実際、前よりもずっと膂力《りょりょく》が強くなり、岩を砕くことすらできるようになっている。それに伴い、気性も荒く、怒りっぽくなった。前は笑ってやりすごせた些細《ささい》なことが、どうにも癇《かん》に障り、部下達にもつらく当たるようになっている。

すでに二人、罰と称して殺していた。一人はサルジーンの甲冑に小さな傷をつけたから。もう一人は剣の訓練中、早々に「まいった」と声をあげたから。

彼らの喉を握りつぶした時の心地よい感触は、今も右手に残っている。またやりたいと、右手がささやき、心もそれに同意している。

今では部下達は恐怖の目でサルジーンを見る。それがまた心地よく感じられた。恐れられるのがこのように快いとは思いもしなかった。都に戻ったら、王にも教えてさしあげなくては。

と、帆柱の上に立つ見張りが報告してきた。

「来ました！　谷間のほうからです！」

サルジーンは急いでそちらを見た。暗闇の中、明かりがこちらに向かってくる。その明かりに照らし出されているのは、四人の男達と、それに囲まれるようにして歩く縛られた男だった。

サルジーンは狂喜した。

あの男だ。遠目でも見間違いようがない。悪鬼のように恐ろしい忌《い》まわしい顔は、まわりを囲む男達の白衣よりも白く、口元には血がにじんでいる。破れた服に、乱れた髪。その惨めな様子に、腹を抱えて笑いたくなった。

サルジーンは踏み板を降ろさせ、男を出迎えに行った。

哀れな虜囚はすぐにこちらの正体に気づいたようだった。何度かサルジーンの顔と右手を見比べ、それから深くうなだれたのだ。観念した様子に、サルジーンは胸のすくような満足を味わった。

「この男で間違いない。ご苦労だった。手練《てだれ》であっただろうに、よくぞ捕らえられたものだ」

「はい。たっぷりと酒を飲ませてから襲いました。それでも暴れたので、少々傷つけてしまったのですが」

「かまわん。生きたまま手に入れれば、それでいい」

舌なめずりをせんばかりの嬉々とした面持ちで、サルジーンは男達に銀が詰まった袋を渡した。だが、報酬をもらったあとも、男達はなぜかぐずぐずとして、その場を動こうとしなかった。

「なんだ？　額に不服でもあるのか？」

「いえ、そうではございません」

男の一人がおずおずと口を開いた。

「ただ、あの、一つだけお願いがございまして。この男をここで殺《あや》めないでいただきたいのです」

「いけないか？」

「ここは聖なる谷の入り口です。ここでの殺生は、忌まわしきものとして禁じられております。なにとぞご配慮を」

くだらないと、サルジーンはいらっとした。この無礼な男の首をひねりつぶしてやりたくなったが、さすがにこらえた。他国の民を手にかければ、それはナルマーン王セワードの悪評につながるからだ。だから、鷹揚《おうよう》にうなずいてみせた。

「案ずるな。もともと殺すつもりはない。いいから、もう行け」

「は、はい」

男達が暗闇の中に立ち去ったあとも、しばらくサルジーンは縛られた男をながめていた。まったく楽しいながめだが、いつまでもこうしているわけにはいかない。自分達は船に乗らなければならないのだ。

「さて……船に乗せる前に、一つ、やっておかねばならぬことがあるな」

サルジーンは目にも止まらぬ速さで剣を抜き放った。最初の一閃《いっせん》で男の縄目を断ち切り、男の腕がだらりと垂れたところを狙って、次の一撃を見舞った。

何が起こったのか、すぐには理解できなかったのだろう。男は少しの間、ただ立っていた。が、ようやく痛みが襲ってきたのか、血が噴き出す傷口を抑え、悲鳴をあげてうずくまった。

切断された白い右手は、青い草の中で真珠《しんじゅ》のように輝いて見えた。濃厚な血の香りは草の匂いと混じり合い、美酒のようにサルジーンを酔わせた。

「殺しはだめでも、血の供物なら聖地も受け取ってくれよう」

かかと哄笑《こうしょう》しながら、サルジーンは男の銀髪をつかみ、ぐいと引きあげた。

「慣例に従い、我が王の前に引き出し、臓物をかきだしてやりたいところだが、残念ながらおまえを待っているのは婚礼だ」

「こ、婚礼？」

「ああ。貴様のような醜い男を慕ってくださる貴婦人がいるとは、妬《や》けるな。喜べ。血色の女郎蜘蛛《ぐも》がおまえをご所望だ。花嫁との新床がどのようなものになるか、黒の都に着くまで楽しみに待つがいい」

かつての自分であれば決して言わなかったであろう嘲《あざけ》りを、サルジーンはすらすらと口から出した。自分の顔がいかに下卑《げび》たものになっているのかさえ、気づかなかった。男の恐怖や苦痛を見たくてたまらなかったのだ。

さあ、怯えろ！　惨めなさまを見せろ！

「……ん？」

ここで違和感を覚えた。一瞬だが、男の口元に笑いがよぎったように見えたのだ。

だが、それは星明かりが作り出した幻だったのだろう。男は、サルジーンが期待したとおりの、怯えきった表情を浮かべ、「やめてくれ」と懇願し始めた。

サルジーンは笑いながら、男を船へと引きずっていった。

黒の都に到着したら、婚礼にぜひとも立ち会わせてくれと、血色の女郎蜘蛛に頼んでみるとしよう。楽しみだ。じつに楽しみだ。

＊

アイシャを捕らえた異形《いぎょう》は、夜どおし雲の中を飛び続けた。雲の中は突風の嵐だったが、異形は体を揺らすこともなく、淡々と飛行を続けていく。

その間ずっと、少女は異形の胃袋の中におり、一度も外に出されることはなかった。今に胃液が満ちてきて、溶かされてしまうのではないか。最初はそう恐れた。が、そのようなことは起きなかった。これは胃袋ではなく、あくまで獲物を入れておく檻《おり》らしい。

消化されないのはありがたかったが、この不快な空間に慣れることはなかった。じめじめと蒸し暑く、常に悪臭が満ちている。三度吐いてしまったうえ、我慢できずに漏らしてしまった小便の臭いも加わり、アイシャはいっそう惨めで苦しい思いをしていた。

唯一の救いは、胃袋に数か所開いた穴だ。猿小人が棘礫《とげつぶて》を貫通させた穴だ。アイシャの親指が通るか通らないほどの小さなものだが、そこから入ってくる冷たくて新鮮な空気がなかったら、ここは地獄と化していただろう。

今、アイシャは腹ばいになって穴に顔を近づけ、外の空気をできるだけ吸えるようにしていた。最初の頃は、この穴に指を入れ、渾身の力をこめて押し広げようとした。が、だめだった。向こうが透けるほど薄いくせに、膜は思いのほか強靭《きょうじん》で、少なくともアイシャの力ではどうにもできなかった。

しかも、涙をぬぐった手で触れたところ、貴重な穴が一つ、みるみるうちに癒えて、ふさがってしまったのだ。

それを見た時はぞっとした。

傷で苦しむ人を、流浪の巫女《みこ》は涙で癒やす。

谷の老人の言葉がよみがえってきた。あれは、「巫女の涙には癒やしの力がある」ということを言っていたのだ。

自分が本当に流浪の巫女、緑の琥珀《こはく》の持ち主になってしまったような気がして、まるで世界から見捨てられたような心細さを味わった。

流浪の巫女になどなりたくなかった。杖に見守られているとはいえ、たった一人で世界を歩き、孤独を友に夜を過ごすなどまっぴらだ。

タスランに死ぬほど会いたかった。大丈夫だと、頭を撫でてもらいたかった。

またも大粒の涙があふれそうになり、アイシャは慌ててこらえた。これ以上、この憎たらしい異形を癒やしてたまるものか。

あれ以来、アイシャは泣かないよう努めていた。だが、恐怖も不安も増すばかりだ。

いったい、この異形達はあたしをどこに連れていく気なんだろう？

やがて、異形は下降し始めた。雲から出ると、そこはすでに砂漠で、しかもうっすらと明るくなってきていた。夜明けが近いのだ。

異形達は下降し続け、ついには重たげに着地した。そのまま止まることなく、砂の中に潜りこむ。

日の光を避けるためだと、アイシャは悟った。見るからに闇の生き物だ。輝かしい太陽を憎み恐れるのは当たり前のことなのかもしれない。

実際、彼らは砂中深くまで潜った。そこは光がいっさい届かず、真っ暗だった。

アイシャは胸元をくつろげ、緑の琥珀の光を解き放った。そうしないと、正気を失いそうだったのだ。

このまま夜まで眠るのかと思いきや、今度は四本の腕を持つ異形が前に出て、砂をかきわけだした。その後ろを、アイシャを捕らえている人頭の異形がずりずりと続く。

異形が腹ばいで進むおかげで、膜の穴からはわずかな砂が入ってくるだけですんだ。だが、砂をこする音は、アイシャの心をいっそう蝕《むしば》んだ。

もういい。たくさんだ。これ以上は心がずたずたになってしまう。眠れ。眠って、時と恐怖をやりすごせ。

アイシャは体を横たえ、無理矢理目をつぶった。

眠れるはずがないと思っていたが、意外にもすぐに夢の中に逃げこめた。だが、その夢は悪夢で、またすぐに目を覚ますはめになった。

アイシャが浅い眠りと悪夢と不快な目覚めを繰り返している間も、異形達は進み続けた。彼らの体は休みも眠りも必要としなかった。

そして夜になると、彼らはふたたび地上に出て、飛び始めた。そしてその夜は、一度だけ地上に降りた。そこにはそこそこ大きな隊商が野宿をしており、異形達の目的はそれを襲うことだった。

隊商には用心棒達もついていたが、突然の異形の襲撃に我を失って逃げ惑うばかり。誰も、アイシャを助けるどころか、こちらに気づいてもくれなかった。

邪魔な人間を追い払うと、異形達は隊商の荷物を漁りだした。

と、アイシャを捕らえている胃袋の上がぱっかりと開き、上から水袋やパンや生焼けの肉がばらばらと落ちてきた。

与えられた餌を、アイシャは受け取った。喉はからからだったし、飢えてもいた。惨めで怖くてたまらなかったが、このまま死にたくなかった。

タスランだ。タスランがきっと助けに来てくれる。だから、それまで生きていなくては。

唯一の望みにしがみつき、肉をむさぼり、水をがぶがぶと飲んだ。

そうして、同じことがさらに四日、繰り返された。

異形達は昼間は砂の中を進み、夜は砂漠の上を飛んだ。そして、隊商を見かけると襲い、食べ物と水を奪って、アイシャに与えた。

五日目、アイシャは糞尿と腐りかけた食べ物の中に座りこみ、肉を全てむしりとった鶏の骨をしゃぶっていた。

すでに、頭の先から足のつま先にいたるまで汚物にまみれていた。全身に染みついた悪臭は、きっと一生とれないだろう。だが、恥ずかしいという気持ちすら、もう薄れかけている。

自分が獣のように思えてきていた。人間としてのアイシャは顔を引っこめ、名もなき獣がここにうずくまっている。獣でいるほうが楽だった。その間は、食べ物と水のことしか頭に浮かばないから。

と、砂をかいていた異形が上に向かいだしたのを感じた。

もう夜になったのだろうか?

だが、砂から出た彼らを包んだのは、夜の暗闇ではなく、真っ赤な夕焼けの光だった。

まだ日のあるうちに砂から出るなんて。太陽はこの異形達をひどく傷つけるというのに。現に、早くも黒い表皮がぶすぶすと音をたてて、ただれ始めたではないか。

アイシャはぼんやりとしつつ、これはおかしいと思った。こんな無理をするということは、何か理由があるはずだ。

膜越しに、アイシャは目をこらした。

大砂漠は、夕焼けで真紅に染められていた。空と大地は同じ色をして混じりあい、境がなくなってしまっている。そんな赤い世界に一つ、黒々としたものが浮かびあがっていた。

平たい巻貝のような形をした黒い山が近づいてきていた。それが山ではなく、都だと気づいた時、アイシャは朦朧《もうろう》としながらも悟った。

自分はあそこに連れていかれるのだと。

17

はるか昔、強大な闇が大砂漠を支配していた時代があった。

闇の化身は、名をイスルミアといった。世に名高い暗黒女帝である。

イスルミアは、もともとは小さな赤い都の王女として生まれた。幼い頃からずば抜けて聡明で、五歳にして七つの言語を操り、十歳の時には王宮書庫の書物を全て読破してしまったという。

だが、聡明で博識であることが、必ずしも真の賢さに結びつくとはかぎらない。

王女の魂は次第に歪《いびつ》になっていく。彼女は人間という種族を蔑《さげす》むようになった。獣や鳥よりも脆弱《ぜいじゃく》で、魔族よりも卑小で短命な人間。自分がそんな種族に生まれついてしまったことを嘆き、より優れた存在になりたいと切望した。

その欲望が、彼女を闇の知識に導くのに、さほど時はかからなかった。

魔術、呪術、死の施術、そして人ならぬものの召喚。

王女は学ぶ全てを貪欲にむさぼり、吸収していった。

やがて王宮ではしばしば人が消えるようになった。彼らの姿が見失われるのは、たいてい王女の部屋付近であったが、誰一人イスルミアを疑う者はいなかった。その頃はまだ、愛らしく優しい乙女を装っていたからだ。

だが、父王が亡くなり、女王の座に就くと、イスルミアは本性をさらけだした。彼女は無慈悲な石の兵士達を操り、他国への侵略を繰り返すようになった。たくさんの国をたいらげ、数えきれないほどの人々を奴隷とした。

そうして、暗黒女帝の帝国はその版図を広げていったのだ。

次々と周囲の国を征服する間も、彼女の闇への探究心、より高い存在になりたいという欲望はおさまることを知らなかった。女帝しか入れぬ黄金の塔の中では、忌《い》まわしく残酷な術や拷問が、昼夜を問わず行われていた。魔族を呼び出して愛人とし、ついには男と女の双子すらもうけたという。

半人半魔のその双子に、女帝は多大な期待をかけた。息子のほうは無敵の戦士になるように、娘のほうはこの世の王達を堕落させる娼婦になるようにと、熱心に育てた。

時が来たら、女帝は二人をつがわせるつもりだった。誰よりも血のつながりの濃い、しかも魔族の血を半身に宿す姉弟の子供であれば、完全に人間を凌駕《りょうが》する存在となるに違いない。そう考えたのだ。

だが、その計画は崩れ去った。母の狂気に恐れをなし、王子が出奔《しゅっぽん》したのだ。イスルミアは血《ち》眼《まなこ》になって息子を捜したが、その行方はついに突き止められなかった。

大きな失望は、さらに深い狂気へと女帝を駆り立てた。子供に期待することをやめた女帝は、ついに禁じられた呪術に手を染めることを決意したのだ。

彼女は、この世でもっとも濃い闇の気が発せられる山の中に、深い深い縦穴を掘らせ、その地下に奴隷にした猿小人達を送りこんだ。そして、彼らだけが持っていた技術で、青銅の巨大な箱を造るように命じた。

箱の製造は過酷なもので、多くの猿小人が苦しみながら死んでいき、暗い地の底で大量の血が流された。箱は猿小人達の血と呪詛《じゅそ》で鋳造《ちゅうぞう》されていると言ってもよかった。

三年という時が経ち、ついにイスルミアに完成の知らせがもたらされた。真夜中にもかかわらず、イスルミアはわずかな護衛と共に山中の工房へと向かった。

そこに、彼女が望んだとおりの品ができあがっていた。

巨象を三頭閉じこめられるほど大きな長方形の箱は、光を放つことのない青銅でできていた。箱の外側には数々の宝石がところせましとはめこまれており、その豪華さはさながら偉大な巨人王の棺《ひつぎ》のようだ。だが、イスルミアはこれを「新たな子宮」と呼んだ。

箱の蓋には、宝石ではなく彫刻による装飾がほどこされていた。世にも奇怪な魔獣どもがありとあらゆる方法で人間をむさぼっている地獄絵図が、一面に彫りこまれている。

それをじっくりとながめたあと、彼女は蓋を開け、自分を中に降ろせと命じた。

箱の内側にはこれまた隙間なく黒の呪文が刻まれていた。このうちの一字でも間違っていたら、意味がない。彼女はそれを自分の目で確かめなければ気がすまなかったのだ。

そうして、箱の中に降り立った時だ。上に持ちあげられていた蓋が、轟音《ごうおん》をたてて落ちた。

蓋を落としたのは、猿小人達だった。この瞬間を、彼らは執念深く待っていたのだ。

女帝の護衛を打ち倒し、彼らはいなごのように箱に飛びかかった。少しはずれかかっていた蓋をしっかりとはめこみなおし、溶けた銀でその隙間をふさぎ、黒い言葉の力を封じる聖なる紋章を刻みこむ。女帝は箱の中から呪詛を放ったが、分厚い青銅があだとなり、猿小人達には届かなかった。

こうして暗黒女帝は閉じこめられた。青銅の箱は文字どおり彼女の棺と化したのだ。

猿小人達は地の底に箱を残したまま、外へと逃げ出した。だが、ただ逃げたわけではない。山を出る前に、手分けして山の支えとなっている箇所を破壊していったのだ。ここに閉じこめられている間に、彼らは山の構造を知り尽くしていた。そして彼らは、暗黒女帝を二度と外に出すつもりはなかったのだ。

最後の一人が穢《けが》れた洞窟から飛び出してからしばらくあと、山はがらがらと崩れていった。もともと、イスルミアが無理に深すぎる縦穴を掘らせたこともあり、その崩壊は早かった。轟音と土煙がおさまったあと、山の丈は元の半分ほどに縮んでいた。

イスルミアの死は、野火のように風のように広まった。恐怖で縛られていた民達はいっせいに蜂起し、王宮に押し寄せた。そのすさまじい勢いに、女帝の娘もなすすべもなく、命からがら逃亡するしかなかった。

民は、女帝の収集したあらゆるおぞましいものを火に返し、王宮を灰になるまで燃やし尽くした。

こうして暗黒女帝の帝国は滅びた。闇の時代は終わり、ふたたび光が人々の心を満たすようになった。

逃げ去った猿小人達は、南の密林に逃げこみ、そこを新たな故郷と定めた。以来、人間の前にめっきり姿を現さなくなったのは、いまだイスルミアの仕打ちを忘れていないからだと言われている。

イスルミアが葬られた山はそのまま墳墓とされ、聖なる言葉を学んだ墓守の一族が住まうようになった。彼女が万が一にも目覚めることがないようにという用心のためだ。

だが、死してなお、イスルミアの亡骸《なきがら》は邪悪なものを放ち続けたようだ。

墓守達の血は次第に絶えていき、かわりに闇に魅了された者達が墳墓に集まるようになっていった。

魔法使い。妖術師。死繰《しく》り人《びと》。蟲巫女《むしみこ》。

彼らは墳墓の岩山を削り、螺旋《らせん》状の道をぐるりと山に巻きつけた。その道沿いの岩壁をさらに掘り込み、住まいや店を築いた。

こうして墳墓は黒の都ジャナフ・マウトとなったのだ。

*

黒の都は、平たい巻貝のような形をしていた。

天然の岩山をそのまま活用しており、削り出された幅広の道が、ゆるやかな螺旋を描きながら地上から山頂へと延びている。

その道に沿うようにして、山側の岩盤にはこれまた岩を直接彫り上げた家々が並んでいる。家は陰気で冷たく、住んでいる者達の顔も奇妙に青白い。

それでも、ふもとからの第三層は、店や市場がそれなりのにぎわいをなす。食料や酒の他に、様々な棺や護符、葬儀にふるまわれる白と黒の菓子、死者にたむける生贄《いけにえ》の家畜があふれ、甘ったるくて強烈な香がいつも立ちこめている。

そこから山の中腹にかけての第二層は、職人達の工房が多い。棺や木乃伊《ミイラ》、死者のための装身具を作る者達だ。ここは第三層に比べて静かで、工房の奥から作業の音だけが聞こえてくる。

そして山頂に近い第一層は、さらに静けさに満ちていた。まるで廃墟か墓場のごとく静まり返り、ここまで来る途中に見かけた涙の花イシャラや、決して実を結ぶことのない死人樹エダフすらも見当たらない。むき出しとなった黒い岩盤は、日の光を吸収するばかりで、温もりを持つことはない。

そこに軒《のき》を連ねる家々は、いずれも名も看板もかかげていなかった。にもかかわらず、そのたたずまいは第二層や第三層にあるものとは比べものにならないほど立派で、屋敷や館を思わせるものも多い。

当然だ。この第一層に住まえるのは、この都で敬意を払われる有力者のみ。すなわち、蟲巫女、呪術師、口寄せ女、魔法使い、死繰り人、毒使いなどといった者達だ。彼らこそは、黒の都の支配者達であった。

血色の女郎蜘蛛《ぐも》ナナイアも、その一人だった。

彼女の本職は木乃伊職人。本来なら第二層に住むべき身分だが、その技術の高さと危険な魂ゆえに、第一層に住むことを許されていた。

彼女の住まいの入り口は狭かったが、奥は大きな広間になっていた。ここを手に入れた時、彼女はまず石工達を呼び寄せた。広間全体をくまなく磨かせ、漆黒《しっこく》の鏡のように艶やかにさせたあとは、色とりどりの雷光石をはめこみ、昼となく夜となく広間を光で満たすようにした。

そうして美しく整った広間に、彼女はかけがえのない夫達を運びこんだのだ。

ナナイアの朝は、十四人の夫達への口づけから始まる。一人一人に愛の言葉をささやきかけ、たくさんの衣装箱からその日の気分にふさわしい衣装を選び、夫達に着せていく。着せ替えは彼女のお気に入りの遊びで、夫達のために山ほどの衣装と、豪華な装身具や武具などといった小物も取り揃えていた。

木乃伊作りの依頼がなければ、そのまま日がな一日、夫達と過ごした。物言わぬ彼らに話しかけ、歌を歌ってやり、髪をすいてやる。夫達に似合いそうな新たな衣装を考えたり、次はどこで新しい夫を見つけようかと地図に見入ったり。

そうしているうちに、あっという間に夜になる。夜には、その時の気分で選んだ二人を寝台に運び、両脇に置いて眠った。肉欲は満たされないが、それ以上の幸福感が味わえた。

自分は狂っているのかもしれないと、ふと思うこともあったが、気に病むほどではなかった。この幸せに比べれば、世間からの非難も恐怖まじりの罵声《ばせい》も、そよ風のようにかすかなものだ。

それに、狂気に満たされていたとしても、それは自分のせいではないと、ナナイアは言い訳した。彼女が受け継いだ血が、そうさせているのだと。

暗黒女帝が魔族との間にもうけた双子。そのかたわれ、王女のほうがナナイアの先祖だと伝わっている。

受け継ぐべき玉座や王国を失っても、王女はしたたかに生き抜いた。その美貌を餌に男達を次次と手玉にとり、やがて一人の赤子を生んで、自分の役目を終えたという。

その赤子は女の子で、成長すると母親と生き写しになった。見た目だけではない。男を弄《もてあそ》び、快楽を貪欲にむさぼり、うまみを吸い尽くしてはあっさりと捨て去るところまで、母ゆずりだった。だが、その残忍性は母を上回り、愛した男の目玉を集めることに執着した。

そんな彼女もまた、美しく淫《みだ》らで、人の生皮を剝ぐのを好む娘をこの世に生み出した。

それが延々と、ナナイアの代まで続いてきたのだ。

自分達の血には暗黒女帝の血が流れている。

ナナイアの母は口癖のように言っていた。たぶん本当だろうと、ナナイアは思っていた。そうでなければ、自分達がそれぞれ、なんらかの狂気を生まれ持ってきたことの説明がつかない。

そして、この血脈の女達には、狂気の他にもう一つ、特異な資質が受け継がれていた。

不老の血だ。

二十二歳を過ぎた頃になると、この血脈の女達はぴたりと年をとるのをやめてしまう。十年経とうが、二十年経とうが、若い姿のままで過ごすのだ。

だが、いつまでもというわけではない。ある日突然、血は主を裏切る。保っていた若さを抜き取り、弾けんばかりにみずみずしかった肌をひび割れさせ、豊かな乳房をしぼませるのだ。

若々しく豊艶な美貌を誇っていた母親が、一瞬でしわくちゃな醜い老婆になりはてるのを、ナナイアは見た。そして、それまで母親に群がり、その愛を求めていた男達がいっせいに去っていくのを。

それが、彼女の中に眠っていた獣性を目覚めさせた。

あんなふうに孤独に見捨てられるのは嫌だった。いずれ、自分にも老いは来る。それは避けられないことだ。ならばせめて、決してこちらに背を向けない男達でまわりを飾っておきたい。

その時から、彼女は死体を美しく保存する技術に没頭するようになった。そのために、木乃伊作りの師である男を最初の夫にした。

貪欲なまでに技術を学びとる彼女を優秀な弟子として夫は認め、ある日、「もう教えることは何もない」と告げた。だからナナイアは、夫を木乃伊にした。自分を育ててくれた感謝と敬意をこめて。

木乃伊が完成した時、彼女は真の意味で夫を手に入れられたと感じた。

それは、血色の女郎蜘蛛が誕生した瞬間でもあった。

以来、天職とも言える木乃伊作りを続けながら、ナナイアは新たな夫を探すようになった。

三人目までは、盛大に婚礼をあげ、蜜月《みつげつ》を楽しむことができた。だが、四人目からは狩らなければならなかった。彼女が夫となった男に何をするか、世間に知られるようになったからだ。だが、別に構わなかった。狩りは狩りで楽しかったから。

生まれ育ちはいっさい関係なく、彼女は自分がほしいと思う相手を手に入れていった。

例えば、騎馬民族の首領エッサイだ。

猛禽《もうきん》の目を持つ痩身の男は、ナナイアが見初めた時、馬にまたがっていた。その姿が惚れ惚れするほどどりりしかったので、ナナイアは馬も一緒に木乃伊にした。だから、エッサイは今も愛馬の上にいて、部屋を睥睨《へいげい》している。

その横にいるのは、セトだ。乙女のような乳房を持つ美しい若者で、見つけた時は、出会えた幸運に思わず涙したほどだ。

さらにその横には十番目の夫、小太りの沼地人ゼンが、おどけた様子で尻を突き出している。その尻はあえてむき出しにされており、ネズミのような長い尻尾がはえているのがしっかりと見えるようになっている。

八番目と十二番目は、彼女の嗜好を聞きつけた人さらいが連れてきてくれた。

全身つるりとした肌をし、下半身だけが山羊のような赤い剛毛に覆われたシュムン。

右腕と右足が灰色に石化した、まだ少年といっていいほど若いカカイム。

どちらも一目で気に入り、銀貨の山を支払って買い取った。

そうして集めてきた十四人の夫達を、その一人一人を、ナナイアは心から愛していた。

だが、全員をひとくくりにしたよりも、今は一人の男を欲していた。

その男タスランを見た時の衝撃を、ナナイアは今も鮮明に覚えている。自分から引き裂かれた半身に、ふたたびまみえたかのような歓喜が全身を満たしたのだ。銀の髪に血の気のない白い肌、

凶悪な相貌。何もかもが彼女の心に響いた。

ほしい。

それはそれまでの求愛や欲求とは質が違っていた。あの男の子供を産みたいと、強烈に思ったのだ。

母達がしてきたように、自分もそろそろ子を産むべきだ。きっと、生まれてくるのは娘だろう。これまでずっとそうだった。暗黒女帝の生まれ変わりだ。

そして、その父親となるのは、タスランしか考えられなかった。

だが、男は逃げた。あと一歩のところで、彼女の腕からすり抜けて、姿をくらましてしまったのだ。

あの日は久しぶりに大泣きした。傷心のあまり、夫達の誰とも添い寝せず、泣きながら寝入ってしまったほどだ。

だが、涙は一晩で乾き、ナナイアは次にどうするかを考え始めた。あきらめる気は微塵《みじん》もなかった。

なんとしても、あの男がほしい。

そばに置きたい、などという生易しいものではない。彼の姿を誰の目にも触れさせたくないという、狂おしい想いなのだ。

彼が自分以外の誰かを見ているのだとしたら？

自分以外の誰かに触れたり、言葉を交わしたりしているとしたら？

そう思うだけで、のたうつほどの嫉妬を覚えるのだ。

ついぞ感じたことのない執着に、少し戸惑いもした。ナナイアよりもはるかに恋多き女だった母でさえ、一人の男にこんなに夢中になったことはなかったはずだ。だが、これが本当の「愛」というものなのかもしれない。

ふと、先祖のことを思い出した。暗黒女帝の娘は、この世の全てに快楽を見出せる才があり、母の死にも帝国の崩壊にも、涙を見せることはなかったという。だが、その生涯において一度だけ、弟王子が出奔した時だけは泣いたという。その嘆きはあまりにも激しく、体が干からびるほどの涙を流したとか。

今なら王女の気持ちがわかると、ナナイアは思った。王女にとって、双子の弟は半身だった。自分にとって、タスランがそうであるように。

だが、私は、王女のように半身を失いはしない。

焼けつくような欲望に苛《さいな》まれながら、ナナイアはタスランを捜した。

だが、方々に手を回したにもかかわらず、男の行方はなかなかつかめなかった。旅慣れているだけでなく、逃げる技にも長《た》けているらしい。ナナイアは日増しに荒れて、夫達との戯《たわむ》れにも楽しみを感じなくなっていった。

そんな時に、顔見知りの死繰り人が依頼を持ちこんできたのだ。

ある男の傷が腐敗し始めているので、見てやってほしい。

気は乗らなかったが、依頼者が王族だと聞いて、ナナイアはすぐさま承知した。王族には力がある。それを利用させてもらえれば、きっとタスランを捕まえられるはず。そう考えたのだ。

彼女は依頼に応じ、見返りとしてタスランを求めた。

そして、望みは叶えられた。今、愛しい男は彼女のもとに向かっているという。

その知らせを受けたあと、ナナイアは念入りに風呂に入り、洗った髪に高価な香油をなじませ、美々しく化粧をした。最後に真紅の衣をまとい、黄金と黒玉を連ねた太い首飾りをかけ、鏡の前に立った。

「ああ、美しいわ」

鏡に映る姿に、ナナイアは満足した。

自分を忌まわしいと蔑む男ですら、この美しさを無視することはできまい。タスランが少しでも自分を好きになってくれればいい。もっとも、そうならなくとも、もう決して手放しはしないが。

彼を木乃伊にするのは、娘が生まれたあとでいい。そうなったら、そっけない白い服を剝ぎ取り、緋蜥蜴《ひとかげ》の皮で作った腰巻だけの姿にしてあげよう。耳と胸元には血のような柘榴《ざくろ》石を飾って。きっとよく似合うことだろう。

くすくすと、少女のように笑いながら、ナナイアは新しい夫を迎える準備にかかった。

18

ナルマーンの軍船に乗せられたタスランは、暗い船倉に閉じこめられた。鉄の足枷《かせ》をはめられ、がっちりと鎖で壁につながれてしまっては、できることは何もない。

タスランは絶望した虜囚《りょしゅう》になりきり、力なく寝藁《ねわら》の上に横たわり続けた。

右手を切り落とされたのは大きな痛手だった。まさか、あの男、将軍がこの船に乗っていたとは。

だが、よいこともあった。

自分は、黒の都に連れていかれるのだという。ナルマーンでも他のどこでもなく、黒の都ジャナフ・マウトに。

それを聞いた時は、思わずにっこりしそうになり、慌てて顔を歪《ゆが》めなければならなかった。右手を失っても惜しくないと、一瞬だがそう思った。

もはや、逃げ出す必要はなくなった。タスランがやるべきことはただ一つ、傷の回復に努めることだ。

痛みは感じなくとも、体は異状を伝えてくる。朦朧《もうろう》とするのは、血を失いすぎたせいだろう。

たぶん、高熱も出ている。

タスランは水をがぶがぶ飲んで、とにかく動かないようにした。

幸い、水はたっぷりもらえた。食事はつぶした豆の粥《かゆ》で、味は悪かったが、滋養があった。日に二度、手当てに慣れた兵士がやってきて、傷をきれいにし、薬を塗り、新しい包帯を巻いてくれる。

おかげで、傷は速やかに癒えていった。新しい手がはえてくるわけではないが、それでもタスランはほっとした。絶望がこみあげてくる時もあったが、まだ左手があると、自分を励まし続けた。

利き手を失っても困らぬようにと、父と祖父は左手でもなんでもできるように仕込んでくれた。痛覚のない者は、いつ体を欠損するかわからないからと。あの鍛練《たんれん》が、今になって活きることになるとは。

亡き二人に感謝を捧げながら、タスランは壁に背中を預けた。

壁から伝わってくる羽ばたきの音と振動から察するに、飛行は順調のようだ。この船は赤いサソリ号ほど速くはないが、船員が多いため、昼夜を問わず飛び続けている。すでに九回、手当ての男が降りてきたから、四日半が過ぎたということだ。

この分なら、そろそろ黒の都に着くはずだ。

そう思った時、天井の落とし戸ががたんと上がり、光が差しこんできた。その光と共に降りてきたのは、タスランの右手を奪った男だった。

タスランは慌てて怯えた顔を作った。

この男に、自分の本心を知られてはならない。いまだ闘志と希望を失ってはいないということを、知られてはならない。知られたら、彼は全力でそれを削ぎ落とそうとしてくるだろう。

はたして、隻眼《せきがん》将軍はタスランに近づくと、髪をつかんで引きあげ、満足がいくまでその顔をながめまわしてきた。

「こうして暗がりで見ると、ますます醜いな、貴様」

嘲《あざけ》りながら、将軍は腰の短刀を抜き、その冷たい刃の平で、ぴたぴたとタスランの頬をなぶった。卑《いや》しい顔つきだった。本来は端整なのだろうが、獣のような笑みと残酷な愉悦《ゆえつ》に満ちた目で、だいなしとなっている。

「やはり魔物の血でも混じっているのではないか？　部下が言っていたぞ。異様に傷の治りが早いと。うらやましいことだ。同じように腕を失った俺は、地獄の苦しみを味わったというのになあ」

だが喜べと、将軍はにっと笑った。

「もうじき貴様も地獄を味わうことになる。じきに黒の都だ。花嫁は待ちかねておいでだろう。血色の女郎蜘蛛《ぐも》の口づけは、黄昏《たそがれ》の女神の蜜《みつ》よりも甘く、その抱擁は死神の犬よりも貪欲で激しいそうだ。生きたまま血と臓物を抜かれていくのは、どんな心地がするのだろうな？　思い浮かべると、おもしろくてたまらんな」

げらげらと笑ったあと、将軍は短刀をしまい、いきなりタスランの腹を殴りつけた。

振るわれたのは、あの右手だった。長い指と黒い鱗《うろこ》で覆われた手は、黒鉄のごときこぶしとなり、容赦なくタスランのみぞおちをえぐった。

その衝撃に、タスランは息ができなくなった。痛みはない。だが、どうしても息ができない。うずくまり、ひゅうひゅうと、か細く喉を鳴らす男を、将軍は嬉しそうに見下ろしてきた。

「俺からの餞別《せんべつ》だ。貴様に奪われたこの右手をあがなうために、俺は目を一つ失うはめになったのだからな。本当ならその左目をえぐって、俺と同じにしてやりたいところだが、花婿の顔を損ねては、血色の女郎蜘蛛の怒りを買うことになる。いかな俺でもそれはごめんだ。……下船の時にまた会おう」

将軍が去ったあとも、暗闇が船倉に戻ってきたあとも、タスランはそのまま倒れていた。驚愕で頭がぐらぐらしていた。

将軍はあのような男だったろうか?

夜の砂漠で戦った時、あの男の目には終始恥じ入るような光があった。闇にまぎれての襲撃を恥じる想いと、そうしなくてはならないという義務感で、痛々しくきらめいていた。

だが、今の彼の目は濁《にご》っている。高潔さなどかけらもなく、弱った虜囚を痛めつけて楽しむありさまだ。

気に入らないと、タスランは唸った。

特にあの右手が気に入らなかった。

本物のように極めてよく動かせる義手。魔竜のごとき手。あれが将軍の心を毒し、操っているようにさえ思えるのは、どういうことだろう？

だいたい、今の一撃は、黒獅子《じし》の一撃を食らった時と同じほどの威力があった。人間の出せるものではない。とっさに腹に力を入れたからよかったものの、そうしなかったら胃袋を突き破られ、血反吐《へど》を吐いていたはずだ。

「気味が悪いな……」

だが、本当に気味の悪いものを、この先山ほど見ることになるだろう。もうじき黒の都に着くのだから。

アイシャをさらった首魁《しゅかい》は、あの都の第一層に潜んでいると、タスランは踏んでいた。暗闇の信望者ども、血と魔力にとりつかれた狂人達のうちの一人だろう。そやつの狙いはまず間違いなく、あの琥珀《こはく》だ。

敵が琥珀をえぐりとる前に、アイシャを見出せるよう、タスランは必死で神に祈った。

「アイシャ……」

無事でいてくれと、タスランは小さくつぶやいた。

＊

我に返った時、アイシャは熱い湯の中に座らされていた。

湯は浅く、尻をついているアイシャのへそにも届いていない。湯をためているのは、大鍋のような形の素焼きの風呂桶だ。

と、ざあっと、上から湯が降ってきた。

悲鳴をあげ、一気に水かさが増した風呂桶から逃げようとした。

「わあ！　わあああっ！」

が、柔らかな手が伸びてきて、アイシャを押さえつけた。

すぐ横に、女がいた。右肩に水滴がしたたる大きな壺を抱え、左手一本で少女を湯へと押し戻す。相当な力持ちだ。

だが、見た目はとてもたおやかだった。

腕も体つきもほっそりとしており、まるで重たいものなど持ったことがない姫君のようだ。質素な灰色の衣をまとっているが、両腕の手首に真鍮《しんちゅう》製の幅広の腕輪をはめ、喉元にも同じような幅広の首飾りをしている。

まだ若く、たっぷりと化粧をした顔は美しかったが、不自然なほど表情に乏しかった。それがアイシャを怯えさせた。

この女はどこかおかしい。何かがちぐはぐだ。

とにかく今はおとなしくしていようと、アイシャは決めた。

アイシャが暴れるのをやめると、女はまた新たな湯を運んできて、アイシャの頭から注いだ。火傷《やけど》しそうなほど熱い湯に、少女は必死で耐えた。そのあと、固いたわしでごしごしと全身をこすられたが、これも唇を嚙《か》んでこらえた。

いったい、なぜ？　どうしてこうなった？

人ではなく、獣であった時の記憶が、断片的によみがえってきた。

異形《いぎよう》達は、黒い岩山のような都に近づき、山頂に建てられた塔の一つへと降りていった。

それは大きな塔だった。背も高く、屋根の先端は槍の穂先のように尖っている。戸口や窓はなく、一つだけ、大きな露台が外に向けて突き出ていた。

その露台へと、異形達は舞い降りた。外と内とを隔てる重たい黒繻子《じゅす》のカーテンをくぐり、中へと進む。

そこの冷たい床の上に、アイシャは吐き出された。そして、体をひっくり返され、あおむけにさせられた。部屋の中は薄暗かったので、たちまち緑の琥珀の光が鮮やかに満ちていった。

誰かが嬉しそうに、「間違いない。よくやった」と笑い声をあげるのが聞こえた。

「しかし……これはひどい。まるで肥え壺から生まれた赤子のようだ。ユタラ、この子をきれいにしておやり。このままでは地下にも連れていけないからねぇ」

そのあとでまた意識は薄れたのだが、あの声ははっきり覚えている。

嫌な声だったと、アイシャは思い出して、身を震わせた。

優しげで物柔らかなのに、一片の温もりすら感じさせない声。あんな声を持つ人物とは、いったい何者だろう?

知りたいとは思わなかった。あいつの男の正体がわかる前に、ここを逃げ出したい。

アイシャは周囲に目を走らせた。

壁も天井も床も、全て磨かれた黒い石でできている。ということは、自分はまだあの塔の中にいるのだろう。

今度は女を見た。

この女がたぶんユタラだろう。男の命令どおり、アイシャを洗い続けている。その指は長く、しなやかで、なんだかやたら冷たかった。

いつの間にか、湯の中にはアイシャから剝がれ落ちた汚いものがいっぱい浮かんでいた。茶色く濁った湯に、アイシャは言いようのないほど恥ずかしくなった。

だが、ユタラは何も感じないらしい。大きな布を広げてアイシャを包み、抱きあげたのだ。そのまま、横に置いてあったもう一つの風呂桶へと運んだ。

それにもやはり湯がはられていたが、今度のは肌にちょうどよい温度で、しかも甘い花の香油がたっぷりと垂らされていた。

その湯の中で、またしても体を洗われた。頑固にこびりついていた汚れがぬぐわれていき、かわりに香油の香りが肌にしみこんでいくのを感じた。きれいになるのは心地よかったが、それは獣から人間に戻るということでもあった。

湯が冷めるのと同じように、アイシャは自分を取り戻していき、それと共に不安と恐怖も増していった。

ここはよくない。いてはならない場所だ。逃げなくてはだめだ。でも、どうやって？

塔には、戸口はなかった。窓も、塔のてっぺん近くに露台のある大窓があっただけだ。自分達がここに入るのに使った大窓と露台。あれは、地上からはかなり離れている。

だが、自分なら難なく壁を伝って地上まで下りられると、アイシャは確信した。〝灰の雛《ひな》〟ではなくなってしまったが、その感覚はまだ失われてはいない。赤いサソリ号に乗っていた時、帆柱を昇り降りして、それがわかった。身の軽さ、指先と足先の確かさ、高さに恐怖を感じない度胸。全てが自分の武器であり、今こそそれを使う時だ。

アイシャは部屋の向こうをうかがった。階段がある。上に伸びている。駆けあがっていけば、あの露台のある部屋に行きつけるに違いない。

と、女がこするのをやめ、ふたたび大きな布を広げ、アイシャを包もうとした。その体を、アイシャは力いっぱい押しのけた。

がたんと女が尻もちをついた時には、風呂桶から飛び出していた。裸であることなど気にもとめなかった。

階段へ！　あの部屋へ！　あの露台へ！

だが、階段を二段とあがらぬうちに、ものすごい力で引き戻された。ユタラが追いすがってきたのだ。あいかわらずの無表情のまま、アイシャの腕をつかみ、部屋へと連れ戻していく。

引きずられ、アイシャは涙がこみあげた。

「逃がして。助けて」

ささやいてみたが、女の手がゆるむことはなかった。

こうなったら死に物狂いで抗《あらが》うしかない。アイシャは女の腕につかまり、ぶんっと振り子のように反動をつけ、両足でその腹を蹴りつけた。

めりめりっと、固い布が破けるような音がして、アイシャは床に投げ出された。

やった。自由になれた。

だが、ふたたび階段に向かおうとしたところで、体が動かなくなった。右腕に重みを感じたのだ。

誰かが自分の右腕をつかんでいた。人間の指が肌に食いこむこの感触。

だが、誰の指だ？　ユタラなら倒した。今も倒れているはずなのに。

我慢できず、後ろを振り返った。

ユタラが立ちあがろうとしていた。両手をついて起きあがろうとしているのだが、体勢を崩し、床につんのめるのを繰り返している。右腕と左腕の長さが合っていないからだと、アイシャは気づいた。

女の左腕は、肘のところから千切れてしまっていた。ぼたぼたと、傷からは妙に黒ずんで重たげな血がしたたっている。量はそれほどでもないが、その悪臭ときたら死者さえも目覚めさせそうなほどだ。部屋に満ちていた香油の匂いが、たちまち消されていく。

だが、失われた手はどこに？

答えは知れていた。

アイシャは見まいとした。見たら、絶対にただではすまない。目を向けるな。今はただ階段を上れ。露台のところに行って、外壁を伝わって逃げるんだ。

そう自分に言い聞かせたにもかかわらず、アイシャは見てしまった。

自分の右腕には、ユタラの左手がしっかりとしがみついていた。しかも、その指はぴくぴくと動いていて、アイシャの手首から肘へと、蜘蛛のように這いあがろうとしているではないか。

気づいた時には叫びだしていた。それはもう、自分では止められない恐怖の叫びだった。

と、誰かがやんわりと少女の口をふさいできた。象牙《ぞうげ》のようになめらかな、ひんやりとした手の持ち主は、あきれたようにつぶやいた。

「なんだね。ずいぶん騒がしいじゃないか。いくら音消しのまじないをかけてあるからといって、こんなのは好かないね」

あまりにも冷静な声に、アイシャは恐怖の大渦から抜け出すことができた。

といっても、我に返っただけだ。恐怖は変わらずにそばにあった。誰かが自分の後ろにいて、自分の体に腕を回し、口を手で覆っている。全身が水となって溶けていってしまうような気がした。

アイシャは叫ぶのをやめ、恐る恐る上を見た。

男がこちらをのぞきこんでいた。背が高い。たぶん、タスランと同じくらいある。ほとんど群青《ぐんじょう》と言ってもいいほど濃い紫の衣をゆったりとまとい、たくさんの護符を装身具のように身につけている。

歳はよくわからないが、見た目よりもずっと年上だと、アイシャは読み取った。砂色の肌はなめらかだが、老人のもののように柔らかかったからだ。

つるりとした柔和な顔にひげはなかったが、闇色の髪はぎょっとするほど長かった。一度も切ったことがないのだろう。ゆるやかに編みこんでいなければ、たぶん、足首にまで届くはずだ。しかも丹念に手入れされていて、香油をしみこませているのはもちろん、編み目の一つ一つにしずく形の月石が飾られていた。

魔力や妖力は、髪に宿ると信じられている。だから、魔法使いや妖術師はみんな長い髪をしているんだよ。

昔、誰かから聞いた物語が頭をよぎった。それは、今思い出したくない記憶だった。

男は、がたがたと震えている少女の目をじっとのぞきこんだ。男の瞳は、夜の大砂漠の色をしていた。青く暗く、月の亡霊のような青白い光がまたたいている。

と、にこっと笑って、手を離した。

「その様子だと、完全に正気を失っていたわけじゃないようだね。よかった。沈黙には少し飽きていたからね」

そう言って、男はアイシャの腕からユタラの手をはずし、床でもがいているユタラへと近づいていった。

自由になったあとも、アイシャは裸のまま立ち尽くしていた。すぐ後ろに階段があるというのに、一歩も動けない。この男からは逃げられない。魂がそう告げていた。

ほんのわずかな接触で、男はアイシャにしっかりと学ばせたのだ。自分は捕食者で、アイシャは獲物であると。

男はユタラが立ちあがるのに手を貸し、千切れた箇所を軽く調べた。それからアイシャのほうを睨んできた。

「ひどいことをしてくれたねぇ。ユタラは君を丁重に扱っただろうに。よしよし。心配ないよ、ユタラ。あとで縫い合わせてあげるから。ここはもういいから、この悪い子に何か着るものを持ってきておやり」

ユタラは言いつけに従った。ふらふらと奥へと去っていく後ろ姿を、アイシャは穴のあくほど見つめた。

もみあったせいか、ユタラの首輪のような首飾りがはずれかけており、すんなりとした首筋がのぞいていた。そこには、大きな縫い目があった。ぐるりと、首のまわりを一周しているようだ。その縫い目を境にして、体と首の肌の色がほんの少し違うことに、アイシャは気づいた。

「あ、ああ、あ……」

うめくアイシャに、男が首をかしげた。

「ん？　なんだい？　何か言いたげだね？　いいよ。言ってごらん」

「あ、あ、あの、ひ、人、死んで……」

「ん？　もしかして、骸《むくろ》人形を見るのは初めてかい？」

男はにっこりと笑った。

「それはさぞ驚いただろう。そう。ユタラは生きてはいない。生き物の骸で作りあげた人形だよ。そこにまじないを吹きこんで、私の思いどおりに動かしているのだよ。作り手の命令には絶対に従うから、どんな奴隷よりも信用できる。奴隷のように逃げられる心配もない。ただ、魂がないから少々おもしろみには欠けるがね」

すばらしいものだよと、男は熱をこめて語った。

「力ある魔法使いとて、骸人形を必要とする。魔族を捕らえる時などは特にね。傷つくことを恐れず、痛みと恐れを感じず、忠実に命令に従う骸人形なしに、魔法使いどもがどれほどのことを成し遂げられるやら。そのくせ、我々死繰り人《しくびと》を下賤《げせん》な死肉食らいと呼ぶのだから、まったく腹立たしい連中だ。自分達だけが闇の秘術に触れる資格があると思いこんでいる」

これで男の正体がわかった。

死繰り人。人や獣の死骸で異形を生み出し、意のままに操る妖術師。

吐き気がこみあげてきたが、アイシャはそのまま立っていた。得意げに語る男の邪魔をし、怒らせたくなかった。

アイシャは怖かった。この男のそばにいるくらいなら、異形の腹の中で汚物にまみれているほうが、ずっとましだ。

と、ユタラが戻ってきた。残っている片腕にきれいな朱色の衣を抱えて。

「ああ、戻ってきたか。うん。いい子だ。いい色を選んだね。この子にふさわしい。さっそく着せてあげなさい」

主人の言葉に従い、ユタラはアイシャに近づき、ぎこちないながらも片腕で衣を着せ始めた。

朱色の衣は絹でできていて、信じられないほど肌触りが良かった。だが、アイシャは心の中で悲鳴をあげ、のたうちまわっていた。

ユタラの存在がたまらなく忌《い》まわしかった。

きれいな顔は死人の顔。指先が冷たいのは、死が詰まっているから。

さんざん湯浴みで触れられたというのに、骸人形とわかった今は触れられるたびに、その部分が腐っていく気がする。

たまらずにうつむいたが、それは許されなかった。ユタラを見なさいと、男は命じてきた。

「これはここ最近では一番の出来栄えでね。美しい子だろう？　頭はとある商人の娘のものでね。かわいそうに、体にひどい腫れ物ができて、この世をはかなんで自死してしまった。だが、顔だけはまだきれいだったから、切り取って踊り子の体に縫いつけたんだ。でも、それだけだとあまり役に立たないから、料理女の手をとりつけた。おかげで、毎日おいしい料理を作ってくれる」

継ぎ足すものが多いほど、人形はより強く有能になるのだと、男は楽しそうに言った。

「もうわかっているだろうが、君をここまで連れてきたのも人形だよ。私の忠実な愛犬達だ。だが、今回の旅で無理をさせてしまったからね。残念ながら、もう処分しなくてはなるまい。惜しいことだよ。あれらを作るのに、私は珍しくも高価な材料をふんだんに使い、何日も眠らずにまじないをこめたのに」

男の顔が初めて悔しそうになった。

「そう。ここが骸人形の大きな欠点だ。長持ちしないんだよ。どんなに術をこめようと、どんな素材を使おうと、ふた月ともたず、腐ってしまう。木乃伊《ミイラ》作りの技を学んで、腐らぬ肉体を作ろうとしたけれど、どうしてもだめだった。完全無欠に見えるのに、なんともお粗末な限りだよ」

ここで男の表情がふたたび変わった。今度は恍惚《こうこつ》とした、何かに酔いしれるような表情を浮かべたのだ。

「だが、あの御方であれば、人形を永遠に保つ方法もご存知じのはずだ。あの御方なれば、乾いた地に水を注ぐように、私に知識を注いでくださるだろう。惜しみなく、母親が赤子に乳を与えるように。そして、私はそれを余すことなく飲み干す。……その時は近づいている」

熱に浮かされたような目で、男はアイシャを見た。

「我が祖にして女神であるあの御方は、私の最愛の妻になるだろう。今はまだ眠っておられるが、いずれ私達は手を取り合い、多くの子供でこの世を満たすことになる。そう決まっているのだよ。女神に会いたくはないかい？　いいとも。会わせてあげる。あの御方もきっと、君の訪れを心から喜ばれるはずだ」

一緒に会いに行こうと、男は手を差し出してきた。

アイシャはその手を拒めなかった。すでに着付けは終わっており、逃げる道は見当たらなかったのだ。

19

アイシャが死繰り人《しくびと》に手を引かれ、最初の一歩を踏み出したのと同じ頃、黒の都の船着き場にナルマーンの軍船が到着した。

すでに迎えの輿《こし》が来ていた。輿といっても、実際のところは天蓋《てんがい》のついた銀色の檻《おり》だ。格子は太く、中からは決して抜け出せないようになっている。

タスランはそれに押しこめられ、第一層に運ばれることになった。

護衛と称し、あの将軍もついてきた。

都の往来を進みながら、将軍は何度も大声をあげた。

「道を開けよ！　血色の女郎蜘蛛《ぐも》の新たな花婿殿に道を開けよ！」

そのたびに、人々がタスランのほうを見た。黒の都の人々は静けさを愛する。だから、めったなことでは大きな声を出さず、腹を抱えて笑うこともない。だが、噂話が嫌いというわけでもない。ひそひそというささやきがさざ波のように広がり、憐れみや侮蔑《ぶべつ》の笑みがタスランに向けられた。

人を見る目ではなかった。生贄《いけにえ》用の家畜か何かを見る目だった。

ひどい屈辱だったが、タスランは黙って耐えた。アイシャを見つけなければならないのだ。ここで暴れるつもりはなかった。

やがて輿は市場を抜け、工房を抜け、第一層へとやってきた。

陰鬱《いんうつ》な黒い家々が立ち並び、異様に静まり返っているこの場では、さすがの将軍も声をはりあげることはできなかったようだ。黙って、一つの家の前まで進んだ。

そこには真紅の衣を艶やかにまとった血色の女郎蜘蛛が待っていた。

タスランは顔を背け、女を見ないようにしたが、女のまなざしが全身をなめあげるのを感じた。

将軍が女に話しかけた。

「ナナイア殿か?」

「はい。お元気になられてなによりでございますわ、サルジーン様。その新しい右手もすてきですこと」

「それもこれも、あなたが私の一命を取り止めてくれたからだ。感謝の気持ちをこめて、お望みの者を連れてきた。これなのだが、あなたのご所望の男に間違いないか?」

「ええ、間違いないですわ。ありがとう、勇ましい将軍様。こんなにも早く私の愛しい人を連れてきてくださって、本当に感謝いたしますわ。あなたの美しい王様にも、くれぐれもよろしくお伝えくださいな」

「我が王は必ず約束を果たす方だからな。ところで、婚礼はいつかな? できれば、ぜひ参列したいのだが」

「あら、参列などと言わず、いっそ、もう一人の花婿になってはくださりません？　あなたほどたくましい方は、私、見たことがありませんもの。一度に二人の夫と結ばれるなど、女としてこんな幸せはないですわ」

おや、おもしろいことになったなと、タスランは思わず前を見た。血色の女郎蜘蛛は将軍のたくましい胸板に触れようとしており、将軍はそうさせぬよう、じりじりとあとずさりをしているところだった。

「……申し訳ないが、この身はナルマーン王その人に捧げたもの。一生妻帯せずにお仕えすると、王に誓ったのだ。だから、女神のごときあなたにも、お渡しすることはできない」

「あら、そうつれないことをおっしゃらずに。あなたを見た時から、私は愛しく想っていたのですよ？　ねえ、まずは我が家にお入りになって。冷たい飲み物を用意しておりますの。それを飲みながら、ゆっくり今後のことを語らいませんこと？」

「……心惹かれる申し出だが、お断りせねばならない。じつは、王に至急都に戻れと命じられていたのを思い出した。役目を果たした以上、ぐずぐずはしていられないのだ。それでは失礼。お幸せにな」

将軍は返事を待たず、逃げるように去っていった。

彼が見えなくなったとたん、ナナイアは甘ったるい媚《こ》びた顔を消し去り、唇を歪《ゆが》めた。

「愚かな男。粗野で無礼で、死繰り人の贈り物などを喜んでくっつけて、自分がそれに振り回されていることにも気づいていない。誰があんなやつを愛しい夫のひとりに加えるものですか。私がほしいのは、本物の男だけよ。……あなた達、私の花婿様を家の中へ」

輿の運び手達は言われたとおり黒い磨き石でできた広間に、タスランの入った輿を運びこんだ。タスランは冷静を保ちながら、素早く周囲に目を走らせた。見たところ、ナナイアはすぐにタスランを木乃伊《ミイラ》にするつもりはないようだ。

部屋にはもてなしの支度がされていた。甘い香が漂い、目にも鮮やかな紫と金と赤の絨毯《じゅうたん》の上には、二人分のごちそうと酒の入った水差しが並べられている。あちこちに大輪の花も飾られていたが、それらの花弁は薄く削った紫水晶でできていた。

そして、ナナイアご自慢の十四人の夫達の姿は、その場になかった。

これならば逃げ出す機会があると、タスランは思った。

あの女が近づいてきたら、なんとか当て身を食らわせ、檻の鍵を奪えないだろうか。

だが、ナナイアは抜かりなかった。彼女は運び手達に命じて、タスランを輿から出させ、そのまま奇妙な椅子へと運ばせたのだ。

その椅子は背もたれが高く、肘掛けには獣の手をかたどった銀の枷《かせ》がついていた。二本の前脚にもだ。そこに座らされ、もがく間もなく枷をはめられた。

両肘と両足首に、がっちりと獣の爪が食いこんだ。痛くないよう、爪の先は削って丸くしてあったが、無理に暴れれば骨が砕けてしまいそうだ。

まったく身動きがとれないことに、タスランはほぞを噛《か》んだ。この勝負、最初の一手はナナイアの勝ちだ。

獲物を完全に手に入れたあと、ナナイアは褒美の金を男達に渡し、出ていくように言った。

そうして、部屋にはタスランと血色の女郎蜘蛛だけとなった。

二人きりとなり、タスランの体は自然とこわばった。目の前にいるのはあまりにも危険な女だ。次に何をしでかすか、まるで予想がつかない。

警戒するタスランに、ナナイアは申し訳なさそうにわびた。

「ごめんなさいね。そんな椅子に座らされて、さぞ不愉快でしょう。でも、あなたはとてもすばしこくて、強い人だから。また逃げられてしまったら、私、涙で溺れてしまうわ」

ああタスランと、ナナイアはしなだれかかってきた。

「愛しいあなた。寂しかったわ。ほんとに寂しかったのよ。私から逃げたりするなんて、ひどい人。でも、もう恨み言は言わないわね。あなたはこうして、戻ってきてくれたのだもの」

にっこりと愛情をこめて笑いかけてくる女は美しかった。だが、タスランの心に響くものは何もない。むしろ、喉元に刃を押しつけられたような不快感が背筋を駆けあがっていく。

自分を木乃伊にする気満々の女なのだから、当然なのだが、それでなくても彼女にはひどい嫌悪を感じるのだ。

彼女の正体を知る前、初めて目と目が合った瞬間から、タスランはナナイアを忌《い》まわしく思ったのだ。

近づいてはならない。決して触れ合ってはならない。

そう直感した相手に、頬や胸、切られた右手首の断面を撫でさすられるのは、苦痛以外の何物でもなかった。

だが、ナナイアにはそれがわからないようだ。愛撫を続けながら、熱心にささやき続ける。

「こんなふうに誰かを愛したことはないの。あなたに会えない間、一日一日が地獄のように苦しかったわ。……かわいそうに。右手を失ってしまったのね。美しい手だったのに。大丈夫よ。私が白銀の手を作ってあげる。きっと前の手と同じくらいあなたになじむでしょう」

「ナナイア……頼む」

「ん？　なあに？」

「やめてくれ。頼むから。……これから……俺をどうするつもりだ？」

「もちろん、婚礼をあげるのよ」

ナナイアははしゃいだ声で答えた。

「私達は夫婦になるの。ああ、怖がらないで。あなたが思っているようなことはしない。本当の婚礼、本物の夫婦よ。そうそう。この前、ザンパの商人がすばらしい反物《たんもの》を持ってきてくれたの。ちょっと待っててね」

ナナイアは小走りで別の部屋に行き、すぐにまた戻ってきた。その腕には、水のような光沢のある真紅の反物が抱えられていた。

はらりと、ナナイアはその布をタスランに投げかけた。

「ああ、やっぱり！　赤はあなたに似合うわ！　私と同じね。シアの都一のお針子を呼んで、これをすばらしい婚礼衣装に仕立て上げさせましょうね。金と銀と紫の糸でふんだんに刺繍《ししゅう》をほどこさせて。あと金細工師も呼んで、あなたにふさわしい飾り物をこしらえさせなきゃ」

「……どうせ木乃伊にするのだろう？　そんな無駄をなぜする？」

「あなたったら、話を聞いていないの？　私は本物の夫婦になりたいと言ったでしょう？　私、あなたの子が産みたいの」

ねえ、いいでしょうと、胸をさすられ、タスランは吐き気がした。だが、このままでは埒《らち》が明かない。

全身にありったけの力をこめ、タスランは初めてナナイアの目をまっすぐ見返した。

「あんたを愛すと誓う」

タスランは声をしぼり出していった。

「あんたの夫となり、子ができるよう努力する。あんたの言葉には従うし、どんなことでもやる。だが、今だけは俺を自由にしてくれ」

「え？」

助けたい子がいるのだと、タスランは打ち明けた。

「名はアイシャ。たぶん、この都にいるはずだ。その子を助けたい。歳の頃は十二か十三。小柄で痩せていて、こげ茶の肌に黒い髪、目は大きくて茶色だ。何か知らないか？　噂を聞いたりしていないか？　知っていたら教えてくれ」

「……その子を助けたいの？」

「そうだ。そのためならどんなことでもする。アイシャを救い出せたら、俺はあんたのものになる。あんただけを見つめ、尽くすと約束する。だから、今は俺を解き放ってくれ」

懇願するタスランから、ナナイアは飛び離れた。激しく身をのけぞらせ、怪鳥のような金切り声でわめきだした。

「だめだめだめ！　なんでよ！　なんで他の女の名前なんか、口に出すの！　しかも、そんな愛しそうに言うなんて！　せっかくの麗《うるわ》しいひと時をだいなしにするなんて！　何を考えているのよ、馬鹿！」

美しい髪をかきむしりながら、ナナイアは荒々しく部屋の中を歩き回り、料理を踏みつぶし、積み重ねたクッションを蹴り飛ばし、紫水晶の花をつかみとっては床に叩きつけた。

幼い子供のような癇癪《かんしゃく》は、だが、すぐにおさまった。

くるりと、ナナイアが振り返った。唇には笑みがあり、目が燃えていた。

「……いいわ。そのかわり、私の口づけを受けて。約束の証に、私にキスして」

やむを得まいと、タスランはうなずいた。

「わかった」

「ふふ、ふふふ」

嬉しそうに含み笑いをもらしながら、ナナイアはするすると近づき、タスランの首に両腕をからませた。唇を押し当てられた瞬間、タスランは目を閉じた。

それは情熱的な口づけだった。ナナイアの舌は蛇のようにうごめき、こちらの唇をこじ開け、口の中にぬるりと入ってきた。

彼女は俺の味をみている。

ぞわぞわと悪寒が全身に走ったが、タスランはそれでも耐えた。ほしいのは、アイシャを助け出す時間だ。そのひと時を稼ぐためなら、喜んでこの女の犬になり、投げ与えられる骨をくわえてやろう。

存分タスランを味わったあと、ようやく女は離れた。

だが、異変はすぐに起こった。

タスランがまず感じたのは、ちりちりとした小さな痺《しび》れだった。それは舌の上に弾けたかと思うと、見る間に全身に広がっていったのだ。

「ナ、ナナイ……」

目を瞠《みは》るタスランに、ナナイアは微笑《ほほえ》んできた。それは血色の女郎蜘蛛の笑みだった。

「自分を愛している女の前で、他の女のことを愛しそうに語るものではないわ。嫉妬は憎しみよりも危険なのよ、タスラン。ああ、心配しないで。その痺れはすぐにとれるわ。でも、その前にこれを飲んでもらわなくちゃ」

豊かな胸の谷間から、ナナイアは小さな瓶をつまみ出した。透き通った水晶でできており、中には溶かした金を思わせる重たげな液体が詰められていた。

「南方から取り寄せた秘薬よ。どんなに枯れた老人でさえ、この薬を一口飲めば、獣のように女に飢える。若い男が飲めばどうなるか、それは言わずともわかるでしょう？　あなたは私のことしか考えられなくなる。私をむさぼることしかできなくなる。アイシャなんて小娘のことは忘れ果ててね。さあ、これを飲んで、私に子供を授けて、タスラン。あなたの子がほしいの」

ぐんぐんと近づく小瓶を、タスランはなすすべもなく見つめていた。花の蜜を煮詰めたような濃厚で蠱惑的《こわくてき》な香りが、早くも鼻に届いている。

これを飲んだら、アイシャを忘れてしまう。肉欲に溺れる獣になりはててしまう。

だが、こうも全身が痺れてしまっては、吐き出すこともできまい。やめろと叫びたくとも、口はおろか、舌さえぴくりともしないのだから。

じっとりと冷や汗をしたたらせている男の口を、血色の女郎蜘蛛は指でこじ開けた。そうして笑いながら、小瓶を逆さにして、中身をタスランの口へと注ごうとした。

純白の隼《はやぶさ》が飛びこんできたのは、まさにその時だった。

白い稲妻《いなずま》のように、隼はナナイアの横をかすめた。その羽ばたきの勢いに驚き、ナナイアはよろめいた。

「な、なんなの！」

白隼を目で追うナナイアの頭の上に、黒い何かが飛び降りてきた。それはナナイアの首のうしろに小さな刃物を容赦なく打ちこんだ。

声をあげることもなく、ナナイアはのめりこむようにして床に倒れ伏した。

びくびくと痙攣《けいれん》する豊満な肉体から、黒いものが離れた。

タスランは我が目を疑った。ナナイアに盛られた薬のせいで、幻覚を見ているのかと思った。

そこにいたのは猿小人だった。その背中には例によってイルミンがはりついている。

二人はすぐにタスランの枷をはずしてくれたが、タスランが動けるようになるには、しばらくかかった。ようやく口の痺れがとれ始め、タスランはもごもごと言った。

「おまえ達、去ったのではなかったのか？」

「なにさ、その言いぐさは？」

すぐにイルミンが甲高く嚙みついてきた。

「文句でもあるの？　せっかく助けてあげたのに」

「いや、感謝している。とても感謝しているとも。だが……来てくれるとは思っていなかったから」

どうしてだと見つめられ、猿小人とイルミンは居心地悪そうに身じろぎした。

＊

その時、イルミンは猛烈に腹を立てていた。

臆病さを隠れ蓑にするのは、感心しないな。

何度思い出しても、この言葉ははらわたを煮え繰り返らせた。あんなことを言う資格は、タスランにはない。

あの男はさらわれたアイシャと同じ人間だ。同族だから、助けようとするのも当たり前だ。でも、自分にはそんな義理はない。昨日顔を合わせたばかりの相手のために、どうして危険を冒《おか》さなくてはいけない？

もちろん、そんな必要はない。自分には、白の王に会うという崇高な目的があるのだ。アイシャがさらわれたのは気の毒だけど、助けには行けない。そんなことはできない。第一、自分などが一緒に行ったたって、何もできないだろう。

そう、何もできない。

ずきりと、胸が痛んだ。

うらやましいのだろう?

タスランのもう一つの言葉が胸をえぐりまわした。それは怒りではなく、恥ずかしさをかきたてた。

うらやましい? うらやましいって?

百回ほど心の中で自問したあとで、イルミンは惨めな気持ちで認めた。

一緒に過ごしたのは一日半だけだが、それでもイルミンは彼らがどんな魂の持ち主かを正確に読み取っていた。

タスランは強く誠実で、アイシャは素直でのびやかだ。猿小人は信念を持って生きている。

この三人はそれぞれ輝きを放っている。それなのに、自分にはそれがない。

もっと魔力があれば違っていただろうと、イルミンはぐちぐちと思った。

強い力を持っていたら、こんな臆病にはならなかっただろう。この危機にも敢然と立ち向かい、アイシャを颯爽《さっそう》と助け出し、感謝と尊敬を勝ち取っていたに違いない。

だが、そんなことはできない。イルミンは弱いのだから。

タスランやアイシャが、自分のことをなんと思っているか、小さな魔族は敏感に感じ取っていた。猿小人はイルミンを大切に扱ってくれるが、それは彼が魔族だからだ。イルミン本人のことを好いているわけではないし、尊敬しているわけでもない。

情けないやつ。心底情けなくて、惨めなやつ。彼らの輝きに少しでも近づきたいと、本心では思っているくせに。

涙をこらえようと、イルミンは手にぎゅっと力を入れた。この時、自分を背負ってくれている猿小人が、ずっと前から黙りこくっていることに気づいた。

すでに隠れ里を出てから、かなりの時間が経っていた。日は暮れ、空には星がまたたいている。なのに、猿小人は休むこともなく、とぼとぼとした力ない足取りで谷間を歩き続けている。

沈黙に耐えられなくなり、イルミンは声をかけた。

「どうして一緒に行かなかったの？」

ぎくりと、猿小人が体をこわばらせるのが伝わってきた。

「…………」

「アイシャには恩があって、それを返さなきゃいけないって、言っていたよね？　恩返しするなら、さっきのが絶好の機会だったんじゃない？」

そのまま猿小人はのろのろと三歩ほど進んだが、ついには立ちどまり、重たい息をついた。

「……場所が、問題なのです。我ら猿小人は、あの呪われた地には決して近づいてはならない」

「アイシャが連れていかれたっていう、黒の都のこと？」

「はい。……我々の先祖は、あの地で地獄を味わいました。都の下にはいまだ魔物が息づいている。そう伝わっています。そやつは猿小人の成し遂げたことを忘れてはおらず、我々もまた、そやつの仕打ちを忘れてはいない」

だから行くわけにはいかないのだと、猿小人は苦しげにつぶやいた。

これ以上は何も言うべきではない。つつけばつつくほど、猿小人の誇りを傷つけることになる。そうわかっているにもかかわらず、イルミンは、どういうわけか責めるように言ってしまったのだ。

「でも、あの子に恩返しをしなきゃいけないんだよね？　命の借りを返すのが掟なんだよね？　それを破っていいの？　猿小人は信念と誇りに生きているんじゃなかったの？」

これは猿小人の苦悩を貫《つらぬ》いたようだった。

猿小人は大きく唸ると、イルミンを背から下ろした。そして、その前にひざまずいたのだ。

「お願いがあります」

猿小人の声は血を吐くように重かった。

「私の意思では、あの都に行くことはできません。決して決して、できないことなのです。だから、命じてください。あの子を助けに、黒の都に行けと」

その言葉があれば動ける。その言葉があれば助けに行ける。

だからお願いだと、猿小人は懇願した。

その願いを、イルミンはこれまたなぜか受け入れてしまったのだ。

そのあとは早かった。

猿小人はふたたびイルミンを背負い、それまでの重い足取りが嘘のような身軽さで、隠れ里に駆け戻った。タスランはすでに発っており、彼に付き添った男達がちょうど戻ってきたところだった。

彼らの話から、タスランが無事にナルマーンの軍船に乗ったとわかり、イルミンは杖達に助けを求めた。

そうして人の魂を宿した白隼に乗り、ナルマーンの船を追うことになったのだ。

当初は、青牙《せいが》山脈を越えたあたりで船に乗りこみ、タスランを脱走させるつもりだった。だが、猿小人が「この船は黒の都に向かっているようだ」と気づいた。

ならば、都までタスランを運んでもらおう。助け出すのはそれからでいい。

イルミン達を乗せた白隼は、つかず離れず、翼船《つばさぶね》を追っていった。

イルミンにとって、隼に乗っての飛行は悪夢そのものだった。白い翼の上で風をじかに身に受け、はるか下の大地を見下ろす。その恐怖に悲鳴を止めることができず、ひたすら猿小人の背中にしがみついていた。

飛んでいる間は地上に戻ることしか頭に浮かばなかった。休憩のために地上に降りるたびに、もう二度と飛びたくないと癇癪《かんしゃく》を起こした。が、結局は白隼に乗せられた。猿小人も、今回だけはイルミンのわがままを聞き入れなかったのだ。

「一度決めたことなのですから」

優しくなだめつつ、自分を白隼へと運ぶ猿小人を、イルミンは心から恨み、こうなってしまったことを何度も泣いて後悔した。

猿小人に命令なんかするんじゃなかった。「だめだ」と言うべきだった。なんで「黒の都に行ってアイシャを助けてやって」などと言ってしまったんだろう？　あの時、珍しくも勇気を出してしまったからだ。ここで猿小人の願いを叶えれば、彼らのようになれる気がして、ついうっかり承知してしまった。

馬鹿げていた、間違いだったと悔やんだが、もう手遅れだった。

短いようで果てしなく長い追跡の旅は、五日後にようやく終わりを迎えた。黒の都が見えてきたのだ。

なぜ猿小人がこの都を恐れ忌み嫌うのか、イルミンはやっと理解した。

ここは本当によくない場所だ。見ているだけで、冷たい大きな手が自分をつかみあげるような圧迫感を感じる。

「さっさとタスランを助けて、アイシャを見つけて、逃げよう」

がたがたと震えている猿小人に、イルミンはささやいた。

見つからないよう、白隼はいったん都のはるか高みにまで上昇し、そこをゆるやかに旋回しながら下の様子をうかがった。

ナルマーンの軍船が黒の都の船着き場につき、中からタスランが引き出され、銀色の輿に放りこまれるのが見えた。輿はゆっくりと進みだした。どうやら都の一番上のほうへと向かっているようだ。

イルミンは、輿の横にいる男がどうにも気に入らなかった。ちらっと見えただけだが、タスランを蹴りつけるように輿に押しこんでいた。それにあの手。なんだかひどく禍々《まがまが》しい。

「あいつ、あの背の高いやつ。あいつがそばにいる間は、近づいちゃだめだ」

イルミンの警告に、猿小人と白隼は無言でうなずいた。

イルミン達はそのまま偵察を続け、タスランが頂上近くの家に連れこまれるのを見届けた。しばらくすると、輿を運んでいた男達がわらわらと家から出てきた。

その中にタスランの姿はなかった。あの家の中に取り残されているとみて、間違いないだろう。

白隼は音もなく下降していき、運よく開いていた高窓より中に忍びこんだ。

黒い石の部屋の中に、タスランがいた。奇妙な椅子に座らされ、身動きがとれなくなっている。

その彼に、なまめかしくも毒々しい女が近づいていた。その手には小瓶を持っており、ちらちらと光る金色のものが中で揺れている。

毒だと、イルミンは思った。

「彼を助けて!」

思わず小さく叫んでいた。

その言葉に、弾けるように白隼が飛び出していったのだ。

＊

むっつりと黙りこんでいるイルミンに、タスランは声をかけた。

「おい、イルミン。どうした？」

「ん？　なんでもないよ。ちょっと色々思い出してただけ。……ここまで来るまで、ほんと大変だったんだから。嫌がる猿小人を説得して、杖達に頼みこんで白隼を出してもらって。猿小人は飛んでいる間中、怖がって叫ぶし。ぼくが言ってきかせなかったら、どうなってたことか。ほんと、何千回お礼を言ってもらってもいいくらいだよ」

イルミンの言いぐさに、タスランは笑いを噛み殺した。猿小人が珍しく魔族を睨んだところを見ると、どうやらこの話には嘘が盛りこまれているらしい。だが、そこにはあえて触れないことにした。

「とにかく助かった。本当にいい時に来てくれた。おまえ達が来てくれなかったら、俺はどうなっていたかわからん」

「え、そう？　そうなの？」

「そうだ。命の恩人だ。感謝する」

イルミンが嬉しそうに笑った。猿小人ですら、青い覆面の向こうで目を細めた。

だが、和《なご》やかな空気は、タスランが伸びをしたところで消し飛んだ。タスランの体にかかっていた真紅の反物が落ち、二人はようやく、タスランの右手がないことに気づいたのだ。

「あんた、手が……」

「ああ。ちょっとしくじった。だが、なんとかなる。左手も器用なんでな」

「無茶だよ。それじゃ剣や刀は持てないじゃないか」

「短刀くらいなら難なく使える。使い方によっては、短刀も刀と同じくらいの威力を持つぞ」

タスランは部屋のあちこちを探り、木乃伊作りに使われるとおぼしき鋭利な刃物を何本も見つけた。

それらを腰帯に差しこんでいた時、白隼がもう一羽、部屋に飛びこんできた。

イルミンがびっくりしたように叫んだ。

「あれ？　まだいたの？」

「ああ。俺が杖達に頼んでおいたのだ。俺より先に黒の都に行って、アイシャの居場所を見つけておいてくれと。どうやら見つけてくれたようだな」

やってきた白隼はひどく疲れているようだった。羽はところどころ毛羽立ち、目も濁《にご》りだしている。この隼に宿っている魂は、もう限界に近づいているのだろう。

だが、それはイルミン達を運んできた白隼も同じだ。こちらも、目が濁りつつある。

魂渡《たまわた》りは消耗すると、杖達が言っていたのをタスランは思い出した。

「無理をさせてすまないな。アイシャの居場所を教えたら、里に戻ってくれ。あとのことは俺達でなんとかするから」

優しく言葉をかけると、白隼達は一声鳴き返し、翼を広げた。

この時、足元からか細い声が立ちのぼってきた。

「やめてよ。行かないでよ。一人に、しないで。わ、私に背を向けないで。嫌よ。一人は嫌なの。

いやいや」

驚いたことに、血色の女郎蜘蛛はまだ生きていた。猿小人は、急所を狙い損ねたらしい。だが、それも虫の息だ。あとわずかで命の糸は切れると、タスランは見て取った。

もう目も見えていないのだろう。それでもナナイアは視線をさ迷わせ、必死でタスランを捉えようとしていた。血の気の引いたその顔は、もはや毒婦には見えなかった。暗闇と孤独を恐れる幼い少女に見えた。

だから、タスランは膝をつき、恐怖とおぞましさしか感じなかった女を、できるかぎりの優しさをこめて抱きしめてやった。

「大丈夫だ。そばにいる。そばにいるから」

「ほ、ほんとに?」

「ああ。大丈夫だから。目を閉じて、眠っていいんだ。ゆっくりお休み、ナナイア。……愛している」

愛していると、タスランは繰り返しささやいた。

ナナイアの顔に嬉しそうな笑みが浮かんだ。その直後、女の体は一度だけ震え、そして二度と動かなくなった。

笑みを湛《たた》えたままのナナイアを床に横たえてやるタスランに、イルミンは心底不思議そうに尋ねた。

「なんでそんなことしてやったの? 愛してるなんて、嘘なんでしょ? なんで嘘なんかついたのさ？」

「わからない。ただ……そうしてやるのが正しいように思えたのでな」

「そう。……あんた、優しいね」

うらやましげな声に、タスランは言い返した。

「おまえだって負けないほど優しいぞ。こうして俺を助けに来てくれたじゃないか」

イルミンの目が大きく見開かれ、その黒い瞳の奥で小さな光が散った。

なにやら生まれ変わったかのような顔で、イルミンはタスランを見返してきた。

「……ぐずぐずしてていいの？　他の女の人に愛の言葉をささやいてて、助けるのが遅れたと知ったら、アイシャはなんて思うかな？」

「………」

やっぱりこの魔族はひねくれている。

タスランは唸ったものの、言い返さなかった。イルミンの言うとおりだ。これ以上、時間を無駄にはできない。

「案内してくれ！」

あの子のところへ行くのだと、タスランは立ちあがった。

20

死繰《しく》り人《びと》に手を引かれ、アイシャは塔の階段を下へ下へと下っていった。螺旋《らせん》状に巡らされた階段は長く、下るにつれて暗闇とかび臭さが強まっていく。

ようやく一番下にたどりついたが、そこで終わりではなかった。床の岩盤は砕かれ、掘り抜かれ、大きな穴ができていたのだ。

のぞきこむと、穴は深く、一直線に下に伸びているようだった。底はまったく見えず、漆黒《しっこく》の闇が煮詰められたのりのように満ちている。その闇からはうっすらと悪臭がした。

思わずあとずさりするアイシャに、死繰り人はにこやかに微笑《ほほえ》みかけてきた。

「ここから先はニオクが降ろしてくれるよ」

「ニオク？」

暗闇に隠れていた異形《いぎょう》が、ぬっと姿を現した。

一見すると、青にび色の肌を持つたくましい青年に見えた。が、下半身は丸く醜く膨れあがった蜘蛛《くも》の胴体で、骨と皮を継ぎ合わせたような長い人間の腕が十本もはえている。

がしゃがしゃと、その腕を使って這いよってきた異形は、死繰り人とアイシャを抱きあげた。

赤子を抱きあげるような優しさだったが、その腕は冷たく、じっとりと腐臭がした。

こわばった顔をするアイシャに、死繰り人は苦笑いをしてみせた。

「この子もそろそろ限界かな。日の当たらないここが持ち場だから、これでもだいぶもったんだがね。ま、あと二回か三回の往復ならできるだろう。心配しなくていいよ」

何をと聞き返す前に、異形はアイシャ達を抱いたまま、地下の穴へと近づいた。そうして、ひらりと身を躍らせたのだ。

落ちると思ったのは一瞬で、すぐにゆるやかに降りていっているのだとわかった。

いつの間にか、異形は蜘蛛の尻の先から太くしなやかな糸を伸ばしていた。それを伝って、するすると身を降ろしていく。まったく左右に揺れることのない、安定した下降だった。

だが、アイシャは息をするのも苦しかった。

目をこらしても、何も見えない。べっとりとした暗闇が全てだ。肌に感じるのは異形の冷たい体と、生温かい空気。耳に聞こえるのは、隣にいる死繰り人の呼吸の音だけだ。

と、足元のほうに、明かりが見えてきた。

最初はごく小さな赤い点にすぎず、はるか下にあるのだとわかった。それでも、やっと見えた明かりを、アイシャは食い入るように見つめた。

火、の明かりだろうか。とても赤い。まるで紅玉《ルビー》のようだ。それに、明かりに近づけば近づくほど、空気が温かくなっていった。悪臭も強くなる。

興奮したかのように、死繰り人の呼吸が早くなり始めた。

「もうすぐだよ。もうすぐあのお方に会えるのだよ」

死繰り人がささやいてきた時には、明かりはすでに間近に迫っていた。アイシャはそれが穴の出口だと気づいた。その先で何が起きているのか、とにかく出口の向こうは真っ赤に光っている。入ったら、自分の体が燃え尽きてしまう気がして、アイシャは悲鳴をあげてもがいた。だが、抵抗もむなしく、出口をくぐることとなった。

穴から出てみると、そこは丸く掘り抜かれた空洞となっていた。大きな屋敷が丸ごと入ってしまうような広さと高さがある。そして赤い光と不快な蒸し暑さに満ちていた。その光と熱がどこから来るのか、アイシャはわからなかった。

だが、虫に似せて作られた何匹もの異形が、忙しく壁を這い回っているのは見えた。彼らは壁中にある灰色の繭玉《まゆだま》のようなものの間を巡り、繭玉を撫でまわしたり、顔を近づけて噛《か》んだりしている。

「うぐっ！」

アイシャの口からつぶれた声が漏れた。

繭玉などではなかった。人だ。灰色の粘液のようなもので包まれた人々が、壁にはりつけられているのだ。

百人以上いるだろうか。男に女、老人に子供。同族と思える人達もいれば、珍しい肌や髪の色をした人もちらほらとまじっている。

みんな目を閉じ、眠っている。だが、その顔はすでに死んでいるようにアイシャには思えた。

思わず死繰り人を見ると、彼は優しく微笑んでいた。そして、アイシャの疑問に答えてくれた。

「ナルマーン王と取引して、集めてもらったのだよ。どうしても新鮮な生き血が大量に必要だったからね。この人達と引き換えに、あの王は強力な百体の屍人形を手に入れた。もっとも、私が見たところ、あの王はあれらを使えこなせそうにないがね。やれるとしたら、将軍のほうだろう。ふふふ。私が与えた手が、彼を破壊の道に導くはずだ」

「……人さらい」

「私は頼んだだけだよ。それに、いっさいの苦痛は与えていないよ。ほら、あれをごらん」

死繰り人が指差した先を、アイシャは見た。

壁にはりつけられた女の一人が、目覚めかけていた。小さく唸りながら、まぶたをこじ開けようとがんばっている。

だが、すぐに一匹の異形が駆け寄り、女の喉に細い牙を打ちこんだ。女はたちまち深い眠りへと引き戻され、ふたたび動かなくなった。

「ね？　ああして、目覚めそうになる人には、眠りの毒を入れてあげるのだよ。そうすれば、またいい夢の中に戻れるからね。私は、あの人達を苦しめたいとは微塵《みじん》も思っていないのだよ。ほら、もうちょっと見てごらん」

毒牙をふるった異形は、まだ同じところにとどまっていた。と、サソリのような透明な尾をくいっとしならせ、女を閉じこめている繭のようなものに突き刺したではないか。

尾の中に赤い液体がたまりだした。血を抜いているのだ。

女の顔色がみるみる青ざめていくのを見て、アイシャはまたしても悲鳴をあげそうになった。

だが、十分な血がたまると、異形は尾を引き抜いた。それからまるで褒美を与えるかのように、あの女の口に深く口づけしたのだ。

異形の管のような喉がぐぶりぐぶりとうごめくのを見て、アイシャはぎょっとした。

何かを、女に飲ませている。

「な、何をしてるの？」

「餌だよ。生き物は食べないと死んでしまうから。この人達は生きていてこそ価値がある」

アイシャは唐突に理解した。

ここにいる異形達は皆、世話係なのだ。

ああ、彼らはなんとまめまめしく生贄《いけにえ》の世話をしていることか。口移しで食事を与え、体を清潔に保ち、目覚めそうになる人の喉には毒牙を打ちこみ、また眠らせる。そして、死なない程度に血を抜く。

だが、なんのために？

恐怖のあまり、体ばかりか、頭も鈍りだしてきていた。

アイシャはぼんやりと、血を抜いた異形の動きを目で追った。

異形は壁を伝い、下へと向かいだしていた。同じように血を尾にためた他の異形達も、やはり下へと下りていく。彼らの動きに合わせ、アイシャ達を抱えた異形もゆっくりと糸を伸ばしていった。

アイシャは、底に何かあることに気づいた。大きくて、長細いものだ。箱だった。青銅でできていて、とても古そうなのに、いまだにつややかだ。

青にび色の箱の中は、血で満たされていた。あと少ししたら、縁からあふれそうなほどだ。だが、まだ足りぬとばかりに、異形達は生贄から抜き取ったばかりの血をどんどん注ぎ入れていく。

あんなにたくさんの血が捕らわれた人達から奪われたのだと、アイシャはまたも激しい恐怖を感じ、それを感じまいと、必死で頭を空っぽにしようとした。だが、今度はうまくいかなかった。死繰り人がアイシャの腕をつかんできたからだ。

いまや死繰り人の目はぎらぎらと輝きだしていた。

「ごらん！　やっとだ。やっとあそこまで血が集まった！　これであの御方はよみがえる。血の中で生まれ直すのだよ！　ああ、じつに愉快だね。その昔、謀反を起こした猿小人どもがこの箱の使い道を知っていたら、彼女を決してここに閉じこめはしなかっただろう。箱そのものを破壊しておいただろう。だが、彼らはそれを知らなかった。これは子宮だ。あの御方の骸《むくろ》を溶かし、新たな肉体を持たせ、生まれさせるもの。聖なる子宮なのだよ！」

アイシャは、死繰り人が正気を失ったのだと思った。彼が言っていることはまるで理解できなかった。

だが、これだけはわかった。血で満たされた巨大な箱は、とても重要なものなのだ。そしておそらく、とても危険なものでもある。

ニオクと呼ばれた異形は、死繰り人とアイシャを岩壁から突き出た露台のような場所に降ろした。そこからだと、下にある青銅の箱を間近に見下ろすことができた。

地に足をつけたあとも、死繰り人はべらべらとしゃべり続けていた。声にも顔にも熱はこもる一方で、いまや顔中に汗がふきでて、光っていた。

「あの箱の中で息絶えた者の魂は、箱の中に閉じこめられる。保存されるのだよ。失われることも損なわれることもない。そして、箱は壊れた体を修復させる。生き血と古い魔法がそれをなすのだ。さあ、いよいよだ。見ててごらん。一部始終を、おまえには見せてあげるから。おまえ達、蓋を！」

死繰り人の命令に、全ての異形がそれまでの作業を切りあげ、従った。

だが、異形達が力を合わせても、蓋を箱にかぶせるのには時間がかかった。蓋もまた青銅造りで、宮殿の扉に使えそうなほど厚さがあるものだったからだ。

じりじりと蓋が運ばれている間に、アイシャは箱や蓋にほどこされた装飾の数々をじっくり見ることができた。精緻《せいち》な魔獣の彫刻やおぞましい地獄絵図の意匠には、目を奪われた。

その一方で、水面下で魚の群れが暴れているかのように、心が波立っていた。

これは序の口だ。今にもっと恐ろしいことが起きる。逃げろ。逃げるんだ。

ついに、蓋が箱にはめこまれた。がちんという重たい音が空気を震わせ、アイシャの体にも伝わってきた。

その衝撃に、ぴくっと、まず右手の小指が動いた。そこから水が巡るように、全身に自由が広がった。

アイシャは夢から覚めたかのように、突然、自分の魂が体に戻るのを感じた。

そっと死繰り人をうかがえば、彼は他のことなど目に入らぬかのように箱を見つめている。むさぼるようなとは、こういうまなざしを言うのだろう。口は小刻みに動き、何かを高速で唱えている。

アイシャは今度は壁を見た。地上へとつながる天井の穴まで、かなりの高さだ。しかも、その先は真の暗闇を登らなければならない。

だが、できないことはない。〝灰の雛《ひな》〟であった頃の自信と感覚をよみがえらせれば、きっと逃げきれる。異形どもはあの箱にかかりきりだ。逃げ出すなら、今しかない。

できる。きっとできる。

そろりと、アイシャは後ろに下がった。一歩、また一歩と、死繰り人から離れ、壁へと近づく。背中に岩を感じた時は、思わず大きく息を吐き出しそうになった。

壁に背中を預け、アイシャは手で岩肌を探った。固い岩肌に触れると、不思議なほど力と落ち着きがわきあがってきた。

いい岩だ。滑りにくく、適度にごつごつとしていて、手がかりや足がかりには困らない。

ますます力が湧いてきた。

もう一度死繰り人を見てから、アイシャは岩壁を登り始めた。腕を伸ばし、指のすみずみまで感覚を研ぎすませて岩をつかみ、体をぐいぐいと引きあげる。

これならいける。

目を輝かせながら、壁にはりついた繭玉の間を抜けていこうとした時だ。

「う、ふう、あ……」

ふいに、横にあった繭玉の中から、苦しそうなうめき声があがった。中に閉じこめられているのは、アイシャとそう変わらない年頃の子供で、その子はいきなり目をぱちりと開いたのだ。

恐怖に満ちたまなざしが、アイシャをまっこうから射貫いた。

突然のことに、心臓が跳ねあがり、アイシャは身をのけぞらせてしまった。その拍子に、足がずりっと滑るのを感じた。

慌てて壁にしがみつこうとしたが、遅かった。

激しい勢いで、アイシャは岩壁を滑り落ちていった。底についた時には、体のあちこちをひどくすりむいていた。手のひらも膝も赤剝けになり、指の爪も三枚剝がれている。

痛みにうめくアイシャに、死繰り人があきれたように歩み寄ってきた。

「悪い子だ。逃げようとするなんて、とても悪い小鳥だね」

「う、うう……」

「おとなしくしているなら、もう少し後回しにしてやろうと思っていたんだが……しかたないね。おまえのほうを先にすませてしまおうか」

アイシャの前にかがみこんできた男の顔は、あいかわらず優しく笑みを湛《たた》えていた。

「どうしてここに連れてきたか、まだわけを言っていなかったね。もちろん、生き血を取るためじゃない。おまえは特別だよ。他の人間とは桁《けた》外れの価値を持つ。どうしてかわかるかな？」

アイシャは無意識に胸に手をやっていた。そこにあるものを守るために。

「そうだ。それだよ。流浪の巫女《みこ》よ。おまえ達のことは、古文書や伝説にしばしば出てきた。涙にて人々を癒やし、生きている限り旅を続ける巫女。その胸には必ず、たぐいまれな緑の宝石が輝いていたという」

「………」

「あの御方も、その宝石には目をつけていた。彼女が記した書物の断片に書いてあった。その紙を、私は非常な困難の末に手に入れたのだが、まあ、そのことは今はどうでもいい。それによると、一度は流浪の巫女を捕らえ、宝石を抜き取ろうとしたそうだ。だが、あと一歩のところで、どこからともなく飛んできた白隼《はやぶさ》が宝石を持ち去ってしまったという。あれほどの悔しさを味わうのは、王子が出奔《しゅっぽん》した時以来だと書いてあったね。……あの御方がそれほど悔しがったのには、むろん訳がある」

死繰り人は青銅の箱を指差した。箱にはふたたび異形どもが群がり、先ほどはめたばかりの蓋をはずしにかかっていた。

「あの聖なる子宮には欠点があるのだよ。箱の中でよみがえった者は、常に血の中に浸かっていなければならない。箱から出たとたん、たちまち体が干からび始めてしまうからだ。だからこそ、あの御方は流浪の巫女の宝石を求めた。あれは大地の力を集め、体に巡らせる。あれを身につけていれば、よみがえりを果たした者も、大地を踏みしめ、自由に歩くことができる。日の光の恩恵すらも受けられるのだ」

男の目がうっとりと潤んだ。

「あの御方ですら手に入れ損ねた至宝を、私が差し出したらどうなるだろう？　あの御方は私を認め、愛し、伴侶としてくださるはずだ。暗黒女帝イスルミアは復活し、私に玉座と闇の叡智《えいち》と愛を授ける。……それを受ける資格が私にはある！」

ばしっと、男は音が立つほど強く、自分の胸にこぶしを打ちつけた。その勢いに、顔面に噴き出ていた汗が、しぶきとなって飛び散った。

「なぜなら、私の中には、失われた王子の血が流れているからだ。私ほどイスルミアにふさわしい男はいない。……イスルミアは私を愛さずにはいられないだろう。かつて失った息子の末裔《まつえい》、しかも自分をよみがえらせ、さらに伝説の品まで差し出す男の求愛を、誰が断れようか」

「ひっ……」

「ああ、そうとも。流浪の巫女よ、おまえは我が妻へのなによりの贈り物となるのだよ」

死繰り人の長い指が、するりとアイシャの胸元に伸びてきた。だが、絶望にとりつかれたアイシャは、ふりはらうことすらできなかった。

階段を一段下りるごとに、助けが来てくれることを願った。異形に抱えられ、暗闇を降りていく中、奇跡が起きることを祈った。だが、やっとわかった。自分はもう助からないのだ。

もう何も見たくない。

そうして目を閉じたとたん、一人の男の姿が鮮やかに頭の中に浮かびあがった。

銀の髪をふりみだし、死人よりも青ざめた顔をした男が、こちらに駆け寄ってくる。アイシャと呼びかけてくるのが、耳の奥で聞こえた。
タスラン!
どどっと、ふたたび心臓が力強く脈打ちだした気がした。
彼が来てくれる。絶対に来てくれる。だから、あきらめてはだめだ。
目を開け、抗《あらが》おうとした時だ。
めりめりっと、何かを体から引き剝がされるのを感じた。

21

夕闇が刻々と濃くなる中、タスラン達はひそやかに動いていた。白隼《はやぶさ》のあとを追い、小走りに建物の陰から陰へと渡っていく。幸いにして、都の第一層は人気《ひとけ》がまるでなく、静まり返っており、彼らの行く手を阻むものも悪意を向けてくるものもいなかった。

やがて、白隼は一つの塔へとたどりついた。

「ここか」

その背の高い塔には入り口がなかった。人の背丈を十倍したほどの高さに、大きな露台がついた窓があるだけだ。

あそこから入るしかないと、タスランは腹をくくった。

猿小人もそう思ったのだろう。タスランが何も言わないうちに、荷から鉤《かぎ》のついた細縄を取り出し、ひゅっと投げたのだ。

鉤は、狙いたがわず露台の手すりにかかった。

イルミンを背中にくっつけたまま、猿小人はするすると縄を登っていった。タスランもあとに続こうとしたが、片手だけで細縄を登るのは難しく、激しく苦戦した。先に露台についた猿小人が縄を引っ張ってくれなければ、夜中までかかったかもしれない。

一方、タスランのような大男を引き上げるのは、膂力《りょりょく》のある猿小人でも大仕事だったようだ。タスランが露台の手すりを越えた時には、猿小人は荒い息をついていた。

同じほど息を荒くしながら、タスランは礼を言った。

「すまん。助かった」

猿小人の返事は、鋭い一瞥《いちべつ》だった。

そんな体で、この先何ができる？

そう言わんばかりのまなざしだったが、タスランもここでひるむわけにはいかなかった。息を整えながら部屋の中をうかがった。

部屋は暗く、誰もいないようだった。

と、イルミンがささやいてきた。

「アイシャの匂いがする。さっきまでここにいたんだ」

「確かか？」

「間違いないよ。ぼく、鼻はいいんだもの」

「そうか。それはありがたい。これから先も頼りにさせてもらうぞ」

タスランの力のこもった声に、イルミンは嬉しそうににやにやとした。

先に進む前に、タスランは二羽の白隼に向き直った。

「案内かたじけなかった。ここまでで十分だ。もう里に戻ってくれ」

白隼達は反論するかのように翼を広げかけたが、すぐに深くうなだれた。今の自分達ではたいした助けにならないと、悟ったのだろう。幸運を祈るかのように、タスランをじっと見つめて、それからよろよろと飛び立っていった。

タスランは仲間二人を振り返った。

「行こうか」

「うう、なんだか、やな感じがするなぁ。行きたくないなぁ」

早くも弱気なイルミンを無視し、タスランと猿小人は用心深く部屋の奥へと進んだ。そこに階段があった。時を無駄にしたくなかったので、タスランはイルミンに聞いた。

「どっちだ？」

「下だね」

「おまえがいてくれて、本当によかったぞ、イルミン」

「へへ。これからはイルミン様って呼んでほしいな」

「アイシャを無事に見つけられたら、いくらでもそう呼んでやる」

はやる心を必死に抑え、タスランは階段を下りていった。出くわすものは誰であれなんであれ、殴り倒すつもりだった。決して邪魔はさせない。

だが、結局誰にも出会うことなく、地下へとたどりついた。そこの床には大きな穴が深く深くうがたれていた。

「まさか……アイシャはこの穴を降りたのか？」

「そうみたい。匂いはこの下に向かってるもの」

イルミンは嫌そうに顔を歪《ゆが》めた。

「ぼく、暗いのは怖くない。でも、この闇は嫌いだな。すっごく嫌な感じだもん。なんか臭いし」

「そうだな。……この下に、何かいるな」

ざわりと、全員が悪寒を感じた。

それでもタスランは迷わなかった。この下にアイシャがいるなら、自分もそこに行かなければ。

穴には、一本の太い縄が垂らされていた。壁にしっかりととりつけられたそれは、灰色で少し光っており、絹のようになめらかで丈夫そうだった。これを伝わって降りるのだと、すぐにわかった。

だが、タスランが縄をつかんだとたん、イルミンがきいきいと声をはりあげた。

「ちょっと待ってよ！　まさか、それを伝っていくつもり？」

「そうだが？」

「冗談はよしてよ。さっきのこと、忘れたの？　塔をよじ登るのだって、さんざん苦労してたじゃないか。こっちの穴の深さは、さっきの何倍もありそうだって、見てわからないわけ？」

「あれは……登るのは難しいが、降りるのなら大丈夫だ」

「無茶だよ。第一、何が待ち構えているかもわからないんだよ？　何かあった時、綱を握っていたら、戦えないじゃないか。あんたの手は一つしかないんだから」

イルミンの言葉は正しかった。

あの将軍に右手を切り落とされなければ。

心の中で歯嚙《が》みしつつ、それでもタスランは強気で言い返した。

「何かに邪魔されることなく、底に行きつけるかもしれないぞ」

「あのねぇ……」

「とにかく、俺はここを降りる。手が一つだろうがなんだろうがな」

猿小人があきれたように鼻を鳴らした。

だが、イルミンは笑いもしなければ文句も言わなかった。妙に真剣な顔をして、タスランを見つめたのだ。

「……そんなにアイシャが大事?」

「ああ」

「なんで? 家族じゃないんでしょ? 血のつながりもないんでしょ?」

「大事だと思うことに、そんなものが必要か?」

いらいらしながら、タスランはイルミンを睨みつけた。

「ただ守りたいだけだ。あの子が泣いたり苦しんだりする姿を思い浮かべるだけで、全身が切り刻まれる気がする。……助けたいんだ」

助けたい。守りたい。今はそれしか考えられない。

そう繰り返すタスランを、イルミンはじっと見ていた。まぶしいものでも見るようなまなざしだった。

「……おい、イルミン？」

「ああ、もう！　しかたないなぁ」

盛大にため息をつきながら、イルミンは猿小人の背から下りて、タスランの前に立った。

「このままじゃタスランは役立たずのままだし、そうなると、ぼくにも危険がおよびそうだし。いいよ。あんたに力を貸してあげる」

「ん？　魔力で俺をここから降ろしてくれるのか？」

「そんな魔力がぼくにあるわけないでしょ？　……腕を出して。右腕のほう」

ぐずぐずしている暇はないのだがと思いつつ、タスランは黙って右腕を差し出した。その時のイルミンの声と言葉には、逆らいがたい何かがこもっていたからだ。

小さな魔族は、手を失ったタスランの右腕にそっと触れ、包帯を解き放った。まだ赤みのとれていない断面に、何かつぶやきながら頭をくっつける。

と、銀色の体が水のように揺らいだ。

次の瞬間、タスランは目が見えなくなった。立っていられず、思わずひざまずいた。

心に何かが重なってくるのを感じた。ひどく怯えているものだ。心臓がどくどくといっているのがわかる。誇りはあるのに、惨めな苦悩を抱えていて、痛々しい。

それが自分に影のように寄り添うのを感じ、タスランは暗闇に目をこらした。

「おまえなのか、イルミン？」

震える声で尋ねれば、同じように震える声が返ってきた。

「そうだよ。ぼくだよ」

「ど、どうなっている?」

「あんたの一部になるために、心をつなげた。今、ぼくはあんたの手だ。動かしてみて。できるはずだよ」

とたん、闇が消え、ふたたび視力が戻ってきた。

目をしばたたかせながら、タスランは右腕を見た。

手首から先に、新しい手がついていた。銀製の義手のように、つるりと光沢のある銀色で、白と黒の小さな宝石が無数に埋めこまれている。形は獅子《しし》のものを思わせた。指は太く、四本しかなく、それぞれの先に鉤爪がはえている。

あっけにとられながら、タスランはその銀の手を見つめていた。やがて、それが元の手のように自在に動かせることに気づいた。四本しかない指は器用に動き、こぶしを作ることも、何かを握ることもできた。これなら武器も持てるだろう。

だが、やはり自分の手という感じはない。左手で触れてみたが、右手は何も感じなかった。

思いどおりに動かせはするが、これは自分のものではない。

タスランの判断を裏付けるように、銀の手が小さな声を放ってきた。

「ただし、無茶はしないでよね。ぼくに怪我をさせたら、すぐにあんたから離れるから。わかった?」

「わかったわかった。……イルミン」

「なに？」

「感謝する」

「……」

イルミンは何も言わなかった。だが、小さな照れ笑いをタスランは心に感じた。

と、それまで壁際に控えていた猿小人が、進み出てきた。猿小人は赤い目をまっすぐタスランに向け、ぶっきらぼうに言った。

「そろそろ行こう」

初めて耳にする猿小人の声は、女のものだった。

タスランはしばらく絶句していた。猿小人が女だったこと、直接口をきいてくれたこと、どちらにより驚くべきか、わからなかったのだ。

やっとのことで聞き返した。

「く、口をきいてくれるのか？」

「今のおまえはイルミン様と一体化しているからな」

「……ありがたき幸せと思っておこう。……おまえ、名前は？」

「そこまでは教える気はない」

「そうか」

この分では素顔も見せてはくれまい。

タスランはあきらめ、今度こそ穴の底へと伸びている縄をつかんだ。

そのあと、タスランと猿小人は無言で暗闇の縦穴を滑りおりていった。

やがて、赤い光が見え、むっとするような温かさと悪臭に満ちた空間へと出た。

「なにこれ！　なんなのこれ！」

「静かに！　黙るんだ！」

「だって！　だ、だって、人が！　壁にくっついてるの、あれ全部、人でしょ！　ああ、こんなたくさん！」

怖さに泣き叫ぶイルミンを叱りつけながら、タスランは異様な空間に目を走らせた。

この人々の中に、アイシャがいるのだろうか。いたら、どうやって助ければいい？　どうやって？

この時、別の甲高い叫びが、タスランの頭の上から響いてきた。

叫んでいるのは、猿小人だった。縄にしがみついたまま、タスランにはわからない奇妙な言葉で叫んでいる。その声は純粋な恐怖に満ちていた。

猿小人の視線の先を、タスランはたどった。

地の底には、血で満たされた巨大な青銅の箱がすえられていた。中には二人の男女がいた。だが、不思議と目に入ってくるのは、女のほうだった。

まるで湯舟につかる貴婦人のごとく、血の中に腰まで浸かった裸の女。長い髪を伸ばした男を両腕で抱えこみ、顔を伏せて、がつがつと何かをむさぼっている。その胸元から緑の光がちらちらと漏れていた。

タスランははっとした。

あれは緑の琥珀《こはく》だ。まさか、あれはアイシャなのか？　いや、違う。アイシャはまだ少女だ。あれは成熟した女だ。ここからでも、まろやかな胸が見える。

それに髪の色も違う。アイシャの髪は黒いが、女の髪は黄金と同じ色をしている。そのうえ、長さも尋常ではなく、血の上に帯のように広がっている。

金色の女から目が離せず、タスランは唸った。見れば見るほど、動悸が激しくなり、苦しいほどになっていく。

誰だ、あれは？　何者だ？　どうして琥珀を？　アイシャをどうした？

百もの疑問がいっぺんに湧きあがってきた時、タスランはイルミンが息をのむのを感じた。

「タスラン、アイシャだ！　いたよ！　あそこ！　あの突き出た岩の上！」

イルミンの言葉に我に返り、タスランは慌てて目を女からもぎ離した。

アイシャがいた。小さな体が力なく横たわっているのを見て、タスランは全身の血が凍りつくのを感じた。

そんなそんな、まさか！

ほとんど落下するような速さで縄を滑りおり、倒れている少女へと駆け寄った。

抱き起こし、タスランはふたたび髪が逆立った。

アイシャはうつろな目を見開き、灰色の顔をしていた。その胸には小さな穴が開き、赤黒い血がまわりににじんでいる。

奪われた！　琥珀を奪われた！　だから、こうなってしまったのだ！

冷たくなり始めている小さな体を抱きしめながら、タスランはわめきだしていた。

「あの女、アイシャの琥珀を！　琥珀だ！　アイシャが！　取られた！　盗まれた！」

「黙って！　落ち着いて！」

「死ぬ！　ア、アイシャが死んでしまう！　と、取り戻さなくては！」

「だめだってば！　頼むから落ち着いてよ！」

錯乱《さくらん》して叫ぶタスランを、今度はイルミンが必死で制してきた。だが、タスランにその声は聞こえなかった。

あの女！

タスランは煮えたぎる目を、青銅の箱に向けた。

自分がいる岩の上からだと、箱の中にいる女の姿がよく見えた。いまだ顔を伏せ、何かを食べている。アイシャから琥珀を奪った女だ。取り戻さなくては。アイシャを助けるためには、どうしてもあの琥珀が必要だ。

そうわかっているのに、どういうわけか体が動かなかった。あの女に近づくなと、本能が叫んでいた。血色の女郎蜘蛛《ぐも》ナナイアに感じたものよりもはるかに強い嫌悪と恐怖が、大波のように襲いかかってくる。アイシャを傷つけられたという怒りすら、打ち消されてしまう。

魔物にすら感じたことのない激しく根深い怖れに、タスランはとらわれてしまった。イルミンにもそれが伝わるのだろう。「なんなの？　なんなの、これ？　誰なのさ、あれは？」と、すすり泣き始めている。

動け！　今すぐ動け！　アイシャを救うために！

自分を叱咤《しった》し、ようやく一歩進みかけた時だ。

「タスラン！」

上から声が降ってきた。

猿小人だった。まだ縄につかまってぶらさがっているが、先ほどよりもずっと下の位置にいる。

ふいに、猿小人はかぶっていた青い覆面をむしりとった。

現れたのは、猿に少し似た女の顔だった。低い鼻と薄い唇が震えていた。目はかつてないほど赤々と燃えている。

タスランを見つめ、次にアイシャを見つめたあと、素顔をさらした猿小人は高らかに叫んだ。

「カーン村のテンナ！」

それが名乗りであるとタスランが気づいた時には、猿小人は体を大きくゆすり始めていた。振り子のように、縄が左右に揺れていく。

やがて、猿小人は身を躍らせた。手に鋭い刃物を持ち、まっすぐ青銅の箱の中へと落ちていったのだ。

22

アイシャは暗闇を漂っていた。目に見えるものは何もなく、温かくも冷たくもない水の中に閉じこめられ、ただゆらゆらと揺れている。

頭にも暗闇がひたひたと沁《し》みてきていた。覚えていたはずのことが、少しずつ消えていくのがわかった。嫌だ、忘れたくないという気持ちも、いつの間にか薄れていく。

ついに、名前以外の全てを失った。

ため息をつきつつ、最後に残った自分の名前を手放そうとした時だ。

「アイシャ！」

一つの叫び声が、闇を切り裂いた。そこから真っ白な光が弾け、アイシャははっと我に返った。

タスランの顔が目の前にあった。

「アイシャ！　気づいたのか？　俺がわかるか？　何か言ってくれ。頼むから！」

「タ、タスラン……」

彼の名を呼ぶと、急に言葉が自分に戻ってくるのを感じた。体にも感覚が戻ってきた。

ああ、タスランの腕の力、温もりを感じる。

しっかりと抱きしめられているのだと悟り、アイシャはたとえようもない安堵《あんど》に満たされた。

「タスラン……来て、くれたのね」

「もちろんだ。だが、おまえを救ったのは俺じゃない。テンナだ」

「誰？」

「猿小人だ。おまえのために、あの女から琥珀《こはく》を取り戻してくれた」

アイシャは自分の胸を見た。

緑の琥珀があった。そのまわりにはまだ赤黒い肉が見えていたが、それもじわじわと癒えつつある。

なんで血が？

ここで、アイシャは全てを思い出した。

(そうだ。この琥珀、一回取られたんだっけ)

あの時、死繰り人《しくびと》に琥珀を引き剝がされ、全身に鋭い衝撃が走った。そのあと、みるみる力が抜けて、倒れてしまったのだ。

それでも、暗闇に沈むまで少しの猶予があった。アイシャは必死で死繰り人を目で追った。彼が何をするのか、見届けたかったのだ。

だが、その後に起こったのは、死繰り人さえ思いもしなかったであろう展開だった。

「あ、あの人、死繰り人を、こ、殺したの！」

思い出したとたん、涙があふれだした。決して死繰り人を哀れんだわけではない。むしろ、当

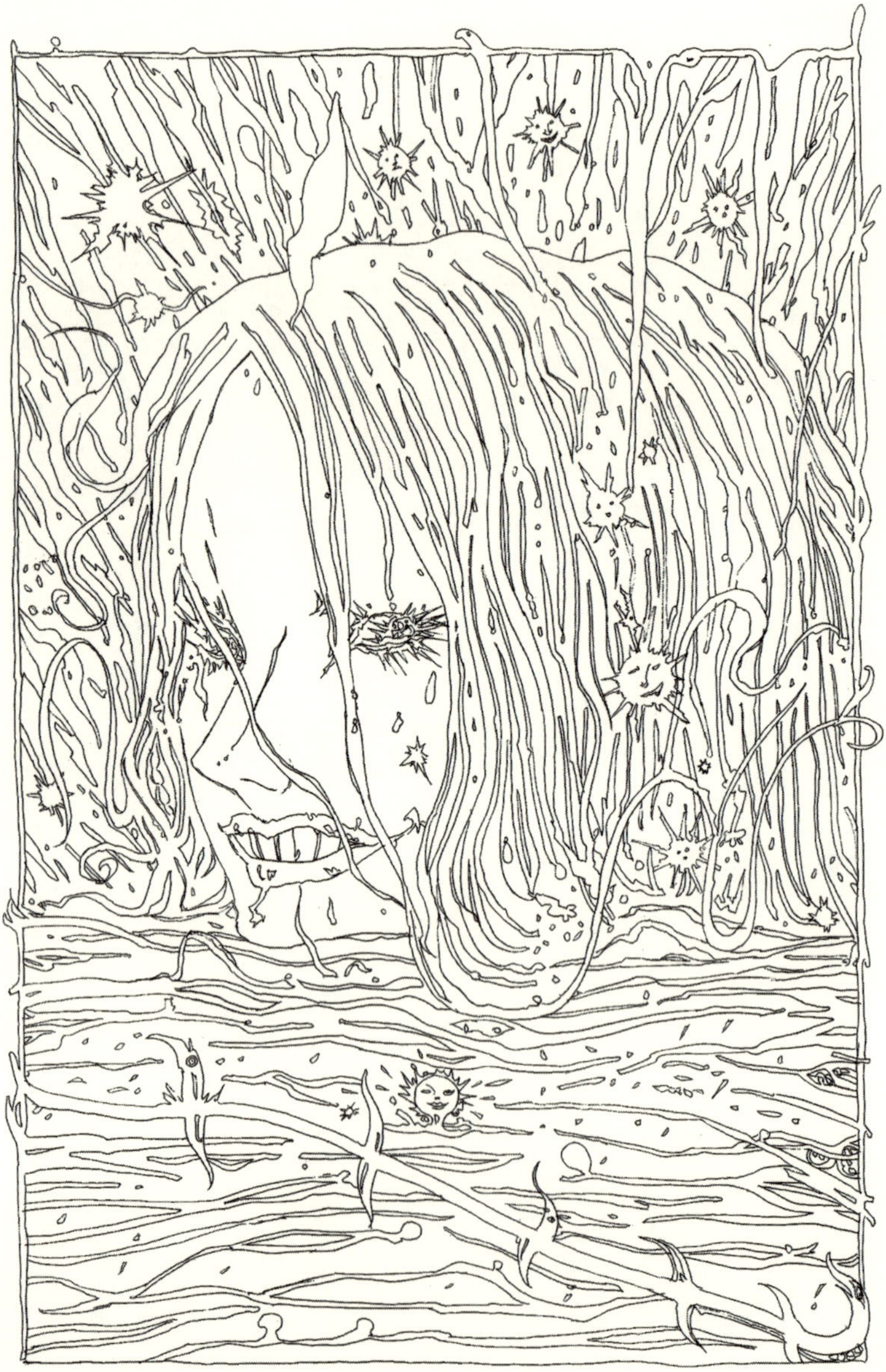

然の報いだとさえ思う。涙が止まらないのは、あまりに恐ろしい光景だったからだ。

少しでも楽になりたくて、アイシャはタスランにしがみつきながら見たことを吐き出していった。

「あ、あいつ、あたしから琥珀を取って、箱に近づいていったの。もう、蓋ははずされていて、血がぶくぶくと煮立ってて……そ、そしたら……あ、あの、あの女の人が中から浮かびあがってきた」

死にかけていたにもかかわらず、アイシャは血の中から現れた女に、強烈な力と恐怖を感じた。

金色の女だった。髪も黄金なら、肌も金色だ。女神のように美しく、見るからに傲慢《ごうまん》そうで、覇気《はき》にあふれている。まだ半分眠っているかのような陶然《とうぜん》とした目をしているが、そこに宿っているものはぞっとするほど残忍だ。

あの女が緑の琥珀を手に入れたら、恐ろしいことが起きる。

アイシャは死繰り人を止めたかった。だが、体はどんどん冷たくなり、もはや指一本動かせない。かすみだした目で、アイシャは女を見つめるしかなかった。

その女のもとに向かうため、死繰り人は箱の縁を越え、血の中に飛びこんだ。血の重みに半ば溺れそうになりながらも、必死で泳ぎ、女の元へとたどりつく。

女にしがみつくようにしながら、その胸元へ緑の琥珀を押しつけ、死繰り人は叫んだ。

「目覚めたまえ、暗黒女帝！　イスルミア！　我が先祖にして、愛しき女！　目覚めて、我を見よ！　我はクラマーム！　汝《なんじ》の息子の血を引く者！　失われた血脈の子にして、汝の背の君となる者なり！」

緑の琥珀は、軟らかな土にめりこむように、金色の女の胸元へと沈んでいった。

女が大きく息をつき、夢から覚めたかのような目で死繰り人を見た。自分にしがみつき、狂喜に顔を輝かせている男を見ても、その漆黒《しっこく》の目に感謝や喜びが浮かぶことはなかった。

ようやく女が口を開いた。

「クラマーム？」

女の声は柔らかく、豊かに響いた。

「我が、王子の血を引く、者？」

「おおおっ！　イスルミア！　そ、そうです。私は、あなたの子孫！　あ、あ、あなたをよみがえらせるため、私がどれほどの犠牲を払ってきたことか。こうして緑の琥珀もあなたに差しあげた。ああ、でも、その価値はあった。今こそ、あなたは私のもの！　さあ、ここから出ましょう。共に地上に出て、王と女王として君臨を……」

死繰り人の言葉は、女帝の笑い声によって遮られた。

イスルミアは笑いだしていた。その声には、狂人の骨すら凍らせるような何かがあふれていた。

ぽかんとした顔をしている男を、イスルミアは輝く目で見下ろした。

「王と女王、とな？　卑《いや》しい人間風情《ふぜい》が、わらわの夫になるつもりかえ？　なんとまあ、無礼なことよ。おこがましいにもほどがあろう」

するりと、イスルミアは腕を持ちあげ、死繰り人の頭を愛撫するように撫でた。

「何をどうしてそのような勘違いをしたものか。あの子の血脈なら、わらわは一目でわかる。愛しくも憎い我が息子のことじゃもの。……そなたがまこと、わらわの血を引く者であれば、喜んで夫にしてやったであろう。だが、その不遜、傲慢は、わらわを呼び覚ました功があろうと、見過ごせるものではない」

そのあとに起こった出来事を思い出し、アイシャはむせび泣いた。

「あ、あの人、殺したの！　おまえなんか息子の血を引く者じゃないって。よみがえらせてくれたことには感謝するけど、ただの妖術師風情に大きな顔を、さ、されたくないって。そ、そう言って、胸をえぐって、う、う、心臓を食べ、食べだしたの！」

「アイシャ、もういい。思い出さなくていい。終わったことだ」

「ううん！　終わってない！　心臓は力の源だって、あの人、笑ってた。ああ、あの声！　おまえの力、おまえの僕《しもべ》、支配するもの全てもらうって。あああ！」

「大丈夫だ。あの女はもう猿小人が倒した。もう大丈夫なんだ」

「倒し、た……？」

「そうだ。テンナがやった」

ふいをついて、イスルミアに襲いかかり、その胸元から緑の琥珀をえぐりとったのだと、タスランは話した。

「そして、それを俺に放ってよこした。だから、おまえは生き返ったんだ。全てテンナのおかげだ」

「言っとくけど、ぼくだってがんばったってこと、忘れないでよね」

突然イルミンの声が聞こえてきたので、アイシャは目を瞠《みは》った。姿は見えないのに、ずいぶん近くから聞こえた。

と、タスランはいまいましげに自分の右手、銀色の獅子《しし》のような手を叱りつけた。

「よさないか、こんな時に」

「わかってるけど。でも、やっぱり忘れられるのはまっぴらなんだよ。ぼくのこともちゃんと褒めてよ」

きいきいという叫びは、銀色の手から発せられているようだった。

アイシャは思わず声をかけた。

「イ、イルミン、なの？」

「そうだよ。ま、無事でよかったね、アイシャ」

「……どうしてタスランの手になってるの？」

「タスランが右手をなくしちゃったからさ。で、そのままじゃこの地下に降りられないから、しかたなく、ぼくが手になってやったの。こんな大手柄を無視されるなんて、我慢ならないよ」

「感謝していないとは言っていないし、思ってもいない。くっついているのだから、それは感じ取れるだろうが」

「ちゃんと口に出して言ってくれなきゃ、やだ」

どうやら、タスラン達はタスラン達で様々なことがあったらしい。ことに、タスランの右手。

こうなったのは、きっととんでもない無茶をやったせいだろう。

喉をぐっとふさがれるような苦しさを覚え、アイシャは泣きそうになった。何を言ったらいいかわからない。何を言っても、タスランに償《つぐな》えない気がする。

あたしのために。あたしのせいで。

わなわなと震えだす少女に気づき、タスランはいたわるように笑いかけた。

「大丈夫だ。……俺が自分でしくじったんだ。おまえが気にするようなことじゃない」

「あ、それはほんとだよ、アイシャ。ぼく、今タスランの気持ちが読めるんだ。タスランは自分のせいだって思ってる。とんでもないドジを踏んだ自分が馬鹿だったんだって。それについては、ぼくも同感だね。だから、アイシャは気にしなくていいみたいだよ」

甲高くまくしたてるイルミンを、タスランは左手でべしっと叩いた。

「いたっ！　い、いきなり何するんだよ！」

「おまえ……俺のほうも、おまえの気持ちを読めるってことを忘れているな？　そうぺらぺらとしゃべるなら、俺もおまえの秘密を話すぞ？」

「あ、なにそれ！　ぼく、協力してやってるのに！　何、そのぼくにそんな仕打ちをするの？ひどい！　恩知らず！」

「いいから黙れ！」

二人の怒鳴り合いに、不覚にもアイシャはふきだしそうになってしまった。重苦しい自責の念が、少しだけ薄れる。

「……ありがと、イルミン」

小さく礼を言うアイシャに、タスランが目を瞠った。

「なんで、こいつに礼を言う？」

「あ、また！　なんでタスランはそういうこと言うかな？　アイシャ、お礼を言いたければ、どんどん言いなよ、感謝されるのって、すごくいい気分だ。いつだって大歓迎だね」

ご機嫌な声で言うイルミンに笑いながら、アイシャはもう一人の仲間を捜した。だが、どこを見回しても、猿小人の姿はなかった。

「猿小人は？　テンナは？」

ぎくりと、タスランが身をこわばらせた。イルミンも黙りこみ、その沈黙にアイシャは不吉なものを感じた。

「まさか……」

「俺は何も……何もできなかった。動くことも、テンナを助けることも……」

「……テンナ、すごかったんだよ。ほんとに」

イルミンもささやくように話しだした。

「ふいをついて、あのおっかない女の人の頭の上に飛び下りたんだ。で、刃物で刺して、戦って、琥珀を取り戻して……でも、ぼくらに琥珀を投げたあと、瀕死の女の人につかまれて、し、沈んでいっちゃったんだ」

「……そんな」

「イスルミアの指がテンナの喉に食いこんだのを、俺は見た。……テンナは最後まで戦おうとしたのだろうな。腰の袋から黒い石をつかみだしたが、そこで力尽きて……」

今度こそアイシャは泣きだした。

猿小人の命。タスランの右手。あまりにも大きなものが失われてしまった。

こんなこと、考えてもいなかった。ただ助かりたかっただけなのに、こんなにも大きな代償が払われることになるなんて。それでも、ああ、なんてことだろう。心の片隅では、やはり助かってよかったと感じてしまう。

自分の気持ちが罪深くて、アイシャは泣きじゃくった。

そんなアイシャを、タスランはそっと抱きしめた。

「ここを出よう」

タスランはささやいた。

「人を呼んで、ここに閉じこめられた人達を助け出すのを見届けたら……黒の都から遠く離れよう。これからのことは、これから考えればいい。ただ、これだけは約束する。おまえを一人にはしない。そばにいるから。約束する。……よくがんばった。生きていてくれてよかった」

最後の言葉に、アイシャは息が詰まった。こんな自分を、タスランはまだ大事に思ってくれる。このまま生きていいんだと、許された気がした。

「……うん」

タスランの肩に顔をうずめながら、アイシャはうなずいた。

「いいなぁ。なんでアイシャばっかり。ちぇ。いいなぁ」

妬《ねた》ましげなイルミンのぼやきも、アイシャの耳には届かなかった。

だが、別の音は聞こえた。

ぼこり。

不穏な音に、アイシャは顔をあげ、タスランの肩越しに向こうを見た。

青銅の箱の中に、大きな血泡が浮かびあがっていた。それは見る間に数を増やし、不快な音を弾きだしていく。

アイシャは喉を締めあげられるような気がした。そんな。悪夢はもう終わったはずじゃなかったの？

だが、こうして見る限り、恐ろしいものが復活しようとしているのは疑いようがなかった。

タスランにしがみつこうとしたところで、アイシャはおかしなことに気づいた。

タスランだ。アイシャが怯え、イルミンが「まずいよ！　これ、絶対まずいよ！　見て、あの泡！　絶対出てくるよ、あれ！」とわめいているのに、かたくなに振り返ろうとしない。本来ならすぐさま振り返り、身構えるはずなのに。

まるで怖いものから目を背けようとする子供のようだと、アイシャは戸惑った。

と、ざああっと、血をかきわけ、暗黒女帝がふたたび姿を現した。その豊かな胸は大きく切り裂かれていた。が、女帝が湯をかけるように血をかけていくと、徐々にふさがり始めた。

ふうっと、イスルミアは吐息をついた。

「卑しい人間の心臓でも、それなりの力があるもの。ちょうど食らっていた時で、助かったわ。それにしても……わらわに対するかつての裏切り、そしてこたびの無礼も合わせ、あの醜い猿どもは今度こそ根絶やしにしてくれようぞ」

怒りをこめてつぶやいたあと、イスルミアはアイシャ達のほうを向いた。残酷なまなざしを受け、アイシャははらわたが水となって溶けだしてしまうかと思った。

逃げたい。隠れたい。いや、いっそ死にたい。

そう思わせる力が、暗黒女帝の黒い目にはあった。

不愉快そうにイスルミアは言った。

「そこにあるのじゃな、琥珀は。わらわのものを返してもらおう。惨めな小娘には過ぎた品じゃ。……そこな男」

イスルミアの視線と声がタスランに向けられた。

「女帝イスルミアに背を向けるとは無礼であろう。こちらを向きや。わらわを見よ」

のろのろと、タスランはその命令に従った。アイシャを抱いていた腕をだらりと垂らし、ゆっくりと後ろを振り返る。

光の加減によっては銀色にさえ見える灰色の目と、どんな黒玉よりも深い闇を宿した目が、深くからみあった。タスランの目に広がったのは恐怖だが、女帝の目に広がったのは驚愕《きようがく》だった。

「タラオン？」

呼びかける声にも、驚きがにじんでいた。

「これは驚いたのぅ。こうして復活したその場にて、我が息子の血を引く者にまみえるとは。なんという喜びであろうか」

凍りついているタスランの前で、女帝は昔を思い出すかのように目を閉じた。

「わらわの生んだ双子は、わらわが望んだとおりの子らであった。武勇と強さを持ち、痛みを感じぬ無敵の王子。そして、いかなる傷も腐敗も癒やす愛らしい王女。二人がつがえば、すばらしい種族が生まれ出てくるはずであった。じゃが、タラオンは、王子はわらわを裏切った。姉と契《ちぎ》ることを恐れ、逃げたのじゃ。……あれについては、わらわが間違っていた。子供らに期待などしてはならぬ。全ては己《おのれ》自身でやりとげねばならぬと、骨身に沁《し》みて悟ったわ。……じゃが、そなたはふたたび戻ってきたのじゃな」

女帝はタスランに微笑《ほほえ》みかけた。美しく、愛情に満ちた親しげな笑み。しかし、その下には舌なめずりをする獣が潜んでいる。

「宿命じゃな。わらわがふたたび必要としている時に、そなたは戻ってきた。……ああ、よく似ている。わらわが捕らえた魔族の目じゃ。双子の父親と同じ目。愛しいのぅ。ここにおいで、かわいい子。そなたがわらわに借りを返すのじゃ。タラオンがしでかした不義理と裏切りを、そなたが償うのじゃ。その娘から緑の琥珀を取り、わらわのもとへ持っておいで。この子宮は心地よくはあるが、わらわは外に出ねばならぬ。この血の中よりわらわを連れ出しておくれ。真の産声をあげさせておくれ」

「ぐっ！」

「わらわはまた紫と金の衣をまとうのじゃ。失ったものは全て取り戻す。七つの闇の星をはめた首飾り、紅玻璃《はり》の王宮、魔族の骨より削り出した生贄《いけにえ》の短刀。なにより、黄金の蛇の玉座を。そして、そこはそなたの場でもある。我が夫の座を、そなたに与えよう。さあ、琥珀を我が元へ」

女帝の声は黄金の鐘の音を思わせた。豊かで、重く、力強い。比類なき声だ。人を支配する声だ。そして、その力はタスランに異様に力を及ぼすようだった。

ぐっと、タスランの全身が音をたててきしんだ。ありったけの力をこめて逆らおうとしているのだ。

なのに、じりじりと、錆《さ》びついた甲冑《かっちゅう》が動くように、タスランは向きを変えだした。こちらを向く男の顔が壮絶な恐怖に歪《ゆが》んでいるのを、アイシャは目の当たりにした。

イルミンが悲鳴をあげた。

「タ、タスラン！　だめだ！　だめだってば！　……気のせいだよ！　あんな女と血のつながりがあるなんて、そんなの、自分で思っちゃだめだってば！　心が縛られちゃう！」

「イルミン！　お、俺を止めろ！」

「そんなこと言ったって。ああ、もう！」

銀の手が動き、がしりとタスランの左足首をつかんだ。自分で自分の足首をつかんだ状態になっては、さすがのタスランも動きがとれない。

だが、滑稽《こっけい》な姿でじたばたしつつ、タスランは銀の手をもぎ離しにかかった。

「やめてよ！　暴れないでよ！」

「俺の意志では、な、ない！」

「戦って！　あんな女の命令、聞かないで！　信じちゃだめだ！　子孫なんかじゃないって、思うんだ！　……うそ。ほんとに子孫かもしれないっての？　呪いの発端があの女かもしれない？そ、それでも戦うんだよ！」

「タスラン！」

「は、離れろ、アイシャ！　俺を残して、早く逃げろ！」

「うわあ、ぼくも逃げたい！」

「おまえは俺を押さえろ、イルミン！　魔族の底力を今こそ見せてみろ！」

「ああ、なんでこんなことに！　ぼくって、あまりに不幸だ！」

イルミンの悲鳴を縫うようにして、タスランはアイシャに叫びかけた。

「アイシャ。逃げろ！」

「そうだよ、アイシャ。アイシャがいるから、タスランが暴れるんだ！　早く逃げて！　早く！」

二人の叫びに、アイシャは鞭《むち》をあてられた馬のように跳びあがった。

急に我に返った。そうだ。自分がここにいるからいけない。まずはともかく、二人から、暗黒女帝の前から逃げなくては。

慌てて岩壁を登り始めたアイシャの背中に、からからと、暗黒女帝が嘲笑《ちょうしょう》を浴びせかけてきた。

「なんともおもしろい。まるで道化芝居を見ているようじゃ。ああ、逃げよ、小娘。わらわを楽しませておくれ。じゃが、誓って言うが、長くは逃れられぬぞえ。我が血脈の子はすぐにそなたを捕まえよう」

アイシャは泣きながら岩壁を登り続けた。

逃げろ！　登れ！　地上に出て、助けを呼べば、きっとタスランとイルミンを救える。

その一念で、かつてないほどの素早さで壁を登っていった。決して止まらなかった。ちょっとでも動きを止めると、たちまち恐怖で体を支配されてしまうとわかっていたからだ。

何も聞かない。何にも妨げられず、集中して登れ！

そうして天井近くまでやってきた時だ。イルミンの叫び声が聞こえてきた。

「だめだ、タスラン！」

アイシャは思わず下を見た。

タスランが岩壁に駆け寄り、蜘蛛《くも》のようによじ登りだそうとしているところだった。だが、ふたたびイルミンが動いた。ぐっと右腕を背中に反り返らせ、タスランの動きを食い止める。

勢い余って、タスランは岩壁に激突した。彼の鼻から血が噴き出すのを見て、アイシャは心臓が冷えた。だが、タスランはそれでももがき続けるのだ。

ごきっと、変な音がした。右肩がはずれたのだ。

タスランは起きあがり、だらりと垂れた右腕をつかんで、肩をはめこみにかかった。そうしながら、イルミンにささやきかけた。そのささやきは、なぜか天井にいるアイシャの耳にまで届いた。

「イルミン……今、俺の考えていることがわかるか？」

「……うん」

「やってくれ。このままだと俺は、あの女にアイシャを差し出してしまう。それだけはやりたくない。決してしたくないんだ。わかるはずだ。俺に……救いをもたらしてくれ」

「だ、だけど、それじゃ下手をしたら」

「大丈夫だ。おまえならきっとうまくできる！　は、早く！」

「しくじったら？　ぼく、やだよ！　あんたは救われるかもしれないけど、ぼ、ぼくには誰が救いをもたらしてくれるのさ？」

「おまえは大丈夫だ。魔族だ。きっと白の王にもまみえられる。王はおまえの心を救ってくれる。……おまえの優しさを褒めてくださるだろう」

「……わかった」

泣きそうな震え声で、イルミンは返事をした。

そのあと、アイシャは信じられないものを目にした。銀色の手がタスランの首に伸び、ぎゅっとつかんだのだ。

「イルミン、やめて！　何するの！」

「ぼくだってやりたくない！　こんな、こんな怖いこと！　でも、タスランの望みなんだよ！」

殺す気はないと、イルミンは早口で叫んだ。

「だ、大丈夫！　締め落として、気絶させるだけだから！　ああ、でも、失敗したら？　だいたい気絶って、どのくらい締めればいいの？　ああ、やだやだ！　怖いよ！　やだよ！」

悲鳴をあげながら、イルミンはそれでもタスランの喉を離さない。むしろ、どんどん力をこめていく。

タスランの白い顔が赤らんできた。左手で必死に右手をはずそうとするが、イルミンが渾身《こんしん》の力で締めあげているため、うまくいかない。

タスランが死んでしまうと、アイシャは頭の中が真っ白になった。

その時、冷酷な声が響いた。

「もうよい」

冷え冷えとした声で言ったのはイスルミアだった。その表情は白《しら》けており、ぞっとするものを浮かべていた。

「タラオンの末裔《まつえい》よ。そなたの意志の強さは頼もしい。我が夫になる者はそうでなくてはならぬ。じゃが、もう飽きた。わらわはいつまでも遊びに興じていられぬのじゃ。手っ取り早くやらせてもらうとしよう」

イスルミアは両手を打ち合わせた。

その瞬間、屍人形がいっせいに動きだした。死繰り人が殺されてからは微動だにしなかったのが、ふたたび命が宿ったかのように立ちあがり、足や腕をゆらゆらと揺らす。そんな彼らに、イスルミアは薄ら笑いを浮かべながら命じた。

「あの娘をわらわの元へ」

屍人形どもはわらわらと壁にとりつき、登りだした。目指すは天井付近にいるアイシャだ。

ああ、そうかと、アイシャは悟った。

イスルミアは死繰り人の心臓を喰《く》らい、その力を全て取りこんだ。あの男が作った屍人形も、今ではイスルミアのものだということだ。

「イルミン！　タスランを放して！」

「わ、わかったから！　そっちは早く逃げて！　早く早く！」

イルミンがタスランの喉を放すのを見届けてから、アイシャはぐいぐいと壁を這い登った。屍人形どもは早いが、〝灰の雛《ひな》〟であった自分にはまだ勝機がある。逃げ切ってみせる。あいつらの、イスルミアの狙いは自分だ。この隙にタスランが正気と力を取り戻し、逃げてくれればいい。

少女はわずかな出っ張りをつかみ、猿のように岩から岩へと飛びつきながら、あの天井の穴へと近づいた。穴からは、灰色の太い糸が垂れている。死繰り人がここと地上との行き来に使っていた屍人形ニオクの糸だ。あれをつかんで登れば、さらに逃げるのが楽になる。

そして、手を伸ばして、糸をつかみかけた時だった。びんっと、糸が張っていることに気づいた。

真下を見て、アイシャは息が止まりそうになった。ニオクが、あの蜘蛛にも似た屍人形がものすごい勢いで糸を伝って登ってくるところだった。

生気のない青い顔に見つめられ、アイシャは糸をつかみそこなった。

くらりと、体が前のめりになるのが、やたらゆっくりと感じられた。だが、頭が下を向いたあとは速かった。

ほとんど真っ逆さまの状態で、アイシャは落ちていった。

これで落ちるのは三度目。どうしてあたしは、いつも肝心なところで落ちるんだろう？　しかも、真下にあるのは、地面ではなく、深い裂け目だ。もう絶対に助からない。

だが、こみあげてきたのは死への恐怖ではなく、心残りだった。

こんなことになるなら……大好きよって、タスランに言っておけばよかった。

ここで少女は意識を手放した。

23

アイシャが落ちるのを見て、イルミンは悲鳴をあげた。何も考えられず、ただ叫ぶことしかできなかった。

だが、タスランは違った。弓から放たれた矢のように、アイシャに向かって走り出したのだ。

イルミンは驚愕《きょうがく》した。

今の今まで、イスルミアという女の呪縛にかかっていたのに。自分の意思では動けなくなっていたというのに。

イスルミアを見た時から、タスランが正体不明の恐怖にとらわれるのを、イルミンは感じていた。そして、倒されたはずのイスルミアがふたたび血の中から姿を現し、「タラオン」と愛しげに呼びかけてきた時、その恐怖が絶頂に達するのも感じた。

自分の呪いへの疑い。「化け物の血を引くというのは、どこまでも祟《たた》るものなのだな」と、祖父がぽつりともらした言葉。イスルミアへの絶対的な恐怖と嫌悪。それを感じてしまうことへの不安。

そうしたものが砂塵《さじん》のようにタスランの中に散り、またたく間に彼を支配していくのを、イルミンは自分の身に起こっていることのように感じた。

そして、タスランは認めてしまったのだ。

もしかしたら、そうなのかもしれないと。

自分は本当に、イスルミアの血脈を引いているのかもしれない。

とたん、彼は呪縛された。それはあまりに強靭《きょうじん》で、イルミンがはねのけさせようとしても、びくともしなかったというのに。

それが突然、切れた。

アイシャが落ちる。アイシャが死ぬ。

そう思った瞬間に、タスランは全ての呪縛を断ち切り、ただアイシャを救わんと走りだしたのだ。

人間とは想い一つでこんなにも強くなれるのか。

イルミンが驚嘆している間にも、タスランは獣のように走った。

あっという間に距離を縮め、最後にタスランは身を投げ出しながら両腕を伸ばした。左手が落ちていくアイシャの腰帯をつかんだ。

体が二つに折れるような勢いで、アイシャはがくんと引き止められた。あまりにも衝撃が激しかったので、少女のどこかの骨が折れてしまったのではないかと、イルミンは思ったほどだ。

だが、今ので怪我をしたのだとしても、アイシャはまだ生きていた。とにかく落下を食い止められたのだ。

歓声をあげかけたところで、イルミンはまた悲鳴をあげた。気を失っているアイシャの重みを支えきれず、タスランがそのまま裂け目へと転がり落ちそうになったのだ。

「馬鹿！」

アイシャのことしか考えていないタスランに腹を立てながら、イルミンは大慌てで裂け目のへりにしがみついた。

間一髪のところだった。だが、どうがんばっても、それ以上はイルミンには無理だった。タスランとアイシャ、二人分の重みを支えることはできても、持ちあげることはできない。力が足りないのだ。

きゅうきゅうとあえぐイルミンの目に、イスルミアの姿が映った。

暗黒女帝は青銅の箱の縁に頬杖をつき、さも愉快そうにこちらをながめていた。

「タラオンの末裔《まつえい》よ。何をしておるのじゃ？　その子を早う、わらわのもとに連れておいで。それができぬなら、琥珀《こはく》だけでよい。えぐって持ってくるのじゃ」

ふたたびイスルミアが黄金の声を放った。その力がタスランを支配していくのが、イルミンにも伝わってきた。

タスランはのろのろと足でアイシャを裂け目の壁に押しつけた。そうして足で押さえつけ、自由になった左手でアイシャの胸元をさぐりだす。

「タ、タスラン、だめだよぉ！　だめだってば！」

「ぐっ！　ぐぅっ！」

いまやタスランは涙を流していた。荒れ狂う彼の心がじかに伝わってくるものだから、イルミンは正気を失いそうだった。

助けたい。アイシャも、タスランも、助けたい。助けられたら！

強烈に願った時だ。

びしっと、妙な音が響いた。

続いて、暗黒女帝のすさまじい悲鳴が轟《とどろ》いた。

何事かとイルミンは目を見開いた。そして気づいた。暗黒女帝をよみがえらせた巨大な箱の底のほうから、小さな亀裂《きれつ》が広がってきていることに。

亀裂はまるで生き物のように箱全体に這っていく。それと同時に、中の血が漏れだした。最初はちょろちょろとした流れだったが、すぐに竜の炎のごとく激しく噴きだしてきた。

この間も、女帝は悲鳴をあげ続けていた。その美しい顔は崩れ始めていた。豊かな髪は抜け落ち、金色に輝いていた肌にもひび割れが走っていく。

「なぜじゃ！　そんな！　この箱が壊れるなど……早く！　早くするのじゃ！　琥珀を！　琥珀をわらわに！」

だが、もはやその悲鳴にタスランを支配する力はなかった。屍人形どもも、命を失った虫けらのように次々と壁から落ちていく。

タスランがしっかりと左腕でアイシャを抱き直すのを感じ、イルミンは思わずにやりとした。

「やっと元に戻ったみたいだね？」

「おかげさまでな。……いったい、何が起きている？」

「箱が壊れて、血が抜けていってる……どうやらイスルミアは死ぬみたいだ」

「もともと死者だ」

「そうだね。……というか、そろそろちゃんと壁にはりついてよ。いい加減、あんた達をぶらさげるのも疲れたよ！」

「すまん。今アイシャを起こす。もう少しこらえてくれ」

この時、獣じみた咆哮《ほうこう》があがり、青銅の箱が砕けた。砕けた破片は血しぶきと共に飛び散り、裂け目にぶらさがっているイルミン達にも雨のように降り注いだ。

ひときわ大きなかけらがぶつかり、イルミンは痛みにのけぞってしまった。その拍子に力がゆるんだ。

あっと思った時には、イルミンは、タスランとアイシャと共にまっすぐ落ち始めていた。その時感じたのは、恐怖ではなく悔しさだった。

二人を助けたかったのに。助けられると思ったのに。

悔しさに身悶《もだ》えしながら、イルミンは裂け目の闇へと吸いこまれていった。

＊

我に返った時、イルミンは見知らぬ大広間に立っていた。

そこは天井も壁も床も、真珠貝《しんじゅ》のような丸い宝石でくまなく覆われていた。それらは鱗《うろこ》のように重なりあい、ちらちらと淡く繊細な光を放っている。

大広間の最奥には、巨大な玉座があった。白銀色の巨木の根がからみあい、高く太く、決して揺らぐことのない玉座の形をなしている。またその根は、背後の壁、足元の床、天井にまで広がっていた。

イルミンは息をのんだ。

玉座には、王が座していたのだ。

すばらしく品のいい女性に見えた。豊かに波打つ白い髪に、肌もまた光を放つほどに白い。風変わりな装束もまた白く、その袖や裾は長く、玉座の根のうねりへと溶けこんでいる。実際、その衣も髪も手足も、玉座と一体化していた。

彼女自身が玉座であり、根であり、この場の全てなのだ。

王はゆったりと腰をおろし、くつろいだ様子だった。その目は閉じられていたが、イルミンは視線を感じた。

見られている。招かれている。

だから、まっすぐ歩いていった。

自他ともに認める弱虫のイルミンだが、この時ばかりは恐怖は微塵《みじん》も感じなかった。あふれ出てくるのは、ただただ慕わしさのみ。

だが、玉座の前にたどりついたところで驚いた。そこに、タスランとアイシャが横たわっていたからだ。

動かぬ二人の姿に声が出なくなり、まさかと、心が冷えた。おなじみの恐怖に、胸が痛くなってくる。

と、玉座の上から声が降ってきた。楽の調べのように豊かで優しい声だった。

「聞きたいこと、不思議に思っていることが山とあるようですね、小さな子。問いなさい。私の知っていることであれば、答えましょう」

優しく促《うなが》され、イルミンはつばを飲みこんでからささやいた。

「この二人は?」

「眠っているだけです。今はあなたと二人だけで話すのが大切だと思ったので」

二人だけの時間なのだと、白の王は微笑《ほほえ》んだ。

その微笑みに勇気づけられ、イルミンは次に気になっていたことを尋ねた。

「イスルミアは?」

「死にました。あの青銅の箱が壊れては、すでに天命の尽きている彼女はこの世にとどまれない。あれはまさに、イスルミアという未熟な赤子を宿していた子宮だったのです」

「でも、ど、どうして箱は壊れたんでしょうか? あんなに大きくて、頑丈そうだったのに」

「ええ。普通ならば決して壊れないものでした。ですが、猿小人のテンナがそれを成し遂げたのです」

「テンナが?」

「ええ。彼女は、あの青銅の箱に何が使われているかを知っていた。先祖から言い伝えられてきた話をちゃんと覚えていたのでしょう。だから、隕石《いんせき》のかけらをあの箱の中にまいたのです。とても賢い女性でしたね」

彼女の勇気と賢さを惜しむように、白の王はしみじみと言った。

だが、イルミンはまだよくわからなかった。イスルミアに喉をつかまれ、血の中に引きずりこまれる前、確かにテンナは黒い小石をつかみだし、ばらばらとそれをふりまいていた。あれが隕石のかけらだったとして、それがどうして箱の破壊とつながるのだろう？

白の王はその疑問にも答えてくれた。

「その昔、猿小人達はイスルミアに支配され、命じられるがままにあの青銅の箱を造りました。力ある魔道具には、しばしば魔族の体や命が使われる。あの箱のために犠牲にされた魔族は、十ではきかぬはず。そして、その邪悪に、猿小人達は心ならずも加担してしまった。……彼らはそのことを決して忘れなかったのです」

彼らの人間への嫌悪は、イスルミアの仕打ちゆえ。

彼らの魔族への献身は、かつての所業への償《つぐな》い。

どれほど年月が過ぎていこうと、猿小人達は決して忘れなかったのだ。

ようやくイルミンも理解した。

隕石は魔族と魔物の弱点だ。そして、あの青銅の箱にはあまたの魔族が練りこまれていた。テンナがまいた隕石のかけらはゆっくりと血の中に沈んでいき、触れた底を少しずつ溶かしていったに違いない。そして、あの時、ついに穴を開け、亀裂を走らせたのだ。

テンナの機転と勇気に今更ながらに驚きつつ、イルミンは最後の疑問を口にした。

「どうしてぼくは……あの、あなたに会えたのでしょうか？」

今までどんなに願っても、祈っても、王の気配すら感じることはできなかったのに。

白の王はふたたび微笑んだ。

「自分のための祈りではだめなのです。他者のために祈れる魔族に、私への道は開かれる」

急にイルミンは恥ずかしさに襲われた。

考えてみれば、いつも自分のことばかり考え、自分の不幸ばかりを嘆いていた。テンナにわがまま放題言っていたことを思い出すと、地の底に深く埋まってしまいたいくらいだ。

自分はテンナの足元にも及ばないと、涙がわいた。テンナだけではない。タスランはアイシャのために、アイシャはタスランのために命をかけようとした。でも、自分はそんなことはできない。いざという時には、やはり自分の身が大切だと思ってしまう。

すすり泣くイルミンに、王は静かに問うてきた。

「どうして泣くのです？」

「み、惨めだからです。テンナやタスランやアイシャに比べて、ぼくは本当にだめで。弱虫で、彼らみたいに強くない。強くなれない。それが悲しいんです」

「でも、あなたは助けたいと思ったではありませんか。自分以外の誰かを助けたいと、心から願ったでしょう？　だから、この場への道が開いた。私が落ちるあなた達を受け止めることができたのも、全てあなたが願ったから」

「…………」

「無理をすることはないのです。人のまねをすることもない。ただ、自分にできる最善のことをすることが大切なのです。そして、まさにあなたはそれをした。イルミン、自分を誇りに思いなさい」

どっと、それまでとは違う涙があふれてきた。

深い感動に満たされながら、イルミンは白の王の前にひざまずいた。

「白の君。どうか、ぼくを眷属《けんぞく》にお加えください。ぼくの名と愛をお受け取りください。あなたの守りがある限り、ぼくはぼくであることを誇りに思えることでしょう。イルミン・スン・スナーンは我が王に誓います。えっと、あなたをずっとずっと心よりお慕い申しあげますと」

言葉はつたなく、何度もつかえてしまったが、一言一言、想いをこめて紡いでいった。そして、白の王はその全てを受け取ってくれた。

「喜んであなたを我が眷属に迎えましょう。あなたの名を預かれることを、私は誇りに思います。イルミン・スン・スナーン。我が愛しい眷属よ」

王に真の名を呼ばれた時、自分の魂の一部が、王の手の中におさまるのをイルミンは感じた。

王が見ている。

王に守られている。

たとえ、王のそばから遠く離れたとしても、この幸せと温もりは消えることはないだろう。

眷属になるのはこういうことなのだ。自由を縛られるのではなく、よりおおらかな自由を与えられるものなのだ。

常につきまとっていた不安や卑屈《ひくつ》さがきれいに消え、イルミンはかつてない安らぎに包まれた。

思わず微笑んでいると、白の王がからかうように言ってきた。

「さて、これからどうするのです？　生まれた水晶窟に戻りますか？」

「前はそのことばかり考えていたんですが……あそこはもう……ぼくの帰る場所じゃない気がします」

「そうですね。……あなたが新たな故郷をどこにするか、じつは予想はついているのですよ」

「よ、よくないでしょうか？」

「とんでもない。喜ばしい選択だと思います。忘れないで。どこに行こうと、どこにいようと、私は常にあなたと共にあります。あなたの名を預かっているのですから。では、そろそろもとの場所に戻しましょう。この人達と共に」

「あ、ま、待ってください！」

大事なことを思い出し、イルミンは慌てて声をはりあげた。

「なんです？」

「できれば、あの嫌な地の底ではなくて、他の場所に送っていただけませんか？　何か、おいしくて元気の出る食べ物があるところ。あと、敵になりそうな獣や人がいない場所」

「やれやれ、注文が多いこと。いいでしょう」

幼子のわがままを許すがごとく、白の王は笑ってイルミンにうなずいてくれた。

そのことに力を得て、イルミンはさらに願いを口にした。

「それからもう一つお願いが。アイシャの胸にはまっている琥珀なんですけど、白の君のお力で、これをはずしてもらうことはできませんか？　アイシャを傷つけたり死なせたりしないで、琥珀だけ取ってもらえませんか？　あ、あの、できないのなら無理は言いません。あ、いえ、できないのが悪いってわけじゃなくて、えっとえっと……」

「もちろんできますよ」

「ほ、ほんとですか？」

「ええ。これはもともと私のものですから」

「え？」

絶句するイルミンの前で、白の王は横たわるアイシャに愛おしげに顔を向けた。

「緑の琥珀は私の旅する目なのです。この場を動けぬ私が、世界とつながりを持ち、あまたの物語を味わうためのもの。でも、いつしか琥珀を管理する者達が現れ、流浪の巫女《みこ》という女達が選ばれ、琥珀を運ぶようになりました。物語は義務に、役目になってしまったのです」

だが、それでは楽しめない。不動で不変の存在だからこそ、味わう物語は変化に富んだものであってほしい。

選ばれた者達に運ばれるのに飽きた白の王は、ついに自ら運び手を選ぶことにした。

「最初はタスランを選ぼうかと思いました。でも、彼はそれほど私に執着する様子を見せませんでした。それに生まじめすぎて、少し私の好みには……別の運び手を探そうと思った矢先、思いがけない出来事が起こり、その結果アイシャに出会えたのです」

楽しそうな笑みを浮かべた白の王は、まるで少女のように愛らしく無邪気に見えた。

「アイシャを見た時、この子だと思ったのです。だから、アイシャが塔から落ちた時に、彼女の中に入りました。以来、私達はずっと一緒でした。タスランと共に、テンナと共に旅をし、砂漠エイを退治し、翼船《つばさぶね》に乗って。これほど胸躍る物語の紡ぎ手は、ここ数百年いませんでした。彼女なら、ええ、アイシャなら、今後もすばらしい物語を繰り広げていくことでしょう。だから、もう少し共に旅をしたいのですが……やはり、この子は嫌がるでしょうか?」

この問いに、イルミンは力なく笑うことしかできなかった。

まさか、緑の琥珀が白の王その人の目であったとは。なるほど、絶大な力を宿しているのもうなずける。運び手の涙に癒やしの力を宿すのなんて、ほんの序の口。その正体を知れば、様々な欲望を抱えた輩《やから》が蜜《みつ》にむらがる虫のように、琥珀を求めてくるだろう。

アイシャもとんでもない大物に見込まれたものだ。嫌がるだろうかって? それはもちろん嫌がるだろう。緑の琥珀を持つ限り、きっと平穏とは無縁の人生を歩むことになるのだから。

だが……取引をするなら話は別だ。

幸いにして、イルミンはアイシャが食いつきそうな餌を知っていた。だから、白の王に教えてあげることにした。

「……あることをすれば、アイシャは喜んであなたの目を運び続けると思います」

「あること?」

イルミンは話した。

話を聞き終えた時、白の王はいたずらっぽい笑みを浮かべていた。それはイルミンも同じだった。

二人は顔を見合わせ、悪さを企む子供のようにほくそ笑みあった。

エピローグ

「起きて！　起きてってば！」

耳元で叫ばれたかと思うと、ごんと、頭に衝撃が走った。

「ちょっと、イルミン！　そんな乱暴に叩かなくても」

「いいんだよ。そろそろ起きてもらわなきゃ困るんだから」

「だからって、棒で叩くなんて！　絶対にだめ！」

頭の上でぎゃあぎゃあとわめきあっているのは、ああ、これはアイシャとイルミンだ。察するに、どうやらイルミンが自分の頭を叩いたらしい。

だが、何かおかしかった。叩かれた箇所がずきずきとする。こんな感覚は生まれて初めて味わうが、あまり気持ちの良いものではない。

顔をしかめながら、タスランは目を開けた。やはりアイシャとイルミンがいた。しかも、イルミンはぱかっと口を開け、タスランに顔を近づけてきていた。

タスランはぎょっとした。

こいつ、こんな尖った歯をしていたのか。

その戸惑いが命取りとなった。がぶりと、イルミンが鼻に噛《か》みついてきたのだ。ずらりと並んだ小さな牙が鼻に食いこみ、タスランは目から火花が散った。顔の真ん中で弾けた激痛に、全身が痺《しび》れる。

やっとのことでイルミンをもぎはなし、血のにじむ鼻を押さえながらわめいた。

「お、お、おまえ！　何をする！」

「あ、よかった。起きたね」

「起きたね、じゃない！　なんなんだ！　くそ。鼻がもげるかと思ったぞ！」

「そんな痛かった？」

「痛かったとも。当たり前だろうが！」

ここで、イルミンがにやにやしていることに気づいた。アイシャまでが感動したように目を潤ませている。

いったいなんなんだと聞こうとしたところで、タスランははっとした。

鼻はいまだひりひりと痛んでいる。痛み。そうだ。これは痛みなのだ。頭に残っているうずきも、これもまた痛みだ。

これまで自分が味わうことができなかったもの。ずっと求めていたものが突然我が身に宿ったことに、タスランは眩暈《めまい》がした。

にわかには信じられなかった。自分がずっと探し求めていたもの、父や祖父、先祖達が必死に追い求めていたものが、気を失っている間に与えられたとは。

「ど、どうしてだ?」

「白の王があんたの呪いを解いてくださったんだよ」

まるで自分の手柄を話すように、イルミンはそっくり返って言った。

「タスラン、あんた、魔族の血が流れていたんだね。イスルミアの妖術で穢《けが》され、捻《ね》じ曲げられた血だって、白の君はおっしゃってたよ。血自体はもうとても薄くなっているけれど、それでもかけられた術は消えずに、あんたを痛みから遠ざけていたんだって。白の君は、たったの一息で呪いを払い飛ばしてしまわれたよ」

「し、しかし、赤の王は……前に会った別の魔王は、呪いを解いてはくれなかったぞ?」

「それはあんたに流れる血が、白の眷属《けんぞく》のものだったからさ。王は自分の眷属にのみ、力をほどこせる。ちなみに、ぼくも白の眷属なんだ。そうなったんだよ」

確かにイルミンの目の色はもう黒ではなかった。銀色のきらめきを放つ薄い灰色となっている。

ふいにタスランは、赤の王の言葉を思い出した。

あの時、何か贈り物をしたいと申し出る赤の王に、タスランは頼んだのだ。自分の呪いを解いてほしいと。それに対し、赤の王はこう言ったのだ。

「予にはその呪いを解くことはできぬ。だが、予言しよう。そなたが進み続ける限り、道は続く。やがては白い息吹にて、そなたの望みは叶えられる」

今の今まで、その言葉を支えに旅を続けてきた。そして、赤の王は正しかった。タスランはまさしく白い息吹によって救われたのだ。

いまだ痛む鼻をさすりながら、タスランは茫然とつぶやいた。

「そうか。これが痛みなのか」

「もっと確かめたい？　もっと噛んであげようか？」

「いや、いい」

即座に断りながら、タスランは左手で体のあちこちをつねっていった。どこをひねりあげても、痛みが走った。それが新鮮だった。

「よかった。よかったわね、タスラン」

涙ぐんでいるアイシャに笑い返したところで、タスランは気づいた。アイシャの衣の隙間から緑の光が漏れている。

思わずイルミンのほうを振り返った。

「どうせならアイシャの琥珀《こはく》のことも、白の王に頼んでくれればよかったのに」

「あ、それは無理。だって、アイシャがこれまでどおり琥珀を運ぶのが、タスランの呪いを解く条件だったんだもの」

「……なんだ、それは？」

「つまりね、取引をしたってこと。ぼくが白の君に申し出てやったんだよ。二人のためにね。あ、まず言っておくけど、緑の琥珀は白の君の目なんだ。白の君は動けないから、運び手に目を託して、世界を見ていらっしゃるんだよ」

イルミンは自慢げに白の王と琥珀、そして取引のことを話した。

話を聞き終えた時、タスランは文字どおり怒髪天《どはってん》を衝くありさまとなっていた。嬉々として話していた魔族をつかみあげ、ぶんぶん振り回した。

「おまえ、何を勝手なことを！」

「なんで怒るのさ！　アイシャは納得してくれたよ！」

「そうよ。イルミンはあたしのかわりに取引をしてくれたの。もし目が覚めていたら、あたしからお願いしていたことよ」

「ほら、アイシャもこう言ってるでしょ？」

「黙れ！」

イルミンを投げ捨てたあと、タスランはがくりと地面に膝をついた。申し訳なくて、アイシャの顔をまともに見られなかった。

「俺は……おまえを犠牲にしてまで、呪いを解きたいとは思っていなかったのに」

このまま地の底に沈んでしまいたいと、タスランは地面に額を打ちつけた。痛かった。今はその痛みが憎らしかった。

と、背中に温もりと重みを感じた。アイシャが抱きついてきたのだ。

「勘違いしてるわ、タスラン」

少女の声は穏やかで落ち着いていた。

「犠牲なんかじゃないもの。あたしはそうしたいからそうするの。……ほんとのこと言うとね、ずっと怖かったの。涙の谷について、もしも琥珀がはずれたら、タスランとお別れしなくちゃいけないって。それが嫌で、いっそずっと琥珀がはまっていればいいと思ったりもしたの」

「……アイシャ」

「ごめんなさい。でも、それが正直な気持ち。あたし、あなたとずっと一緒に旅をしたかった。琥珀があたしにくっついていれば、あなたも私のそばにいてくれると思った。……違う？」

「……おまえは間違っている」

タスランは身を起こし、アイシャに向き直った。そうして、泣きそうな顔をしている少女を抱きしめた。

「琥珀があろうがなかろうが、俺はおまえを守るつもりだった。これからももちろん守る。ずっとずっとな」

「タスラン……」

「大丈夫だ。そばにいる。約束だ。守るからな」

「ふうん。そう簡単にいくかな？」

ふたたびイルミンが茶々を入れてきたので、タスランはいらいらして睨みつけた。

「なんだ？　文句でもあるのか？」

「だってさ、緑の琥珀は白の君の目なんだよ？　この世のどんな宝石より価値があって、しかも白の君の魔力を宿しているものだ。それをアイシャが持っているって、魔法使いや妖術師なんかに知られたら、どうすんの？　そいつら、血眼《ちまなこ》になってアイシャを狙うよ？　タスランが守るにしたって、その片手じゃ、おぼつかないんじゃない？」

「…………」

「ああ、しかたない。ほんと、しょうがないなぁ」

さもあきれたように、だがどこか嬉しげに、イルミンはため息をついた。

「こんなところで見捨てたんじゃ、さすがに後味が悪いものね。いいよ。時々でいいなら、あんたの右手になってあげる。ああ、しょうがないしょうがない」

「……つまり、おまえも俺達についてくると?」

「な、なんなの？　なんか文句でもあるわけ？」

「……いや、ない」

「ないわ」

素直じゃないやつめと、タスランはアイシャと目配せを交わしあった。

そのあと、三人は疲れた体を休めることにした。

白の王は、彼らを小さなオアシスに送り届けてくれていた。そこの水で喉を潤し、実っていた甘い瓜《うり》で腹を満たしたあと、「これからどうするの？」と、アイシャは聞いた。

タスランはすでに答えを用意していた。

「まずはどこかの市場に言って、ありったけの塩を仕入れる」

「塩？　塩なんてどうするのさ？」

イルミンは首をかしげたが、アイシャはすぐにタスランの考えを読み取り、手を打ち合わせた。

「わかった！　テンナね！　猿小人の里に行くのね？」

「そうだ。テンナがどんなに勇敢で、何を成し遂げたかを、彼女の家族に伝えなければならない。……もしかしたら、今後は猿小人と人の付き合いも、もう少し良くなるかもしれないな」

「そうなるといいわね。……そのあとは？」

「赤いサソリ団のところに行ってもいいな。なんにしても、もう自由だ。なんでもできるし、どこにだって行ける」

思いのままだと、タスランはアイシャとイルミンに笑いかけた。二人は満面の笑みで応えてきた。

白の王

2018年10月12日　初版
2021年12月24日　3版

著　者　廣嶋《ひろしま》玲《れい》子《こ》

発行者　渋谷健太郎

発行所　株式会社東京創元社
〒162-0814 東京都新宿区新小川町1-5
電話　(03)3268-8231
http://www.tsogen.co.jp

装　画：橋賢亀
装　幀：内海由
印　刷：フォレスト
製本所：加藤製本

乱丁・落丁本は、ご面倒ですが小社までご送付ください。
送料小社負担にてお取り替えいたします。

ISBN978-4-488-02789-6 C0093